燃烧的月亮

王松·著

天津出版传媒集团
百花文艺出版社

图书在版编目（CIP）数据

燃烧的月亮 / 王松著. -- 天津 : 百花文艺出版社, 2015.5(2024.1 重印)
ISBN 978-7-5306-6703-3

Ⅰ. ①燃… Ⅱ. ①王… Ⅲ. ①长篇小说-中国-当代 Ⅳ. ①I247.5

中国版本图书馆 CIP 数据核字(2015)第 085974 号

燃烧的月亮
RANSHAO DE YUELIANG
王松著

出 版 人: 薛印胜
责任编辑: 赵 芳
封面设计: 任 彦 **版式设计:** 蔡露滋
出版发行: 百花文艺出版社
地址: 天津市和平区西康路 35 号 **邮编:** 300051
电话传真: +86-22-23332651（发行部）
+86-22-23332656（总编室）
+86-22-23332478（邮购部）
网址: http://www.baihuawenyi.com
印刷: 河北浩润印刷有限公司
开本: 720 毫米×970 毫米 1/16
字数: 240 千字
印张: 18
版次: 2015 年 5 月第 1 版
印次: 2024 年 1 月第 4 次印刷
定价: 68.00元

如有印装质量问题,请与河北浩润印刷有限公司联系调换
地址:河北省沧州市肃宁县河北乡韩村东洼开发区 188 号
电话:(0317)3220409

〈馆配用书〉

| 作者在台湾考察“雾社事件”遗址 |

| 作者在台湾清流考察川中岛“保护番收容所”遗址 |

| 作者在台湾考察时与林铭镡先生在一起 |

| 作者与莫那·鲁道的重外孙莫那·巴万先生 |

| 作者与莫那·鲁道的外孙女一家 |

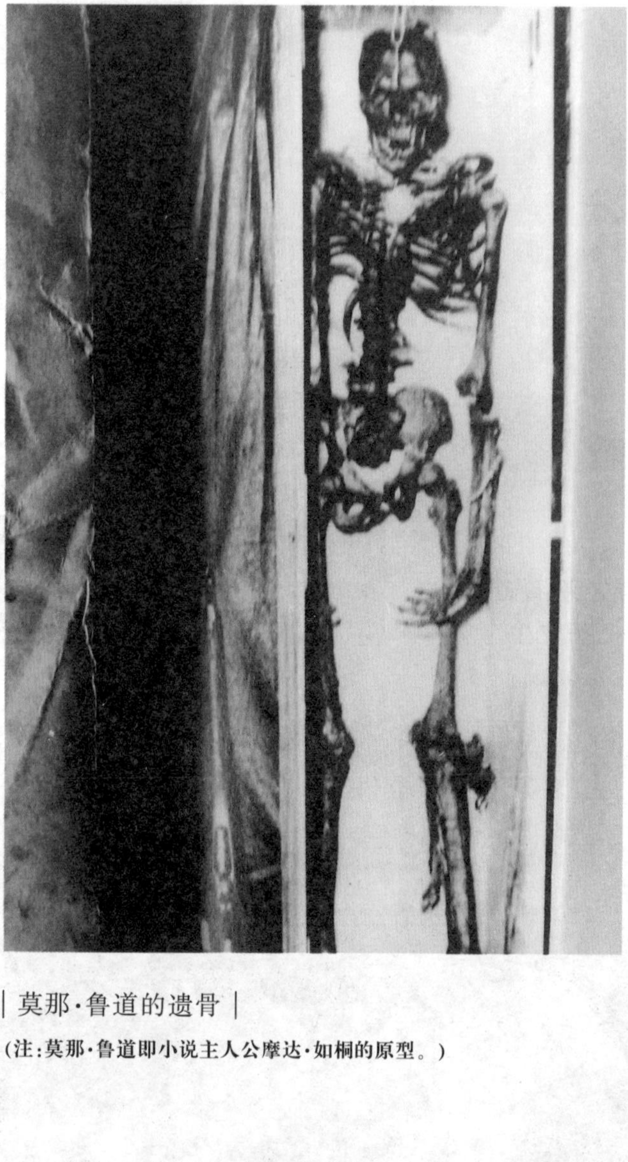

| 莫那·鲁道的遗骨 |

（注：莫那·鲁道即小说主人公摩达·如桐的原型。）

太阳是燃烧的月亮。

彩虹,是燃烧的火焰……

是的,我叫嘟奴。

我已将近一百岁了,我的后背也已经变成岩石。很多人相信,我曾亲眼见过波索康夫尼。其实这只是传说。传说中的波索康夫尼是生长在白石山上的一棵神树。它叶茂根深,已经不知有几千几万年,所以一半是木,另一半已化成岩石。很久很久以前,一个雷雨交加的夜晚,这棵神树被一道闪电劈开,生出一男一女。从此,也就有了我们后来的族人……

这个传说是父亲为我讲的。

父亲在临终时告诉我,这座白石山就在台湾中部的中央山脉。父亲叮嘱我,如果我能活下来,一定要把我们族人的故事讲给后人。父亲这样说罢,眼睛就慢慢睁大起来。我看到,在父亲的脖颈有一处深不见底的伤口,这是被一把锋利的泰雅刀砍开的。这个伤口里正发出嗞嗞的声响,接着,一个大大的血红色的气泡晶莹地冒出来。

就在这个气泡破灭的一瞬,父亲断气了。

我果然活下来了。我是我们这个部落里唯一活下来的人。所以,这些年来,我一遍又一遍地向这个世界上的人们讲述着我们族人当年的故事。

那是在上世纪的二十年代末……

1.人头祭

…………

那支燃烧着的响箭带着呼哨穿过茂密的桧树枝叶，似乎将天空也点燃起来。晚霞翻卷着落到能高山顶,映得山林里也弥漫起一层血一样的云雾。

咚咚的木鼓声告诉部落里的族人,是巴吵嘎回来了。

又一支响箭飞向夜空。巴吵嘎在这个傍晚像一个真正的勇士,带着一身鲜血回来了。他的一只手拎着仍在滴血的泰雅刀,另一只手里拎着一颗栩栩如生的人头。这颗人头的脖颈断得干净整齐。可以想见,巴吵嘎的泰雅刀是多么的锋利,而他这第一次出草又是多么的勇猛凶狠。他那只鲜血淋漓的手抓着这颗头颅的头发,在走下山路时,脸上现出骄傲的微笑。部落里的族人立刻燃起火堆,笑着尖叫着为他庆贺。巴吵嘎就这样微笑着朝树下走去,将这颗头颅放到崭新的骷髅架上。这个骷髅架是用樟木制作的,看上去很结实,新鲜的木头还散发出微微的香樟气息。巴吵嘎知道,这是属于自己的骷髅架。他将自己第一次出草猎回的这颗人头庄严地摆放到骷髅架上，又倒退一步很认真地看了看。

骷髅架上的这颗头颅瞪着惊愕的眼睛,嘴角咧向两边,脸上的肌肉也僵硬地拧起来。显然,这是它从自己身体上脱落下来的一瞬,最后凝固的表情。我已经认出这颗头颅。他是南溪驻在所的山地警察,叫龟田,一个两根胳膊长满黑毛的小个子。这个龟田自从来到山上的南溪驻在所干尽坏事,想出各种办法欺压部落里的族人。巴吵嘎早就想杀死他。一次该比去山上的竹林挖笋,被龟田撞见了。龟田一直对该比不怀好意。不久前曾有一次,龟田让该比和部落里的另一个女孩去驻在所陪酒。龟田乘着酒兴想非礼该比。该比好容易挣脱龟田的纠缠才跑回来。但那一次,该比担心性情暴烈的巴吵嘎知道了此事会闹出事来,所以没有告诉他。可是后来巴吵嘎还是听说了此事。巴吵嘎告诉该比,他迟早会找这个龟田算账。这一次,龟田看到竹林里的该比,又看一看四周的山上没人,就钻进竹林又朝该比扑上去。也就在这时,巴吵嘎打猎回来了。巴吵嘎听到该比在竹林里的叫声立刻冲过来。当时龟田正压在该比的身上。巴吵嘎看到怒不可遏,立刻像一只豹子似的扑上来,拔出腰间的泰雅刀就朝龟田的脖颈砍过去。幸好这时巴吵嘎的父亲,我们部落的摩达头目带着猎狗赶过来。摩达头目来到竹林里立刻喝住了巴吵嘎。当时巴吵嘎在将自己的泰雅刀插进腰间的刀鞘时,对龟田说,你以后当心一点,我的这把刀早晚会砍在你的脖子上。

现在,巴吵嘎果然猎回了龟田的人头。

夜色将山林笼罩起来。部落里的篝火熊熊燃烧着。火焰翻卷跳动着,不时爆出耀眼的火星。部落里的族人站在火堆旁边,静静地看着摩达头目捧着一只竹筒朝骷髅架走去。他先是伸出手,将这颗巴吵嘎猎回的人头轻轻扶正，然后就把竹筒里的小米酒一点一点喂进它的嘴里。摩达头目一边轻轻唱着:你曾经是我的敌人,现在让我们一起喝酒吧……

小米酒灌进头颅的嘴里,顷刻间从下面的脖颈涓涓地流出来。流出的酒已变成淡淡的粉红色,看上去也似乎黏稠了一些。巴唦嘎用另一只竹筒在头颅的下面将血酒接满,然后分给部落里的男人们。摩达头目仍在唱着:欢迎你啊,欢迎你来到我们的祖灵之家……一边这样唱着,又将酒糟和山猪肉喂进这颗头颅的嘴里。这时有族人"咦——!"的大叫了一声,男人们喝着血酒,敲打着木鼓,女人们拨着口簧琴就在火堆旁边唱着跳起来。

月光下,这颗嘴里塞满食物的头颅也被篝火映得有了一些血色……

这就是我们部族的人头祭。我们的族人每一次出草,人头祭也是重要而且隆重的仪式。我们的祖训被称为嘎雅。嘎雅告诉我们,在将敌人的头颅猎回之后,就已不再是敌人,它来到我们的部落也就成为了我们的朋友。也正因如此,这种祭祀人头的仪式也是为了庆祝我们部落又有了新的成员。嘎雅还告诉我们,人的灵魂是在头颅里,所以人头也就具有一种神秘的力量,猎回人头不仅可以用来祭祀祖灵,也可以为我们的族人驱祸避害。

这一年春天,部落里突然闹起瘟疫。很多族人莫名其妙地发起高热,然后在痛苦中死去。巴唦嘎去山下的白石街时,听那个叫秀吉的货栈老板说,这种瘟疫叫流感,白石街上也已经死了很多人。但摩达头目坚信,这一场莫明其妙的瘟疫突然席卷山林,一定是因为什么特殊的缘故触怒了祖灵,这是祖灵在惩罚他的族人。

摩达头目与部落里的长老商议,最后认为只有出草,猎回异族人的头颅才有可能平息祖灵的震怒。摩达头目原本决定亲自出草。他认为自己是南溪部落的头目,为族人平息这样一场灾难是责无旁贷的事。但就在他准备出草的前一晚,巴唦嘎来找到父亲。巴唦嘎对父亲说,这次出草还是让他去吧。巴唦嘎是部落里最勇猛剽悍的年轻人。他可以一口气吃掉一头山羌的烤肉,而且可以用一只手抓住一头棕熊的后腿抡起来摔到岩石上。但摩达头目的心里也很清楚,尽管儿子巴唦嘎如此的强悍脸上却还没有嘎雅,这毕竟是一个遗憾。

嘎雅不仅是我们族人的祖训，也是图腾。无论男人还是女人，都希望将嘎雅纹到自己的脸上。在我很小的时候，父亲就曾告诉我，我们的族人在死后要走过一座美丽的彩虹桥，我们的祖灵和先人都在彩虹桥的那一边。我们脸上的嘎雅，就是回到祖灵之家的印记，如果没有这个印记祖灵是不会接受的，而且还会从桥上跌下去被毒蟹吃掉。但是，男人一定要经过出草，猎回敌人的头颅才能成为真正的勇士，也才有资格将嘎雅文在自己的额头。而女人则要学会织布技艺才可以将嘎雅纹在面颊。所以，在那个晚上，巴耖嘍对父亲说，自己已是一个真正的男人，可是脸上还如此的干净，一个额头没有嘎雅的男人又怎能称得上是勇士呢。他对父亲说，他要成为一个真正的勇士，一个额头纹有嘎雅，得到祖灵承认的勇士。

摩达头目听了看一看儿子问，你知道出草的真正意义吗。

巴耖嘍立刻响亮地回答，出草，是为了我们族人的尊严。

可是，摩达头目说，这一次出草，也是为了平息族人的灾祸。

巴耖嘍坚决地说，那我就更要去，我是您摩达头目的儿子，我应该像您一样能保护部落里的族人。巴耖嘍说，我已经磨好了我的泰雅刀，正等着用异族人的血来清洗它。

摩达头目又问，这一次，你准备向什么人出草呢。

巴耖嘍不假思索地说，达腊都噜，我要向那些达腊都噜出草。

巴耖嘍所说的达腊都噜，也就是那些日本的异族人。由于他们当年刚刚出现在这里时，都戴着镶有红边的帽子，所以我们的族人就把他们称为达腊都噜，意思是红色的头。摩达头目听了点点头说，自从这些达腊都噜来到山上，就给我们的族人带来灾难，是他们让我们的祖灵震怒，才有了这样一场瘟疫，所以，现在是向这些达腊都噜出草的时候了。

…………

篝火将部落周围的山林也映得亮起来。口簧琴和着木鼓的节奏欢快地拨动着，空气中弥漫着小米酒香甜的气息。巴耖嘍从草屋里走出来。此时，他的额头和下巴已经文上了嘎雅。刚刚文过的嘎雅还带着一丝血气，被篝火映得格外鲜艳。已经有些醉意的摩达头目走过来,一把搂住儿子的肩膀,在他耳边说,瘟疫就要被驱散了,巴吵嘎,你救了部落里的族人。

巴吵嘎骄傲地笑着,冲父亲点点头。

摩达头目来到火堆边,大声地向部落里的族人宣布,我的儿子巴吵嘎,从今天起就是真正的男人了！我们的南溪部落,又有了一个勇猛的山林勇士！

2.巴哕嚒

这一晚,巴哕嚒虽然没有喝太多的酒,但心已经醉了。额头和下巴的微微疼痛不时在提醒他,自己的脸上已经有了嘎雅。祖灵说,脸上的嘎雅是男人的骄傲。

巴哕嚒借着火光又朝树下的骷髅架望去。那颗龟田的人头这时已经安静下来。它不再像平时那样横眉立目, 脸上的肌肉似乎松弛了,眼皮也微垂着阖在一起。巴哕嚒朝这颗人头走过去。头颅的嘴里仍然塞满食物,这使它的两腮微微鼓胀起来,看上去表情有些怪异。巴哕嚒端详了一下,觉得这颗头颅的头发有些凌乱,想了想,就为它梳理成一个分头。这颗被梳成分头的头颅显得有些斯文了,也更加生动,似乎随时都会睁开眼睛。

此时,巴哕嚒的心里充满了自豪。

作为一个真正的男人,一个部族里的勇士,就要有能力捍卫祖灵的神圣,使自己的族人不被外来的异族人侵犯。自从那些达腊都噜出现,为山林里带来了毁灭性的灾难。他们到处兴建隘勇线,在山上拉起一道道的铁丝网用来限制族人的狩猎,还随意砍伐山林里的神木。这里曾经是多么富饶的猎场啊,现在却被分割的七零八落。族人的猎场在一天天缩小, 猎物也在一天天稀少。当初部落里的族人举行婚礼,巴哕嘎曾经去山林里一口气打到两头山羌,而现在要想猎到一头山羌都不容易了。部落里的长老早已有了预感,照这样下去,山上迟早还会有更大的灾难。祖先留下的猎场,现在却被这些不知从哪里来的达腊都噜如此肆意地践踏,我们的祖先是绝不能容忍这一切的。也正因如此,才可能会引起祖灵的震怒。

果然,现在部落里突然闹起这样一场罕见的瘟疫。

最先染上这种可怕疾病的是该比的母亲。该比的母亲是部落里最强壮的女人。据说她年轻时比女儿该比还要漂亮,而且像男人一样去山上种田,这时虽已将近四十岁了,身上仍还有使不完的气力。但就是这样一个女人,一天早晨去溪边打水,背着竹筒回来时突然摔倒在山路上。待部落里的人们将她抬回来, 才发觉她的身上竟烧得滚烫。该比的母亲就这样昏昏沉沉的烧了三天,到第四天夜里突然抽搐了一阵就死了。接下来是该比的妹妹和弟弟,最后是该比的父亲。没过多久,该比的家里就只剩下她一个人了。这时,这场可怕的瘟疫已经席卷了整个部落。几乎每天都会有人死去。没有人能说出这究竟是一种什么疾病。巴哕嘎在去山下白石街的货栈时,那个叫秀吉的老板说,他的小店里有一种药,可以治疗这种叫流感的疾病,但是很贵,远比食盐的价钱还要高。巴哕嘎回来对摩达头目说了这件事。摩达头目与部落里的长老商议后, 认为这个叫秀吉的货栈老板说的话并不可信。显然,这场瘟疫并非如他所说是从山外传进来的,而是由于这些达腊都噜的异族入侵,对山林和猎场的破坏触怒了祖灵。如此说来,这个秀吉老板所说的什么非常贵重的特效药也就属无稽之谈。摩达头目和部落里的长老坚信,要想驱除这场可怕的瘟疫,出草是唯一的办法。只有去猎回异族人的头颅,平息了祖灵的震怒,也才有可能让部落里的族人躲过这一场可怕的灾难。

巴哕嘎终于得到了摩达头目的应允,同意他这一次去出草。

摩达头目的这个头目地位并不是继承的，而是他在年轻时，凭借自己的勇猛和剽悍被部落里的族人拥戴的。所以，巴哕嚎认为，自己身体里流着父亲的血液，也就应该像父亲一样的勇猛无比，成为部落里最受人尊敬的勇士。

巴哕嚎的心里有一种难以抑制的兴奋。

他知道，这次出草是一个难得的机会，如果自己真能成功地猎回一颗达腊都噜的人头，不仅可以为部落里的族人驱除这场可怕的灾祸，以此来证明自己已是一个真正的男人，也就终于获得了将嘎雅纹到额上的资格。巴哕嚎做梦都想在自己的额头纹上嘎雅。父亲曾说过，一个脸上没有嘎雅的男人不能算是真正的男人。巴哕嚎在出草的前一晚谨遵祖训。他小心翼翼地看好家里的火盆，不让它熄灭，也不去触碰生麻和麻丝一类的东西。因为嘎雅告诉我们，这会给出草的人带来噩运。就在这天夜里，巴哕嚎做了一个奇怪的梦。他梦见自己登上白石山，终于看到了那棵传说中的波索康夫尼。那棵巨大的波索康夫尼竟然遮天蔽日，每一片叶子都金光闪闪，这些叶子在风中晃动着发出悦耳的声响。第二天早晨，父亲摩达头目在将他送出部落时，他对父亲说起这个梦。父亲听了高兴地说，这是一个吉祥的梦啊，儿子，你这次出草一定会顺利。就在这时，一种叫绣眼画眉的山鸟在右边的竹林里欢快地鸣叫起来。绣眼画眉是我们族人的祖灵鸟。我们的族人相信，它在冥冥之中与我们祖灵是相通的，而如果它在右边鸣叫就是非常吉利的征兆。摩达头目回头笑一笑对巴哕嚎说，去吧儿子，父亲等着你像一个真正的勇士，带着达腊都噜的人头回来，不要忘了，你是我摩达·如桐的儿子！

巴哕嚎点点头，摸了一下腰间的泰雅刀，就朝山上走去。

巴哕嚎已经想好，这次出草要去向那个叫龟田的达腊都噜猎头。这个龟田在异族人中最坏。据说他来南溪之前只是一个日本浪人，后来不知怎么当了山地警察，就被派来这里的驻在所。龟田刚到时，曾来部落里对族人说，现在他是这里驻在所的警察，所以他说的话就是法律，部落里无论什么人都要听他指挥，否则他可以随意处死哪个人。当时摩达头目面无表情地看着龟田。龟田走到摩达头目的面前说,你不要不服气,我知道你是这个部落的头目,这里的族人都听你的,可是从今以后,你也要听我的,如果不相信你就试试看。这以后没多久,龟田又逼迫部落里的族人去为他盖房子。那一次巴吵嘜和部落里的许多男人都去了。大家用了十几天为他盖起一幢很漂亮的木房子。龟田当然很满意。但这一次却砍掉山林里的几十棵大树。当时巴吵嘜只说了一句,这些大树都是见过我们先人的,现在就这样被砍倒了。龟田听了立刻拎着警棍朝巴吵嘜走过来。大概是巴吵嘜盯视龟田的眼神和他那只已经放到腰间泰雅刀上的手,让龟田稍稍愣了一下。但龟田还是在巴吵嘜的身上狠狠戳了一警棍。巴吵嘜突然朝龟田扑上去。巴吵嘜的身材很高大,在矮小的龟田面前就像一头发怒的雄狮。龟田立刻跳到一边,然后又挥舞着警棍冲过来。这时族人已将巴吵嘜拉走了。巴吵嘜在临走时看着龟田说,你这个达腊都噜给我听好,你现在是在南溪,恐怕你还不知道我巴吵嘜是什么人,总有一天我会让你知道的。巴吵嘜这样说罢,将腰间的泰雅刀拔了一下就转身走了。

山鸟的叫声果然是一个吉兆。巴吵嘜的这次出草很顺利。

巴吵嘜原想去驻在所寻找龟田。但出来时父亲叮嘱说,这次出草千万要小心,现在部落里的很多族人都在生病,尽量不要把事情闹大。所以,巴吵嘜走在山路上有些吃不准,如果就这样去驻在所会不会惊动别的达腊都噜。但就在巴吵嘜拿不定主意时,竟看到龟田沿着山路迎面朝这边走过来。龟田在这个早晨不知因为什么事,似乎心情很不好,眉头拧在一起气哼哼地匆匆走着,嘴里不知在嘟囔着什么。他抬头看到挡在山路上的巴吵嘜,突然愣了一下,一只手下意识地去摸挎在腰间的东洋刀。此时巴吵嘜也正盯视着龟田。

龟田看一看巴吵嘜问,你这样看我干什么?

巴吵嘜不动声色地说,是吗,我在看你吗。

龟田的鼻孔里哼一声说,跟你们这些生番,没有道理可讲。

巴吵嘜心平气和地说,你刚才说什么,你把刚才的话再说一遍。

龟田翻一翻眼皮说，再说一遍你又能把我怎么样，我刚才说，跟你们这些生番没有道理可讲，怎么，我的话你听不懂吗？

巴咿嘎点点头说，我曾经对你说过，我叫巴咿嘎。

龟田又翻着眼皮哼一声说，你叫巴咿嘎又怎么样？

巴咿嘎说，我还对你说过，总有一天，我会让你知道我是什么人。

龟田听了立刻撸了一下制服的衣袖，露出满是黑毛的胳膊，然后那只手就慢慢抓紧腰间的东洋刀。他盯住巴咿嘎很认真地看了看，哼一声问，你想……怎么样？

巴咿嘎声音不大地说，你这个异族人，我今天要送你去我们的祖灵之家。

龟田似乎没有听懂巴咿嘎的话，眨着眼又看看他。但就在这时，巴咿嘎突然将身子一跃跳上路边一块巨大的岩石。巴咿嘎虽然身材魁梧，却像豹子一样敏捷，他的两脚在落到岩石上的同时身体也随之扭转过来。龟田这时已经意识到了什么，连忙去拔挎在腰间的东洋刀。但他由于身材矮小，胳膊有些短，这样拔刀就有些吃力。而此时巴咿嘎在转过身体的同时却已经拔出自己腰间的泰雅刀。泰雅刀在出鞘的一瞬发出清脆的一响，接着一道逼人的寒光在龟田的脸上一闪而过。龟田立刻明白将要发生什么事，于是来不及再去拔刀就沿着山路径直朝前跑去。巴咿嘎从岩石上猛地跳起来。他这一下跳得很高，在将身体飞到半空的同时嘴里也发出一声尖利的吼叫，接着手里的泰雅刀就像一阵风似的吹下来。这阵风在龟田的脖颈上轻轻吹过。龟田一边奔跑着，他的头先是向前低了一下，又向后仰了一下，然后就像一顶帽子似的从肩膀上脱落下来。巴咿嘎在将身体落到地上的同时伸手抓住龟田这颗头颅上的头发。此时龟田失去头颅的身体仍在向前奔跑，脖颈上喷出一股耀眼的血浆。他就这样又向前跑了一段，脚下踉跄了几步，才扑倒在山路上。巴咿嘎走过来看看这具尸体，然后笑着哼一声，对手里的头颅说，走吧，我

…………

月亮从高耸的能高山上升起来。篝火燃烧的更旺了。不知疲倦的

族人们仍在拨着口簧琴尽情地跳着。每个人都相信,巴哕嘎这次出草回来,那颗异族人的头颅一定会平息祖灵的震怒,部落里的这一场可怕的瘟疫就要过去了。男人们已经醉了,躺在火堆的旁边仍在喝着小米酒。女人们一边跳着唱起敬酒歌:香甜的小米酒啊,你们男人可知道,是出自我们女人的口中,刚烈无比的勇士啊,你们可知道,是出自我们女人的怀中……

该比捧着一杯小米酒来到巴哕嘎的面前。这只竹杯是该比亲手做的,新鲜的竹子气味和小米酒的香气混在一起,越发令人陶醉。该比把酒杯举到巴哕嘎的嘴边,眼里却似乎蒙了一层阴霾。巴哕嘎看看她问,怎么,我猎回这颗达腊都噜的人头,你不高兴吗?

该比说,高兴啊。

巴哕嘎说,可是,我从你的眼睛里看到了忧伤。

该比看一看巴哕嘎额上的嘎雅,轻声说,你已经……是一个真正的勇士了。

巴哕嘎接过该比手里的酒杯,把小米酒一饮而尽。

该比轻轻叹息一声说,可是……你为什么不早一点出草啊。

巴哕嘎看看该比。

该比摇摇头说,如果你能早一点出草,我家里的人也就不会……

该比说着转过头去,看着能高山上的月亮。

此时,月亮正轻轻地飘向夜空……

3.该比

巴哕嘎在这个晚上的感觉没有错。

巴哕嘎这一次出草，带回达腊都噜的头颅，从此额上有了嘎雅，成为一个受族人尊敬的真正勇士，该比的心里当然很高兴，也为巴哕嘎感到自豪。但在这个晚上，该比的心里也有些忧伤。该比和部落里所有的族人一样，坚信巴哕嘎猎回这颗异族人的头颅，从此就可以让部落摆脱这一场可怕的灾难。但越是这样，该比也就越思念死去的家人。

那些日子，该比亲眼看着母亲父亲和妹妹弟弟一个一个痛苦的死去。她没有任何办法。她能做的只是在他们临终时，紧紧抓住他们的手，用力握着。我们的族人相信，亲人在最后断气时，只有这样握住他的手，他死后才会变成一个善灵，也才可以顺利地踏上彩虹桥去见我们的祖灵。更重要的是，嘎雅说，死去的亲人只有成为善灵，他的遗体也才可以埋在家里，葬在他生前的床下长眠。否则这个人的灵魂就会变成一个恶灵，而恶灵是无法登上彩虹桥的，他的遗体也只能葬在山上，成为一个四处飘荡的孤魂野鬼。该比做到了。在亲人生病的那段日子，她始终守在家里，唯恐错过亲人的最后时刻。她就这样把亲人一个个地送走了。在亲人去世的那些日子，天一直在下雨，似乎整个世界都在哭泣。而就在该比将最后一个亲人送走之后，她自己也病倒了。该比想，也许是母亲和父亲在召唤自己，让自己到彩虹桥的那一边去照顾弟弟妹妹。所以，她平静地躺在床上，等着最后一刻的到来。她只是有些担心，现在家里的亲人都走了，在自己临终时，又有谁到床前来抓住自己的手呢？所有的亲人都已成为善灵，埋在了草屋里的床下，难道只有自己，却要变成一个恶灵被埋到山上去吗？就在这时，摩达头目的妻子芭苷·娃里丝来了。芭苷·娃里丝没有说任何话，每天只是默默地守在该比的身边照顾她。该比当然明白，芭苷·娃里丝来照顾自己其实还有另一个目的。所以嘴上虽然不说，心里却对她充满感激。该比知道，自己不用再担心那最后的时刻了。

也幸好有芭苷·娃里丝的悉心照顾，该比竟奇迹般地活下来。

该比不仅善良，也是部落里最美丽的姑娘。她从很小的时候就跟着母亲学会了织布。她织出的布像彩虹一样漂亮。芭苷·娃里丝曾说，再过一过就可以为该比的脸颊纹上嘎雅了。部落里年轻的族人听了都暗暗兴奋。女孩子一旦在脸颊纹了嘎雅，也就意味着已经成人，可以出嫁了。部落里的年轻人都喜欢该比，但从没有人敢向她表白。该比就像飘在能高山顶的一片云朵。年轻的族人都觉得，这片云朵虽然就在眼前，却又似乎遥不可及。该比也清楚部落里的年轻人对自己的心思。但她这时已经心如死灰。她觉得自己就像浊水溪边的一片红桧树叶，亲人都已随着溪水漂走了，只把自己孤零零的留在了岸上。

该比自从家里的亲人走后，渐渐养成一个习惯。她每天早晨走出自己的草屋，看到巴吵嘎扛着农具去山里种田，傍晚，又站在自己的草屋门前看到他沿着山路回来，心里就会踏实很多。该比从小就觉得，巴吵嘎如同一棵大树，可以让自己放心的依靠。所以，这些年无论遇到什么事，只要有巴吵嘎在身边，该比的心里就会感到安稳。现在该比看到，巴吵嘎已经成为一个真正的勇士，而且像他的父亲摩达头目一样受到族人的尊敬,她的心里不仅很欣慰,也更加为巴哕嘎感到自豪。巴哕嘎一直是部落里最勇敢的男人。族人每次出去打猎,巴哕嘎打到的猎物总是最多。巴哕嘎的猎狗也像他一样凶猛无比。部落里的族人说,一次巴哕嘎在猎场射伤一头棕熊,他的猎狗立刻冲上去与这头熊撕咬在一起。虽然这只猎狗自己也被咬得遍体鳞伤,但最终还是把这头熊咬死为巴哕嘎拖回来。该比知道,在部落里的年轻族人中,只有巴哕嘎有能力保护自己。也只有巴哕嘎,愿意为自己付出一切甚至生命。

该比朝远处骷髅架上的那颗人头看了看。此时,它正被篝火映得一闪一闪。

该比的心里很清楚,巴哕嘎迟早会杀死这个叫龟田的达腊都噜。巴哕嘎曾对她说过,他不会容忍这个异族人在祖先留下的领地这样胡作非为。那一次,龟田让该比和部落里一个叫露俾的女孩去驻在所陪酒。该比原本是不想去的。但摩达头目还是让她去了。该比知道,摩达头目作为部落里的首领自然考虑的要多一些。他不想惹恼这些达腊都噜也是为了部落的安全。如果凭摩达头目的性格,在这个世界上,恐怕没有什么能让他惧怕。

所以,那一次,该比就还是和露俾一起去了。

但该比知道,这个叫龟田的山地警察一直对自己不怀好意。这些达腊都噜来到山里,不仅让部落里的男人去为他们盖房子,做一些粗重的事,也经常把部落里的女人招去他们的家里做一些洗衣或打扫卫生之类的杂务,像佣人一样驱使。而更让人无法容忍的是,有的女人在他们的家里一边做事还要被他们调戏侮辱。该比曾去过这个龟田的家里。当时龟田让该比擦地,而且要求跪在地上用抹布一点一点地擦。龟田说,他们国内的女人都是这样做事。但就在该比跪在地上,按着龟田的要求小心擦地时,突然感到一只手放到自己的臀上,不停地摸来摸去。该比猛地回过头,看到龟田正色迷迷地看着自己。接着,他的另一只长满黑毛的手也朝该比的胸部摸过来。该比立刻站起身,摔下手里的抹布就朝门外走去。龟田正要朝该比追过来,刚好这时有驻在所的人来找他。该比才得以脱身。

也正因如此,该比这次和露俾来驻在所陪酒也就格外小心。

巴哕嘜曾告诉过该比,这些山地警察在来山上之前,大都是一些日本的浪人或恶徒,还有的只是木匠或铁匠。他们的总督府很清楚山上的条件艰苦,所以为了鼓励他们的国人来山上当警察,就给予优厚的待遇和很大的权力。这些达腊都噜也正是贪图这样的待遇和权力,才跑到山上来。所以,他们是什么事都干得出来的。该比曾听到别的部落的女人说,这些达腊都噜为了更好地控制山上的族人,还鼓励他们的人与部落头目家的女人通婚。起初部落里的族人并不清楚,达腊都噜这样做不过是采取的一种"和番政策"。他们想尽办法与部落头目联姻,目的只是为了更有效地把权力渗透到山上的族人中。于是有的族人就上了圈套,真的让自己家的女人嫁给达腊都噜。还有的女人甚至被骗去他们的本土,说是去过文明的好日子。可是后来才听说,这些女人竟然被卖到那边去从事一种叫娼妓的工作。

该比那一次去驻在所陪酒,尽管很小心,但还是险些出事。

当时是几个山地警察要庆祝什么事,附近几个驻在所的达腊都噜都来到这里。这个龟田的酒量竟然很大。他一直在拼命地让该比陪自己喝酒。该比当然明白龟田的用意。但龟田并不知道,该比的酒量也很大。该比从很小的时候就在家里陪父亲喝酒。该比自己也不知道究竟能喝多少酒,只是从来没有醉过。于是喝到后来,倒是龟田自己先有些撑不住了。已经有了醉意的龟田终于露出本相。他先是一边胡言乱语着对该比动手动脚,后来干脆就扔下酒杯朝该比扑过来。但他这时已醉得有些发软,所以该比还是挣脱了他的纠缠和那个叫露俾的女孩一起跑回来。几天以后,巴哕嘜来找该比。当时巴哕嘜的脸色铁青,一只手紧紧抓住腰间的泰雅刀。他对该比说,那天的事他都已知道了。他问该比,她当时回来为什么不告诉自己。该比说,是摩达头目不让她说,摩达头目担心巴哕嘜知道了这件事,会惹出更大的麻烦。该比说,摩达头目已经说了,从此再也不让她去驻在所陪酒。巴哕嘜听了咬着牙说,总有一天,我一定要杀了这个达腊都噜!当时该比似乎听到,巴吵嘎腰间的泰雅刀也在刀鞘里发出嗡嗡的声音。部落里的族人说，每当巴吵嘎愤怒时，他的刀就会在刀鞘里发出这样的声音。

这时，该比朝骷髅架上的那颗人头看去。在巴吵嘎拎着它回来时，该比就已经注意到了，这颗人头的脖颈像茅竹一样断得整整齐齐,伤口就如同溪水里的石头一样光滑。

该比又朝火堆那边看了看。巴吵嘎还在和摩达头目一起喝着小米酒。巴吵嘎很像他的父亲,不仅相貌像,性格也很像。此时,这两个男人坐在火堆旁边,看上去就像两块坚硬的石头。摩达头目朝这边看了看,向该比招了一下手。该比就朝他们父子走过去。这时摩达头目已经有了一些醉意。他看看该比,笑一笑说,你觉得,巴吵嘎今晚怎么样?

该比说,巴吵嘎……已经是一个真正的勇士了。

摩达头目说,是啊,他猎回这颗异族人的头,救了全部落的族人。

该比点点头,慢慢垂下眼。

摩达头目稍稍沉了一下,又说,我知道你在想什么。

该比的眼睛里闪出泪光。

摩达头目说,不要难过,你的家人正在我们的祖灵之家,看着我们。

该比说,是啊,我想……他们现在一定很幸福。

摩达头目笑笑对巴吵嘎说,儿子,那就和该比一起去跳舞吧!

巴吵嘎立刻跳起来,拉着该比朝火堆那边跑去……

4.摩达·如桐

摩达头目的脸像铁铲一样的形状,也像铁铲一样坚硬。

这时,他朝跑远的巴吵嘎和该比看一眼,就起身朝红桧树下的骷髅架走来。这个骷髅架做的太大了,可以看出儿子巴吵嘎的野心。巴吵嘎的心里一定在想,将来有一天,他也要像父亲一样,在这个骷髅架上摆满自己猎回的人头。摩达头目相信,凭着巴吵嘎的勇猛一定可以做到。但此时,这颗龟田的头颅摆在骷髅架上却显得孤零零的。摩达头目走过来,冲这颗头颅笑了笑,随手将一个刚刚用草根编织的饰物拴在它的耳朵上。这是一个樱花形状的草坠,看上去很精致。这颗头颅的耳朵上拴了这个樱花草坠,看上去有些滑稽。

能高山上的樱花是绯寒樱。这种绯寒樱是粉红色的,每到三月就会开放。粉红色的绯寒樱林让峻拔的山峰也变得娇艳起来。但这一年天气很冷,已到晚春,山坡上的绯寒樱林才刚刚长出新叶。摩达头目已经感觉到了,自从这些达腊都噜出现在山里,似乎一切都变得越来越不正常了。开春的这一场可怕的瘟疫,带走了很多族人的生命。摩达头目从记事的那一天起，部落里还从没有哪个族人患过这种奇怪的疾病。摩达头目在很小的时候就听父亲说过，这山林里的一切都是祖先留下的，我们的祖灵就在这里，所以，族人一定要小心看护，不能让我们的领地受到一丝一毫的损害，更不能让异族人随意侵犯，否则祖灵就会动怒。父亲说，祖灵一旦动怒就会给族人带来难以想象的灾难。现在，这场灾难终于来了。而更让摩达头目忧心忡忡的是，这样一场灾难或许只是开始，后面还不知道会发生什么更可怕的事情。

摩达头目对族人的情绪也很忧虑。这些达腊都噜刚在南溪出现时，起初并没有引起族人的注意。当年这里也曾出现过一些西洋人和汉人，后来没过多久就都不见了。但是，族人们渐渐发现，这些达腊都噜竟在山上安了驻在所，又建起越来越长的隘勇线，显然是准备长期在这里扎下来，而且他们要做的事情也远比想象的要严重得多。巴吵嘎已经对这些达腊都噜忍无可忍。如果不是摩达头目几次及时制止，巴吵嘎早已不知干出什么事来。

摩达头目当然知道，儿子巴吵嘎的情绪也代表了部落里的很多族人。但摩达头目不能让巴吵嘎随意做出冲动的事来。摩达头目曾在山下的白石街上看到过这些达腊都噜的军队。那些像蝗虫一样的军队都是全副武装，拖着各种粗重的大炮。据说那些大炮的威力大得难以想象，一炮就可以轰平一幢草屋。摩达头目不能让巴吵嘎由着性子去跟这些达腊都噜硬抗。他已经告诫巴吵嘎很多次，对这些异族人只能暂时忍一忍，否则会给部落带来灭顶之灾。

摩达头目没有想到，巴吵嘎这一次猎回的竟是龟田的人头。用这个龟田的头颅血祭祖灵当然再合适不过。嘎雅说，异族人的头颅可以驱除灾祸，也可以祭祀祖灵保佑部落的平安。这种猎头的方式，就是出草。摩达头目这些年已经无数次去出草，也无数次像一个勇士一样威风凛凛地拎着异族人的头颅回来。摩达头目这些年猎回的头颅已经摆满了他的骷髅架。所以，摩达头目在这个晚上也为自己的儿子巴吵嘎感到骄傲。摩达头目相信，巴吵嘎这才只是开始，他将来一定会成为比自己年轻时更勇猛，也更受族人拥戴的男人。

这时，巴吵嘎和巴羧端着酒杯走过来。巴羧是摩达头目的小儿子。他与哥哥巴吵嘎相差两岁,但身材更加高大,也更强壮,看上去就像能高山上的塔琳石柱。摩达头目很为自己的这两个儿子自豪。他曾对部落里的族人说，也只有他摩达·如桐才会生出两个这样的儿子。巴羧这时已经有些醉了,他来到摩达头目的面前说,父亲,巴吵嘎的脸上已经有了嘎雅,可是我呢,我的脸上什么时候才可以有嘎雅？巴吵嘎拍了一下巴羧的肩膀笑着说,巴羧,嘎雅不是想有就可以有的,父亲说过的话难道你忘了吗,男人脸上的嘎雅是一种荣誉,既然是荣誉,就要靠自己去争取啊。巴羧不服气地说,巴吵嘎你不要这样说,这一次是父亲把出草的机会给了你,如果给我,我也可以把那个达腊都噜的人头猎回来。巴吵嘎一听就笑起来，一口把手里的小米酒喝掉说,巴羧啊,要想成为勇士,光凭勇气是不够的,你慢慢就会懂了!

巴吵嘎这样说着,脸上的嘎雅越发泛起骄傲的光泽。

摩达头目一直在微笑着听两个儿子说话。这时,他对巴羧说,巴吵嘎说的对,一个男人要想成为真正的勇士,光凭勇气是不够的。摩达头目这样说着又把头转向巴吵嘎。

他对巴吵嘎说,可是,你现在也还不值得骄傲。

他这样说着,朝远处自己的骷髅架指了指。

他说,你看那里,用心数一数吧,那是一千零一十五颗骷髅,这些年所有踏进我们领地,想抢夺我们猎场或辱没我们祖灵的异族人,他们的头颅都已被我放在那里了。摩达头目对巴吵嘎说,你今后的日子就像红桧树的枝叶一样多,如果想做一个真正的男人,要走的路还有很长。他这样说罢,又用力看了看两个儿子,就转身朝自己的草屋走去。

摩达头目准备了一下,就背起弓箭,拿上一把铁铲,朝山上走去。

这时天已大亮了。山林里飘起一层轻薄的云雾,空气中有一丝草木的苦涩气息。山谷里的溪水在湍急的流淌着,发出哗哗的声响。摩达头目对这里的一切太熟悉了。他几乎了解每一棵树上的每一片叶子,每一段溪水里的每一块石头。他和他的族人祖祖辈辈就居住在这里,他是闻着这山林里的气息长大的。山路越往上走渐渐有些窄了。这条山路的尽头是达腊都噜的南溪驻在所。过去这里只是一条通往猎场的茅草小路,后来这些达腊都噜来了,要在山上建驻在所,就让部落里的族人修了这条山路。但是,也正因为有了这条山路,驻在所的山地警察来部落就更方便了。这让摩达头目很懊悔。他当初应该让部落里的族人把这条路修得更粗糙难走一些,最好在溪谷里兜一个大弯,绕得更远一些。

摩达头目一边在山路上走,仔细搜寻着。

他在前一天晚上已经详细问过巴哕嚄。据巴哕嚄说,他出草之后,就将这个亀田的无头尸体拖到山坡上的树林里藏起来。但摩达头目还是有些不放心。驻在所的山地警察发现亀田失踪,一定会出来寻找,如果被他们发现了踪迹就会有麻烦了。摩达头目一边走,小心地看着山路上的每一块石头。果然,他走了一阵就在一块不大的石头上发现了血迹。这块石头上的血迹已经变成暗紫色。摩达头目蹲下来用手摸了一下,还有些潮湿,闻了闻是新鲜的血腥气味。摩达头目立刻抬起头朝四周看了看,然后就朝路边的山坡爬上去。

摩达头目很快又在树林里发现了一片血迹。沿着血迹向前寻找,果然就发现了亀田的尸体。巴哕嚄还是太粗心了,只用一些枯树的枝叶盖在亀田的身上,这样很容易被人发现。摩达头目将亀田的尸体从草丛里拖出来。这具失去了头颅的尸体看上去像一个假人,脖颈处仍在向外淌着黏稠的血水。摩达头目想了想,将亀田身上带血的黑色警服扒下来,用力撕扯得稀烂,扔到远处一个树洞的旁边,然后将尸体深深地埋了,又弄来一些树叶和烂草盖在上面。他做完这一切,看一看没有什么痕迹了,才又来到山路上。

摩达头目在回部落的路上果然遇到三井。

三井也是南溪驻在所的山地警察。他比亀田的身材高一些,平时很爱整洁,永远穿一身漆黑的警服,看上去一尘不染,白色的衬衣领也总是白得很耀眼。但摩达头目对这个三井更加厌恶。当初三井一到驻在所,就来南溪部落找到摩达头目。他对摩达头目说,他是南溪驻在所的副所长，现在山下的平地番人都已和警察分室建立起友好关系,山上北溪部落的番人也已经表示愿意合作,只有南溪这边的十几个部落还不肯归顺,而且有明显的敌对情绪。三井对摩达头目说,他知道摩达头目在这一带很有威望,所以希望他的部落能带头归顺,成为大日本天皇的子民。当时摩达头目听了面无表情地说,如果你把我的族人称为番人，那我告诉你，在我们的番语里从来没有归顺这个词,只有和解。三井没想到摩达头目竟会说出这样一句硬邦邦的话,稍稍愣了一下，用手握住腰间的东洋刀刷地拔出一截，又用力插回去,然后笑一笑说,我这个人的脾气不太好,容易发火,我知道你们的泰雅刀很厉害,不过我这把刀,也很锋利。三井说着又点点头,我不希望,有一天我们的刀会碰在一起。摩达头目朝他的刀瞥一眼说,我们的泰雅刀,只会指向冒犯我们祖灵的异族人。

在这个早晨,摩达头目看到三井东张西望地沿着山路走过来,已经知道他在寻找什么,于是想了一下就迎着走过去。三井看到摩达头目立刻站住了。

摩达头目似乎并没有看到三井,继续朝前走着。他在走过三井的身边时,轻轻碰了一下他的警服。三井立刻用雪白的手套弹了一下,然后说,你这样早……来山上干什么?

摩达头目一边走着说,我的猎狗昨晚跑出来了。

三井转过头,看看摩达头目。

摩达头目说,我在找我的狗。

三井试探地问,你没看到……什么人吗?

摩达头目故意反问,你问的,是什么人?

三井说,龟田,你看到龟田了吗?

摩达头目摇摇头。

三井喃喃自语地说,他昨晚,一夜没回来。

摩达头目又看一眼三井,就径直朝前走去。

三井又在后面问,你确实……没看到他吗?

摩达头目头也不回地走着,走出很远才说,你要当心,最近这片林子里有熊。他说着又回头朝三井看一眼,熊是不懂你的刀有多厉害的,它只会吃人。

三井听了立刻变颜变色地问,真的吗,这林子里……真有熊吗?

摩达头目说,是啊,部落里刚刚有人被咬伤。

摩达头目说罢就背着弓箭朝山下的溪谷走去。走了一阵,突然听到三井在山坡上的林子里大叫起来。摩达头目站住了,回头朝山坡上的树林看了看,微微一笑。

显然,三井是发现了龟田那身被撕烂的血衣……

5.嘟奴

在这个早晨,我已看到了摩达头目背着弓箭朝山上走去。

我知道摩达头目去干什么。摩达头目是一个很细心的人。他作为部落头目,当然要为所有族人的安全考虑。巴吵嗄这一次出草,虽然顺利地猎回那个龟田的人头,但杀死达腊都噜毕竟是很危险的事。父亲曾对我说,当年有一队穿着黄色衣服的达腊都噜,在一个叫深堀大尉的带领下突然来到山里,他们扎在山上,好像到处寻找什么,还用一些奇怪的工具在树林里到处挖掘。那时巴羧还是一个十几岁的少年,他担心这些异族人来山里不怀好意,一旦触怒祖灵会给我们的猎场带来灾祸,于是就带着部落里的几个和他一样年龄的伙伴隐在丛林里,用弓箭把这几个达腊都噜射杀了。他们那时还不敢出草,杀死这几个异族人之后就偷偷跑回来,也没把这件事告诉摩达头目。直到后来,白石街警察分室的人来山里发现了这几具尸体,事情才一下闹起来。达腊都噜看到这几具尸体身上的箭,立刻断定是山上族人干的,于是将南溪一带十几个部落的头目都找去,一定要查出凶手。当时摩达头目确实不知道这件事是巴羧干的，所以坚称，他部落里的族人从没有见过这些人，也不知道这件事。但后来事情突然有了变化。北溪部落的头目箐苜·娃里丝认出这些尸体身上的箭是南溪部落族人用的，立刻去向达腊都噜告了密。摩达头目这时才意识到，这件事确实与我们南溪部落有关，于是回来向族人细细地查问。巴羧直到这时也才向父亲说出，这件事是他带人干的。当时摩达头目听了只是拍了一下巴羧的头说，嗯，这才是我摩达·如桐的儿子。摩达头目回来对那些达腊都噜说，用来制作这些箭的箭杆是山上的一种藤条，而这种藤条只有北溪部落那边的山林里才有，如果仅凭这些尸体身上的箭来判断，那么这件事就应该是北溪部落的族人干的。

达腊都噜对这件事的调查一直持续了很长时间，但始终没有找到证据，最后也就只好不了了之。可是他们从此就对山上的部落实施了封禁，不准山下的任何人与我们交易。这样一来我们的族人没有食盐和铁器，也没有了弹药，一下就陷入了困境。这种困境一直持续了很久。但是，摩达头目却从来没有为此事责怪过巴羧。摩达头目对巴羧说，我们的祖先没有食盐和铁器也照样可以活，但如果没有尊严就不能活下去了。所以，摩达头目对部落里所有的族人说，巴羧他们这一次杀死这几个异族人，虽然让我们没有了食盐铁器和弹药，却为祖灵赢得了尊严，这几个孩子将来一定会像我一样，成为最勇猛的男人。

摩达头目的确是我们部落里最勇猛的男人。据说他年轻时就像一头凶猛的狮子，一旦发起怒来整个山林都会发抖。他大吼一声，蹲在树枝上的猴子也会吓得掉下来。他家里饲养的肉牛永远是最多的，这也就说明他猎到的山羌最多，因为只有猎到山羌，才可以下山去换肉牛。也正因他如此的让异族人望而生畏，我们部落的族人才拥戴他成为头目。

关于摩达头目还有一个传说。

据说当年，摩达头目追赶一头独角的梅花鹿闯入北溪部落的领地，无意中看到一个美丽的姑娘正在溪边浣洗衣服。摩达头目一下被这姑娘的美貌和她面颊上漂亮的嘎雅惊得呆住了，竟然忘记了再去追赶他的猎物。当时那个姑娘抬起头，也发现了一个身材魁梧的年轻男人正站在小溪对岸愣愣地看着自己，于是赶紧端起衣服转身走了。摩达头目回到部落，一连几天心神不定。但他知道，北溪部落与我们的南溪部落有世仇，当年曾因争夺猎场，两个部落的族人发生过血腥的争斗。可是尽管如此，他还是忘不掉那个在溪边看到的姑娘。于是几天以后，他在一个雾气笼罩的早晨又去了那个溪谷。就在他准备蹚过那条小溪时，突然有一个高大的长发男人跳出来挡住去路。摩达头目立刻认出来，这个长发男人曾去南溪出草，猎走了我们两个族人的头颅。也就从那次以后，摩达头目就将这个长发男人牢牢记住了。这时，这个长发男人对摩达头目说，他知道摩达·如桐是南溪部落的头目，也知道他今天是为什么而来。但是，这个长发男人说，他也一直喜欢这个姑娘，如果摩达想把这个姑娘娶走，只能和他以出草的方式来解决。摩达头目听了唰地拔出腰间的泰雅刀，指着这个长发男人笑笑说，好吧，欢迎你和我一起回去，做我南溪族人的朋友。他这样说罢就飞身冲向这个长发男人。就这样，在那个雾气散尽的中午，摩达头目一手提着这个长发男人的头颅，另一只手牵着那个美丽的姑娘回到我们南溪部落。摩达头目将这个姑娘交给族人就转身又上山去了。直到月亮升上能高山的时候，他才扛着猎物回来。他终于将那头独角的梅花鹿打回来，作为礼物送给了他心爱的姑娘。我们部落的族人为他们举行了隆重的婚礼，大家喝酒跳舞，酒筵一直持续了三天三夜。这个美丽的姑娘，就是摩达头目现在的妻子芭苷·娃里丝。

芭苷·娃里丝自从嫁给摩达头目，一直有一个心愿，她想让自己娘家的北溪部落与南溪部落和解。但是，摩达头目却始终不肯这样做。摩达头目认为北溪部落的族人过于贪婪，为了一点眼前的利益可以不惜采取一切手段甚至不顾自己的祖灵。所以，摩达头目虽然深爱自己的妻子，也知道妻子这些年的心愿，却再也不想与北溪部落的族人有任何接触。多年以后，摩达头目听说箐苜·娃里丝成为北溪部落的头目。据说这个箐苜·娃里丝年轻气盛，而且膂力过人，是一个非常勇敢的男人，所以深得北溪族人的拥戴。摩达头目想，如果这个筲苜·娃里丝确实是一个山林中的勇士，也许满足妻子多年的心愿，与北溪部落举行和解式的时候真的要到来了。但就在这时，突然又发生了一件意想不到的事。

一天晚上，筲苜·娃里丝让人传来消息，说是知道我们南溪部落已被那些达腊都噜封禁多年，缺少食盐铁器和弹药，所以他们决定，可以和我们做一次交易，为我们提供需要的一切。这对南溪部落来说当然是一个再好不过的消息。我们的摩达头目也越发相信，这个筲苜·娃里丝真的在向南溪部落示好。于是当即决定，让巴吵�带上部落里的几个男人，去北溪部落与筲苜·娃里丝的族人做交易。巴吵嚄那一次带了许多上等的兽皮，还有樟脑和一些珍贵的药材。交易地点就定在南溪部落与北溪部落交界的溪边，一个叫姊妹塬的地方。在那个晚上，北溪部落的头目筲苜·娃里丝已经带人等在这里。他果然很盛情，做完交易之后又在溪边摆下酒筵款待南溪部落的族人。但是，等巴吵嚄他们喝醉以后，筲苜·娃里丝和他的族人却突然拔出了泰雅刀。那一次我们南溪部落损失惨重，只有巴吵嚄和两个族人带着伤逃回来，其余的人都被筲苜·娃里丝的人砍杀了，带去的兽皮樟脑和药材也都被掳去了。

这件事发生以后，摩达头目才知道，原来这个筲苜·娃里丝就是当年那个长发男人的儿子。当时长发男人刚刚死了妻子，筲苜·娃里丝只有两岁。现在，这个筲苜·娃里丝竟已长大成人而且成为北溪部落的头目。再后来摩达头目也才听说，这件事竟然是山下的达腊都噜在暗中策划的。达腊都噜始终认定，当初他们进山勘探的那几个人就是被南溪部落的族人杀死的，虽然没有找到证据，却一直怀恨在心。经过几年对南溪部落的封禁，看到我们部落的族人竟然坚持下来，不仅没有被削弱，反而一天天更加强大，于是就想谋划新的报复手段。也就在这时，他们得知北溪部落与南溪部落有世仇，多年来两边的族人一直在为猎场争斗，相互时有出草，而且北溪部落现在的头目筲苜·娃里丝，他的父亲当年就是被南溪部落的头目摩达·如桐出草杀死的。于是，达腊都噜就以奖金和枪支弹药做诱饵，为北溪部落的头目筲苜·娃里丝策划了这样一个阴谋。这件事发生以后，摩达头目立下血誓，永远不与北溪部落和解，而且一定要用北溪族人的血来洗净这一次耻辱。

这几年，摩达头目已经越来越不爱说话。

他平时只是坐在自己草屋门前那棵巨大的红桧树下，眯起两眼默默地嚼着樟树叶喝酒。不知从什么时候开始，摩达头目有了一个习惯，总喜欢嚼新鲜的樟树叶。他说这种树叶可以祛风，也可以除湿，对人的身体很有好处。所以，他总是一边嚼着这种树叶一边喝小米酒。有人说，他那两只眯起的眼睛是在笑。但部落里更多的族人觉得，那双眼睛的后面似乎还有一双眼睛。他曾对巴吵嘎和巴羧说，他现在已不是当初年轻的时候，不会再意气用事，为了部落族人的生存也不想再轻易去招惹那些达腊都噜。他的这番话让巴吵嘎和巴羧有些失望。巴吵嘎说，父亲，这不像您说的话啊。巴羧也说，您当年是多么剽悍，部落里的族人都说您那时是一个真正的大英雄。摩达头目听了淡淡一笑，对两个儿子说，你们知道什么是真正的英雄吗？一个真正的英雄不能只有剽悍，更不能只凭勇猛，在猎场上，真正的猎人是不会一直往前跑的，要懂得保护自己，再好的猎物，对于死去的猎人也没有意义。

可是……巴吵嘎说，现在那些达腊都噜，已经毁了我们的猎场啊。

巴羧也说，是啊父亲，我们的族人已经很难再打到像样的猎物了。

摩达头目拿过自己的弓，问两个儿子，这是什么？

巴吵嘎和巴羧对视一下说，这是……一张弓啊？

摩达头目点点头说，如果它是一张真正的弓，就总会有箭射出去的。

我的父亲也曾对我说过，嘟奴，你也要记住摩达头目的这句话，只要是一张真正的弓，总会有箭射出去的。父亲说，嘟奴啊，我相信我的儿子也是一张真正的弓。我当然明白父亲这样说的意思。父亲是希望,他的儿子将来也能成为摩达头目那样的男人。

我经常偷偷观察摩达头目。我发现，他的脸就像浊水溪里的石头,坚硬,阴沉,永远没有任何变化。他坐在红桧树下嚼树叶时偶尔也会抬起头,朝远处的能高山顶看一眼。每到这时我就会在心里猜测,他究竟在想什么?我觉得他真是深不可测。我知道,摩达头目虽然嘴上不说,但他的心里非常痛恨那些达腊都噜。尤其在他的妹妹都门出事以后,他心里的仇恨几乎已经无法掩饰。一次该比去溪边打水,随手摘了一朵樱花插在头上。溪边的绯寒樱花很好看,粉得很鲜艳,该比戴在头上也就显得更加漂亮。她这样回到部落时,都门看到了,顺口说了一句,哦,撒枯拉。撒枯拉是达腊都噜的语言,他们把樱花叫撒枯拉。当时摩达头目听了立刻走过来,在都门的脸上狠狠掴了一掌大声吼道,你给我记住,以后在我的部落里不准说这种话！都门一下被打愣了,瞪起眼看着摩达头目,突然转身跑回自己的草屋去了。

都门曾经嫁给一个叫山本的达腊都噜。

当初摩达头目是坚决不同意这门婚事的。摩达头目认为,这个山本突然来山上向都门求婚一定不怀好意。摩达头目对都门说,你想一想,他们这些达腊都噜把我们山上的族人叫什么,叫生番,这个山本在山下的白石街什么样的女人找不到，为什么一定要来山上找一个生番的女人。可是摩达头目虽然这样说,他在当时也摸不透这个山本来向都门求婚究竟是什么目的。不过有一点,摩达头目可以断定,山本这样做绝不会是只想娶都门做妻子这样简单。可是都门这时却已被这个山本迷惑了。山本每次来我们部落都会带很多礼物,有清酒,各种小食品，还有一些部落里的族人从没有见过的花花绿绿的生活用品。他每次来,都会把这些礼物分给部落里的族人,然后和大家一起喝清酒。部落里的男人们只知道自己酿的小米酒,还从来没有喝过这种清酒,所以每次都和山本一起喝得兴高采烈。可是这时,只有摩达头目仍然保持着清醒头脑。他觉得这个山本表面的彬彬有礼似乎深不见底。于是,摩达头目在一天晚上明确地对都门说,他不喜欢这个异族人，也不想与他有任何牵连，更不想与他结亲。但这时的都门却已对山本深信不疑。她觉得这个山本和山下的那些达腊都噜并不一样，他和蔼可亲，衣着整洁，无论见谁总是先鞠躬，然后才说话。部落里的族人对他的印象也很好。都门想，如果自己能嫁给这样一个男人又有什么不好呢？摩达头目说，我怀疑这个异族人心术不正。都门却不服气地说，你这样怀疑又有什么根据呢？摩达头目确实找不到任何根据。他之所以这样说，只是一种直觉。于是，他索性明确地对都门说，我可以告诉你，如果你一定要嫁给这个达腊都噜，我是不会在部落里为你们举行婚礼的，你也得不到我的祝福。

但最后，都门还是跟着这个山本下山去了。

摩达头目的直觉没有错。都门跟着这个山本下山并没有过几天好日子。不到一年就有消息传来，山本出事了，都门也病倒了。摩达头目听到这个消息，立刻让巴哕嘜和巴羧去山下的白石街把都门接回来。那是一个下着雨的下午，远处的能高山顶被笼罩在一团云雾中，一切都迷迷蒙蒙的。都门跟着巴哕嘜和巴羧回到山上的部落。她走得很慢，看上去面色苍白，也有些憔悴，来到部落里没有跟任何人打招呼，就径直回自己的草屋去了。后来部落里的族人才知道，就在不久前，那个山本突然进山不知去干什么，从此就再也没回来。

都门回到部落，每天把自己关在草屋里。她的身体渐渐恢复了，脸上也有了一些血色。但仍然说话很少，也不与族人接触，从早到晚只是坐在织布机前埋头织布。当初她跟随那个山本下山之前，摩达头目的妻子芭苷·娃里丝曾要为她的脸颊纹上嘎雅。但山本没有同意。显然，山本不喜欢山上的女人将脸颊纹成黑黑的颜色。所以这时，都门虽已是结过婚的女人，脸上却仍很光洁，在部落里的女人中也就显得格外刺眼。

6.都门

都门知道，一个部落里的族人，无论男人还是女人，如果脸上没有嘎雅将来是无法走上彩虹桥的，因为这是去见祖灵的印记。都门回到山上以后，摩达头目也已经准许她重新纹上嘎雅。但都门不敢，也不想再这样做。都门觉得这会给祖灵带来亵渎。自己神圣的身体已经被那个叫山本的达腊都噜玷污，将来还有什么脸面再去见祖灵呢。都门已经想过了，她将来死的那一天，一定会变成一个恶灵，所以也只能去山上当一个孤魂野鬼。

都门不得不承认，摩达头目从一开始就看透了这个山本。那时摩达头目虽还摸不透山本来山上求婚究竟是什么目的，但已经断定，他一定是怀有什么别的心思。现在，果然被摩达头目说中了。但都门回到部落，摩达头目并没有责怪她，也没有再提她下山的那段日子，似乎这件事就这样过去了。可是都门的心里却过不去。都门这时已经明白了山本为什么要娶自己做他的妻子。都门嫁给山本以后，虽然和他生活在山下的白石街，但渐渐感觉到，山本的心思还仍然在山上。山本总是向都门问一些奇怪的问题，这些问题大都与摩达头目或部落里的族人有关。山本尤其感兴趣的是南溪部落与其他部落之间的关系。都门搞不明白,山本为什么想知道这些事情。都门和山本一起生活之后才发现,这个山本不仅精通番语,而且对山上族人的很多事也都了如指掌,真的可以说是一个番通。这让都门大感意外。

都门后来才知道,山本和自己结婚以后,竟然又到南溪部落去过两次。他第一次去山上又带了很多礼物。这时他的身份已是摩达头目的妹夫,大家成了亲戚,所以说话也就更随便一些。但他这一次到山上的目的却并不是为了走亲戚，而是要跟摩达头目商议一件很重要的事情。早在几年前,白石街的警察分室就开始在山上兴建隘勇线。所谓隘勇线,也就是用铁丝网将山林一道一道的拦起来,每隔一段距离安一个哨所,其目的就是为了限制山上族人的活动区域。白石街的警察分室一直想把这种隘勇线延长到南溪部落的领地，但遭到摩达头目的坚决抵制。摩达头目不可能允许在自己部落的猎场建起这样的隘勇线。所以,这件事也就一直这样搁置下来。现在山本成了摩达头目的妹夫,大家是亲戚关系,山本认为,有些事情也就应该可以商量了。但让山本没有想到的是,他这一次刚刚说出隘勇线的事,立刻又遭到摩达头目的严词拒绝。摩达头目说,这片山林和猎场是我们祖先留下的,我们的祖灵就在这里,所以,我们的族人只能看护好,没有权力答应任何事,不要说在这里建什么隘勇线,任何异族人都不准随意踏入,这是我们的嘎雅。山本听了还要再说什么。摩达头目直盯盯地看着他说,你现在听清楚,回去也告诉那些派你来的人,如果哪个异族人敢踏入我们的山林猎场,我的族人只有出草。摩达头目这样说罢,就毫不客气地将山本从部落里送出来。

山本第二次来山上是不久以后的事。他这一次没有再带礼物,但仍对摩达头目彬彬有礼。他对摩达头目说,他这次来山上是要商议一下关于收缴族人枪支的事情。摩达头目一听就明白了。山下白石街的警察分室早已派人送来消息,要将部落里族人的枪支统一收缴,说是这样为了便于管理。但摩达头目一直没有理睬。这时,摩达头目对山本说，这件事你不要再说了，我们在山上祖祖辈辈都要打猎，如果现在没有了枪支，难道让我的族人还像我们的先人一样用竹矛和石头去对付猎物吗？山本立刻解释说，收缴枪支并不是不准你们使用，武器收缴上来，如果你们需要还可以再借出来，只要登记一下就可以了。摩达头目一听就笑了，看着山本说，我们自己的武器，在我们自己的猎场使用，凭什么让你们收缴去，然后再去向你们借呢？这时山本的脸色就一点一点难看下来。他盯住摩达头目说，我们毕竟已是亲戚关系，所以，我现在这样来和你商量，完全是为了部落里的族人考虑，如果白石街的警察分室来人，恐怕就不会这样对你说话了，他们对待山上的生番会有很多办法，这你应该是知道的。摩达头目听了立刻站起来，盯着山本面无表情地说，我现在也跟你说清楚，第一，你虽然娶了都门，但这只是都门一个人的决定，我从来就没有同意过这门亲事，所以我不承认你是我的亲戚，第二，你现在说的话已经代表白石街的警察分室，我可以告诉你，没有什么人能来我的部落指手画脚，更不可能收缴我族人的武器，如果谁不相信可以来试一试。

都门是在白石街上的秀吉货栈听说这些事的。但她回来并没有问山本，只把这些事装在了心里。这时的山本已经渐渐露出本性。山本竟然是一个酒徒。他开始经常酗酒，在外面喝醉回来，就把都门像动物一样地打来打去。他在酒后告诉都门，在他们的眼里，山上的生番不过是一些没有开化的野人，他们的政府原本可以把这些生番当动物一样地赶尽杀绝，只是考虑到这样做的成本太高，所以才不得不采取现在这样的“和番政策”，否则他一个如此体面的官员，怎么可能娶都门这样一个浑身散发着生肉气味的生番女人。

都门直到这时，也才终于看清了这个山本的真实嘴脸。

都门的心里很清楚，这时再后悔已经晚了。如果当初听了摩达头目的劝告，从一开始就拒绝这个山本，一切还都可以挽回，可是现在已无法改变了。都门曾经设想，假如自己离开山本，还回到山上的部落去会是怎样一个后果。都门知道，山本当然不会留恋自己。可是倘若自己真这样做了，山本一定会认为受到侮辱，他也绝不会放过自己,如此一来也就可能牵连整个部落。都门这时才感觉到,虽然山本的脸上经常挂着微笑,但他这微笑的后面似乎还有一层微笑。都门始终不清楚,这个山本究竟是干什么的。平时经常会有一些奇怪的人来家里找他,然后他们就躲到书房里去嘀嘀咕咕地商量什么事情。也有的时候,山本会突然出去很多天,但回来时从不说去了哪里,对做的事也永远守口如瓶。都门渐渐还察觉,其实山本在国内是有家室的,而且还有孩子,他经常去白石街上的邮局偷偷往国内汇钱。

但这时,都门已不想再去过问这些事。

那是一个下午,山本迟迟没有回来。将近傍晚时,突然来了一群警察,说是要搜查山本的住所。当时都门吓坏了,不知发生了什么事。这些警察在山本的书房里仔细翻找了一阵, 搜出一只公文包和一些文件,没说任何话就拿走了。半夜时,山本又醉醺醺地回来了。他看到家里乱成这样,立刻问发生了什么事。都门告诉他,是警察来搜查过了,而且临走时留下话,让山本回来后立刻到警察分室去一下。山本听了眨着两眼想了想,立刻转身去忙着收拾东西。他将一只行李箱拖进密室,不知装了一些什么,然后出来说,他要到山里去几天。

他这样说罢就拖着那只行李箱匆匆走了。

都门只是静静地看着他,没有说任何话。

几天以后,两个警察来到家里。他们问都门,山本临走时说过什么。都门说,没说什么。警察又问,他去了哪里。都门说,他只是说要到山里去几天。

两个警察听了对视一下,然后点点头。

其中一个说,山本出事了。

都门听了并没有感到意外,只是看一看这个警察。接着,另一个警察走过来说,我们在山里的一个悬崖下面,发现了他的尸体。

都门看着这个警察,仍没有说话。

这个警察说,据我们分析,他是自己不小心跌下山崖摔死了。

两个警察这样说罢就转身走了。

这时的都门说不出是什么感觉,只是有些茫然。山本在山里摔死了，一切都过去了，这让她感到一种解脱，反而长长地舒出一口气。但接下来的事情又怎么办呢？都门和山本住在白石街上，现在山本死了，她当然不可能再住在这里。可是如果回山上的部落，当初是那样从山上下来的，甚至已经与摩达头目反目，现在又有什么脸面再回去呢？

都门就这样翻来覆去地想了几天，终于病倒了。

就在这时，樱冈太郎听说山本出事，来看都门。

樱冈太郎也是山上的族人，这时在白石街的警察分室当警察。在这个晚上，樱冈为都门带来一个消息。他在警察分室听说，山本好像并没有摔死，警方这样说，不过是想将这件事遮掩过去。都门听了想一想问，如果真是这样，他又会去了哪里呢？樱冈说，这个山本好像有什么事，最近台中州也派下人来调查他，但具体怎么回事没有人能说得清楚。

都门听了慢慢低下头。

樱冈说，我去告诉山上的摩达头目，还是……接你回去吧？

都门沉默了一下，点点头……

7.樱冈太郎

樱冈太郎当年是花兰部落的族人。

花兰部落离南溪部落很近，两边的族人也很熟悉。樱冈当年在部落里的名字叫希奈。但后来已经没有人再记得这个名字，大家只知道他叫樱冈太郎。

樱冈从很小的时候就聪颖过人。没有人告诉他，他就可以说出山林里很多花草的名字。后来他被送去达腊都噜开办的公学校读书，在番人的孩子中学习成绩也总是最好。当时和他一起读书的还有一个叫乌苷的孩子，学习也很好。于是，这两个孩子从公学校出来，就又被送去山下白石街上的小学校学习。这时白石街的达腊都噜已经决定，把这两个孩子作为他们对番人教育的典范。等希奈和乌苷从小学校毕业，就又被送去台中州的师范学校深造，而且为他们重新取了名字。因为能高山一带有很多绯寒樱花的树林，每到三月，绯寒樱就会开满山冈，于是就为他们两个人取名叫樱冈。希奈年龄稍长，叫樱冈太郎，小一些的乌苷就叫樱冈次郎。樱冈太郎和樱冈次郎在台中州的师范学校毕业后又回到白石街。樱冈太郎被安排到白石街的警察分室当了一名乙种巡查。樱冈次郎则去小学校当了教师。

樱冈太郎的心里很清楚。他曾对樱冈次郎说,这件事他已想了很久,那些达腊都噜之所以为他们两人取名叫太郎和次郎,其实还有另一层含意,他们一直在推行对番人的教育,取这样的名字不过是想把他们两人作为对番人教育取得成功的第一人和第二人。但是,樱冈太郎说,这样的第一人和第二人只是对他们而言,对于我们,又有多大意义呢?

樱冈太郎不得不承认,他在心里由衷地钦佩这些达腊都噜。他当初刚到台中州的师范学校读书时就吃惊地发现,达腊都噜竟然把一个学校建设得如此漂亮,而且管理得井然有序。据班里的达腊都噜同学说,他们日本国的本土比这里还要漂亮,而且更繁华。樱冈再回想起山上部落里的族人生活,就感到很庆幸。他觉得自己终于脱离了那种阴暗潮湿肮脏不堪的环境,这里才是一个人应该拥有的生活。于是,樱冈就把自己全身心地投入这种生活。他在学校里刻苦学习,拼命读书。他的成绩永远是班里的第一名。毕业后被派回白石街的警察分室当了一名乙种巡查,他也总是勤奋努力地工作,时时刻刻用一个真正日警的标准要求自己。他每当穿着这身黑色的警服走在街上,就会有一种自豪感。他从没有见过那个遥远的日本天皇,也没有想过要效忠于他,他认为,自己只是在为一种文明的生活,文明的社会工作,而且已经成为这个社会的一分子,这就足以让他感到骄傲了。但樱冈每当在街上看到山上的族人却总是远远地就躲开。他不想看到他们,也不想让他们看到自己。

樱冈在这个上午朝街上的卫生医疗所走来。走过街角时,远远看到几个花兰部落的族人正歪在山坡上的树林里歇息。他们显然很早就出来了,来山下是想用猎物的毛皮和药材换一些生活用品。这时,一个叫瓦旦的族人看到樱冈,朝他喊了一声,希奈!

樱冈只好站住了,想了一下,朝这边走过来。

瓦旦慢慢站起来说,我上次对你说的事,你想过了吗?

樱冈看一眼瓦旦。

瓦旦有些不满地点点头说，你怕是忘记了吧。

旁边一个叫欧卜丝的族人说，上一次，瓦旦不是告诉你……

瓦旦立刻打断欧卜丝，哼一声说，你不要提醒，让他自己想。

樱冈当然没有忘记。就在不久前，花兰部落的族人曾下山来给樱冈送信，说是他的一个叔叔快要不行了。这个叔叔已经很多年没有见过樱冈，所以很想在最后的时候见一见他。但樱冈去警察分室请假，却没有被批准。于是这个叔叔就这样带着遗憾走了。樱冈知道，花兰部落的族人一定会为此事怨恨自己。事后樱冈曾想过，是不是借休假的机会回部落去，当面向莫傣头目和族人解释一下。但樱冈次郎劝他还是不要回去。樱冈次郎说，你就是回去解释又有什么意义呢。后来瓦旦在一次下山时见到樱冈。他告诉樱冈，他的叔叔在临终前曾留下一句话，叮嘱一定要转告给樱冈，叫他不要再为达腊都噜做事。当时瓦旦对樱冈说，你考虑一下吧。

这时，樱冈又看一眼瓦旦和欧卜丝，就转身走了。

樱冈在这个上午来卫生医疗所，是想看一看阿敏。

阿敏是南溪部落的族人。她当初与樱冈太郎和樱冈次郎一起在公学校读书，由于学习成绩出色，后来也被送到白石街上的小学校上学。阿敏小学毕业后，由于日语说的好，就被安排到卫生医疗所当了护士。阿敏的皮肤很白皙，再穿上洁白的护士服，几乎已经没有人能看出她曾是山上的族人。但医疗所里的护士却经常在背后议论说，阿敏的身上总有一股气味，一闻就知道是那种生番的味道。阿敏对这些护士的议论倒并不在意。她从不掩饰自己是一个番人。平时在医疗所，如果来看病的患者也是山上的番人，哪怕对方会说日语，阿敏也会用番语跟他说话。阿敏曾对樱冈说，我如果认为自己是一个山上的族人这件事是一个错误，我就只会永远烦恼，因为这是一个事实，而且无法改变，况且我是番人，这件事又错在哪里呢？那些达腊都噜对我来说不也一样是异族人吗？所以，阿敏对樱冈说，只要自己活的快乐就行了，我从来不去想过去，也不用想今后，因为过去和今后都跟我的现在没有任何关系。

阿敏说，我们只要把眼前的每一天过好吧。

樱冈在这个上午来到卫生医疗所，阿敏正在为病人换药。病人是一个达腊都噜的孩子，他显然是被什么东西烫伤了，在母亲的怀里发出一声声刺耳的哭叫。阿敏耐心地为这个孩子换完了药，抬起头看到站在门外的樱冈，就从治疗室里出来。樱冈没有说话，转身朝门外走来。阿敏跟在他的身后，来到外面的木栏跟前，看一看他的脸色问，你怎么了？

樱冈说，我……不太舒服。

阿敏摸一摸樱冈的额头，你病了？

樱冈说，不会吧……

阿敏又看看他，你刚才，是不是遇到什么人了？

樱冈慢慢低下头说，我的叔叔，最后没能……我总觉得……

阿敏似乎已经明白了，静静地看着樱冈，看了一阵说，我那里还有病人，不能出来太久，中午吧，我们一起吃饭，我给你做……你最爱吃的寿司，好吗？

樱冈勉强笑了一下说，好啊，你做的寿司……最好吃。

樱冈这样说着，一抬头，看到巴羧正远远地朝卫生医疗所这边走来。但他忽然站住了，显然是看到樱冈正和阿敏在一起，于是稍稍愣了一下，就转身走了。

樱冈的心里很清楚，巴羧来卫生医疗所也是看阿敏的。巴羧一直暗暗喜欢阿敏。阿敏曾说过，她和巴羧从很小的时候就在部落里一起玩。后来部落里的孩子被送去公学校读书，巴羧由于无法忍受达腊都噜的教育方式，也不喜欢读书，没几天就跑回部落去了。其实樱冈太郎和樱冈次郎当年也与巴羧很熟，可是后来他们两人去台中州读书，也就与巴羧再无来往。樱冈太郎在警察分室当了巡查以后，曾有一次在白石街上遇到巴羧。当时樱冈正在街上对行人做例行检查。巴羧朝这边走过来。他的身上背着猎物的毛皮，看样子是来白石街上的秀吉货栈做交易。巴羧似乎并没有看到樱冈，就那样抬着头径直地走过去。樱冈立刻叫住他说，巴羧，我是希奈啊，你不认识了？巴羧慢慢站住了，朝樱冈身上的警服看一眼说，如果你不说话，我真不认识了。然后又说，你最好不要再到山上去。樱冈不解地问，为什么？巴羧这时已经转身走了。他走了几步才回头说，你这样回去，当心山上的族人向你出草。

8.巴羧

巴羧已经想到了,阿敏一定不会知道,自己为什么在这个上午来看她。

这一天是阿敏的生日。巴羧想,阿敏应该已经忘记了。巴羧曾听阿敏说过,当年她和樱冈太郎樱冈次郎到白石街的小学校上学那天,达腊都噜就要求他们忘记自己的生日, 而把进入小学校的这一天作为他们新的生日。达腊都噜对他们说, 他们在这一天成为天皇的子民,也就如同获得了新生,所以,这一天才应该是他们的生日。巴羧在这个上午特意下山来看阿敏,是想提醒她,不管怎样也不要忘记,今天才是她真正的生日。

巴羧在这天早晨起了一个大早,天不亮就从部落里出来。他还特意带上了早已准备好的一枚用竹子雕刻的胸缀, 想把它作为生日礼物送给阿敏。当年阿敏小的时候,每一次过生日,巴羧都会送给她一枚这样的胸缀。当然,随着阿敏年龄的增长,巴羧为阿敏做的胸缀也越来越精致。巴羧曾对阿敏说,等将来她八十岁的生日时,他会为她用这些胸缀做一串大大的项链,然后亲手戴到她的脖子上,她从这些胸缀就可以看到自己是怎样长大的。

但让巴羧没有想到的是,他在这个上午兴冲冲地来到白石街,走到卫生医疗所的附近时,却远远看到樱冈太郎正和阿敏在一起。

于是,他立刻就转身走了。

巴羧想不明白，阿敏这样好的一个姑娘，为什么偏偏要来白石街,穿上这样一身奇怪的衣服为那些达腊都噜做事。如果这时阿敏还在山上的部落里,一定已经学会纺纱织布,身上穿着像彩虹一样的族人衣裳,脸颊上也肯定已经纹了嘎雅。巴羧曾经不止一次地在心里想象着阿敏的脸上文了嘎雅会是什么样子。他想,一定很漂亮。阿敏的脸就像能高山上的月亮一样皎白,看上去光彩照人,却又有些含蓄,如果再纹了嘎雅就如同月亮上飘起两朵彩云，那会是怎样的一种景象啊。可是现在的阿敏却成了这个样子，每天穿着一身白惨惨的衣服,在这样一幢奇怪的木房子里为那些异族人打针抹药。巴羧觉得,阿敏的那张脸由于没有嘎雅而显得很苍白,像寒风中的月亮,飘在荒凉的没有一丝云朵的夜空。

巴羧将这一切都归罪于樱冈太郎。

巴羧还记得，当年部落里的孩子被送去达腊都噜的公学校读书时,摩达头目是坚决反对的。摩达头目说,我们族人自己的孩子,为什么要送去这种公学校让那些达腊都噜教育，难道我们自己不能教育吗?我们祖先留下的嘎雅,那些达腊都噜懂吗?他们既然连嘎雅都不懂,又凭什么教育我们的孩子?所以,在一个下着雨的上午,当巴羧带领着部落里的一群孩子从公学校逃回部落时，摩达头目摸着巴羧的头说,好样的,这才是我摩达·如桐的儿子！摩达头目又对孩子们说,明天我就带你们上山,去看一看我们先人留下的猎场！摩达头目说,你们要知道,这将来可是你们的猎场啊,你们不仅要在这里打猎,还要小心保护它,所以你们要会射箭,会打枪,这才是真正要学的,否则将来怎么能成为一个真正的勇士！

巴羧受到父亲这样的鼓励也很兴奋。

但唯一让巴羧感到遗憾的是,阿敏没有和他一起回来。其实巴羧在临回来时,已经把阿敏的心说动了,可是樱冈太郎,也就是当时的希奈却在一旁竭力说,我们在公学校学习有什么不好?难道你以后还要去吃生肉吗?老师说了,没有经过加工的生肉很不卫生,会有寄生虫,这样吃了要生病的!也就因为樱冈太郎说了这样的话,阿敏才决定留下来。

所以,巴羧想,当初如果没有樱冈太郎,阿敏也不会变成今天这个样子。

巴羧在白石街上漫无目的地游荡了一阵,就准备回山上去了。就在这时,他看到了樱冈次郎。樱冈次郎正和几个西服草履的达腊都噜朝边走过来。巴羧立刻站住了,冷冷地向樱冈次郎看着。樱冈次郎穿着一身浅灰色的和服,头发也梳得很亮。他显然并没有看到巴羧。他和那几个达腊都噜正簇拥着一个戴深色眼镜的中年男人。这个男人应该也是一个达腊都噜,穿一身黑色的西装,头上戴一顶很高的帽子,看上去很有身份的样子。

樱冈次郎和那几个达腊都噜就这样陪着这个男人一边说着话走过去了……

9.樱冈次郎

樱冈次郎接到阿敏托人带来的口信时,已是将近中午。

樱冈次郎也很喜欢吃阿敏做的寿司。但他想,自己在这个中午恐怕很难抽出身来。台北总督府的官员来小学校视察,还特意听了樱冈次郎为学生讲的一堂课。这堂课的内容是讲日本的富士山。樱冈准备得很充分,从这座火山的形成,地理地貌,一直讲到它在日本所具有的特殊人文意义。总督府的官员对樱冈的这堂课非常满意,当听说樱冈老师是一个番人,更加感到吃惊。这位官员将樱冈叫到面前,先是称赞他的日语说得很好,不仅发音纯正,而且像使用母语一样纯熟,说如果不知道,几乎听不出他是一个番人。接着又频频点头说,樱冈这样的番人老师真的很难得。此时,樱冈虽然对这位官员一口一个番人的叫法觉得有些刺耳,但还是被夸奖的很高兴。这时陪同一起来的官员介绍说,樱冈老师的学历很高,他是在我们台中州的师范学校毕业的,而且毕业时成绩很优异。台中州的官员说,在白石街警察分室还有一位叫樱冈太郎的乙种巡查,也是一个番人,他是和樱冈老师一起从师范学校毕业的，现在他们两个人，可以说是我们对番人教育的成功典范。台北总督府的官员听了微笑着对樱冈说，好啊好啊，樱冈老师，你的日语说得这样好，去过日本吗？

樱冈有些难为情地说，我……从没去过日本。

官员说，好吧，等有机会一定安排你去一次。

樱冈一下有些惶恐，立刻鞠躬说，那就谢谢了。

这位官员笑笑说，你去亲眼看一看我们的富士山吧，恐怕比你在课堂上讲的还要漂亮。然后又回头对校长说，可以给樱冈老师的班里多安排一些番人的孩子，这样的教育效果很好，我们如果再多一些这样的番人老师就更好了，你们还要努力培养啊。

樱冈受到这样的夸奖，兴奋得脸一下红起来。

当然，樱冈这样高兴还有一个原因。此时，枳子老师正站在一边，也微笑着频频点头。枳子老师还轻轻地说了一句，樱冈老师的生物课也讲的很好，学生们都很爱听呢。樱冈听了立刻朝枳子老师瞟一眼。枳子老师也微笑着看看樱冈。樱冈的脸越发涨红起来。樱冈每一次看到枳子老师这样的微笑，就有一种抑制不住的激动，心也会噗噗地跳起来。

台北总督府的官员走后，校长立刻朝樱冈走过来。校长叫西村。西村校长笑着说，樱冈老师，上面对您的评价这样高，今后还要继续努力啊。接着又说，我们刚才商量过了，后面还要为您安排更多的课程，这样工作量就会增加，您要有心理准备啊。

樱冈立刻说，是，西村校长，我一定会更加努力。

枳子老师也微笑着走过来说，樱冈老师，祝贺您。

樱冈越发有些难为情了，连忙对枳子老师说，谢谢，其实……过奖了。

枳子老师说，怎么会呢，樱冈老师日语说的就是好，课也讲的很好啊。

樱冈连忙说，我的日语……还是有口音的，我知道。

枳子老师说，哪里啊，如果樱冈老师真去了日本，就是走在东京的街上也不会有人听出来呢。樱冈点点头说，是啊，我真想去日本看一看，东京，箱根，北海道，我总在想，能生出枳子老师这样一个美丽女人的国家，一定也是一个很美的地方啊。

枳子老师的脸立刻红起来，低下头说，谢谢樱冈老师的夸奖。

樱冈说的是心里话。他经常在想，这个远在大海那一边的叫日本的国家，究竟会是什么样呢。樱冈在学校读书时，曾详细学习过日本的地理，应该说对这个国家的每一座城市，甚至每一个地方的名胜和历史古迹都了如指掌。他曾经设想，如果有一天真的让自己到日本去，他也许只凭着对书本的记忆就可以走遍每一个地方。但是，日本这个国家在他脑子里却只是一些平面的干巴巴的图片，这些图片再逼真，色彩再鲜艳也只是图片。日本这个国家究竟是什么样子，它真实的色彩，真实的气味，樱冈却无法想象出来。

在樱冈看来，枳子老师应该就是日本这个国家在自己心目中的象征。枳子老师有一种安静清幽的气质，不仅温文尔雅，也善解人意，脸上总是带着那样一种特有的微笑。樱冈发现，每当走近枳子老师，就会闻到她身上散发出的一股淡淡的若有若无的幽香。这种幽香的气味让樱冈感到陶醉。所以，樱冈每当与枳子老师接触时，就会有一种莫名的兴奋。但他只是把这种兴奋深深藏在心底，从不敢冒昧地表现出来。曾有一次，学校为一对日本教师主持婚礼。婚礼就在学校操场的草坪上举行。当时枳子老师被请去做新娘的伴娘。但樱冈很快发现，这个新娘犯了一个错误，她不该让枳子老师去当她的伴娘。在那个婚礼上，枳子老师虽然只是陪在新娘身边，却显得光彩照人，竟把婚礼上所有人的目光都吸引过来。樱冈在一旁看着枳子老师，心里暗想，如果此时站在枳子老师身边的是自己，又会是什么样呢？

樱冈次郎虽然从没有对樱冈太郎说出过自己的心思，但樱冈太郎却早已看出来。一次樱冈太郎和樱冈次郎一起去山坡上散步，樱冈太郎随手在一棵绯寒樱花的树下摘了一朵紫花地丁，拿到樱冈次郎的面前问，你认识这种野花吗？樱冈次郎看一眼说，这是紫花地丁。

樱冈太郎又问，这朵紫花地丁，好看吗？

樱冈次郎随口说，当然好看啊。

樱冈太郎笑一笑说，可是，你应该知道，它再好也只是紫花地丁，注定只会生长在樱花树下。樱冈次郎听了，慢慢停住脚，回头看了看樱冈太郎。樱冈太郎又说，我们在台中州的师范学校读书时，曾经学过园艺，你想一想，如果把这种紫花地丁嫁接到樱花树上，会怎么样呢？樱冈次郎这时已经明白樱冈太郎要对自己说什么。

他看一眼樱冈太郎说，红桧也是一天一天长起来的。

樱冈太郎摇摇头说，可是，紫花地丁不是木本植物。

樱冈次郎又眨着眼看看樱冈太郎。

樱冈太郎在他的肩上拍了一下说，努力加油吧，也许，你会让自己变成木本植物的。

这个中午，樱冈次郎还是决定去阿敏的家里吃寿司。

樱冈次郎在这个中午心情很好。他想把自己受到台北总督府官员夸奖这件事告诉阿敏和樱冈太郎。樱冈次郎觉得，樱冈太郎的性格过于认真了。自己当年从公学校毕业，来到白石街上的小学校读书，后来又被送去台中州的师范学校深造，一切都是顺其自然。他从来没有想过，也不愿去想今后会怎么样。他认为瞻前顾后左思右想已经没什么意义。樱冈太郎现在当一名乙种巡查很体面，自己在小学校当一个教师也很体面，这就够了。在这个中午，樱冈次郎之所以决定还是去阿敏的家里吃寿司，就是想让樱冈太郎知道，他这株绯寒樱树下的紫花地丁已经要变成木本植物，而且有可能像红桧一样生长得枝繁叶茂。

樱冈次郎出来时，在学校门口遇到了山口。

山口是枳子老师的哥哥。他虽然在白石街的警察分室担任总务长，却从不穿警服，永远是一身浅色的西装，而且面皮很白皙，看上去像一个公司文员或大学教师。他在这个中午原本是来看枳子的，一见樱冈就笑着说，樱冈老师，听说您今天受到夸奖了？

樱冈笑笑不好意思地说，怎么，山口先生也听说这件事了。

山口说，是啊，警察分室那边的人都在议论呢，我刚才还对樱冈太郎说，你也要努力啊，可不要落在樱冈老师的后面，你们两个人可都是我们的骄傲呢！

樱冈听了兴奋得脸又涨红起来。

山口问，你这是要去哪？

樱冈立刻说，我……没想去哪。

山口说，那好啊，我那里还有两瓶真正的滩五乡清酒呢。

樱冈说，哦，滩五乡的清酒，这可是少有的珍品啊。

山口有些意外，怎么，樱冈老师也知道滩五乡清酒？

樱冈点点头说，滩五乡是日本的第一酒乡啊。

山口高兴地说，好啊好啊，今天中午我就请你喝这滩五乡的清酒，一来为你庆贺，二来还想听你再讲一讲你们的番人音乐。他一边说着拉起樱冈就朝学校外面走去。

山口很喜欢音乐，对中国大陆的广东潮汕音乐和闽南音乐都很有研究。他从台中州调来白石街的警察分室以后，又对番人音乐有了浓厚的兴趣。一天晚上，山口办事回来，偶然听到刚喝了酒的樱冈次郎在街上随口哼唱起山上族人的小曲，竟然很有味道。后来才知道，樱冈对番人音乐懂的很多。于是山口就经常来找樱冈聊天，让他给讲一讲番人音乐。樱冈的嗓音也确实很好。所以和山口在一起时，也就经常给他唱一些当年山上的小曲。

其实，樱冈对这个叫山口的年轻人虽然没什么恶感，却也并不是很喜欢。他觉得这个山口表面看上去很斯文，像一个书生，但总让人感觉内心里似乎包裹着一团逼人的寒气。樱冈说不清楚这团深藏在山口内心的寒气究竟是什么，不过也正因如此，他觉得自己似乎永远与山口走不近。可是从另一方面说，樱冈又很愿意接近山口。这是因为，山口毕竟是枳子老师的哥哥。樱冈知道，他们兄妹的感情很好。一次山口喝了酒告诉樱冈，他的家乡是在日本的北海道，从很小的时候父母就都去世了，所以这些年他们兄妹相依为命。枳子是因为他来台湾，所以才一起跟过来。樱冈也正是因为知道了这些事，才改变了对山口的看法。他想,既然山口和他的妹妹枳子老师有如此深的感情,他也就应该接近山口。

在这个中午,樱冈来到山口的宿舍,两人一起喝酒一直到傍晚。樱冈因为心情很好,也为了让山口高兴,就乘着酒兴唱了很多山上族人的小曲。山口果然很有音乐天赋,每听樱冈唱一首小曲,立刻随手把乐谱记在纸上,然后就可以用口琴吹出来。山口有一只很精致的口琴。他吹的很好,似乎在这只口琴里装了水,能吹出各种奇妙的声音。后来樱冈喝得有些多了,就对山口说,山口先生,我可以问一个问题吗。

山口把口琴从嘴边拿开说,可以,你问吧。

樱冈说,你真的喜欢这些小曲吗?

山口点点头说,是啊。

樱冈说,可是你们把山上的族人称为“生番”,是吧?

山口说,是。

樱冈说,我知道“生番”的含意,既然如此,你为什么还会喜欢“生番”的音乐?

山口想了一下说,我曾经到台北帝国大学的医学院去过,那里有一个非常现代化的解剖室。山口笑笑说,我觉得,我的这只口琴也像一把解剖刀。

樱冈听了看着山口,半天没有说话……

10.嘟奴

父亲曾告诉我，在很久很久以前，天上有两个月亮。那时没有白天和黑夜，这两个月亮永远挂在天上，将白石山上的波索康夫尼映得若隐若现。一天，其中的一个月亮突然燃烧起来，它像一个火球越升越高，将天空和大地照得通亮。这个燃烧的月亮从此就变成了太阳，于是也就有了白昼。父亲曾经很认真地答应过我，有一天会带我去白石山，亲眼看一看那棵传说中的波索康夫尼。但遗憾的是，直到他走上彩虹桥，也没有实现这个诺言。

这些年，总是有人问我，白石山究竟在哪里，山上真的有那样一棵叫波索康夫尼的神树吗。也有年轻人问，你确实见过波索康夫尼吗？我知道，他们这样问是因为不相信。我每次都诚实地告诉他们，我没去过白石山，也从没有亲眼见过波索康夫尼。但是，我坚信这棵传说中的神树是存在的。不仅是我，我的族人也都坚信不疑。否则，我们的祖先是从哪里来的呢，而如果没有祖先，又怎么会有我们这些族人呢。我告诉今天的年轻人，波索康夫尼是我们的祖灵所在，所以无论是我，还是我的族人，都不允许任何人对它有丝毫的冒犯。

当年，我在白石街的小学校读书时，就因为一个达腊都噜的孩子说了对波索康夫尼不敬的话，我险些对这孩子出草，而且后来还被巴羧闹出一场很大的风波。

事情的起因，是我向学校的旗杆射了一支箭。

我当时向这根旗杆射箭，不过是想试一试自己的箭法。那时我已学会射箭。据巴吵嚏说，我已经能像一个真正的猎人去猎场狩猎了。但这一次，我没想到这一箭竟然这样准，一下就射到了旗杆顶上。当时的旗杆是用一根茅竹制作的，所以把箭射在上面并不容易，而且这一箭竟然将那面正在随风飘扬的太阳旗也钉在了那里。当时部落里的孩子们立刻都跳着尖叫起来。但就在这时，樱冈老师突然冲过来一把揪住我的耳朵。樱冈老师虽然也是我们南溪部落的族人，但他这些年一直在外面读书，看上去已有些文弱，我没想到他竟然会有这样大的力气。他一直把我揪到旗杆底下，问我为什么要向太阳旗射箭。当时我忍着耳朵的疼痛告诉他，我并不是向太阳旗射箭，我只是想把这支箭射在旗杆上。可是樱冈老师说，你朝旗杆射箭也不行，你这样做就是对太阳旗不尊敬。樱冈老师问，我平时教你们唱的国歌叫什么？我说，叫《君之代》。樱冈老师又问，《君之代》的前两句是怎样唱的？我说，皇祚连绵兮久长，万世不变兮悠长。樱冈老师说对啊，这样一个皇祚连绵久长悠长的伟大国家，你怎么可以向它的国旗射箭？樱冈老师这样说着越发气愤，先是骂了一句巴嘎，然后就在我的脖颈上狠狠扇了一掌。樱冈老师平时也像那些达腊都噜的教师一样， 很喜欢打学生，而且他打族人的孩子更加凶狠。当时我知道，樱冈老师这样打我，应该是已经对我憋了很久的火气。

我曾在樱冈老师的椅子上抹过大粪。樱冈老师每次来为我们上课时，都喜欢坐在前面的椅子上。那是一只用桧木做的椅子，很高，也很结实，所以樱冈老师坐在上面就显得很威严。于是有一天，我就在这个椅子上抹了一些大粪。樱冈老师当然不知道，于是他上课时，一下就坐了一身黄色的东西。樱冈老师永远穿一身浅灰色的和服。他很喜欢这身和服，总是洗的干干净净，而且压得很平整。这时这样一坐，浅灰色的和服上沾了许多黄乎乎的东西就显得格外鲜艳，而且还发出一阵阵的恶臭。下面的孩子们一下都尖声笑起来。樱冈老师自然气得扭歪了脸，瞪起眼问这件事是谁干的。我立刻站起来说，是我干的。我当然要承认，摩达头目曾经说过，作为一个男人无论什么事，都要敢作敢为，否则将来是不会成为一个真正勇士的。当时樱冈老师听了就带着一身恶臭朝我走过来，问我为什么要这样做。

我看着樱冈老师没说话。但我这样做，当然是有原因的。

我觉得樱冈老师穿了这身和服已经不像我们的族人。我尤其讨厌他在那些达腊都噜的面前躬身弯腰说"哈依"。所以，我这样做就是想让樱冈老师知道，我对他穿着这样一身奇怪的衣服在学校里晃来晃去很不喜欢。但在当时，我并没把这些话对樱冈老师说出来。我这时已经知道接下来将会发生什么事。但让我没有想到的是，樱冈老师这一次却并没有打我。他面无表情地说，你以为我会打你吗，不，我不会因为这种事打你的，打你是因为要教育你，只有在你需要教育的时候，我才会用这样的方式。他这样说罢就转身回去换衣服了。

但这一次，樱冈老师还是因为我向太阳旗射箭的事打了我。他当时显然还没有把积压在心里的火气完全发泄出来。接着在上课时，就又发生了后来的事。在这堂课上，樱冈老师用日语教我们写，"美丽的富士山"。我必须承认，樱冈老师的日文写得很漂亮，所以他要求我们也学着他的样子写。这时几个达腊都噜的孩子最先写完了。其中一个叫佐藤的孩子写的最快，而且樱冈老师夸奖说，佐藤也写得最好。这个佐藤平时总是欺侮族人的孩子，他这时受到樱冈老师的夸奖也就更加洋洋得意。于是下了课，我就走到佐藤的面前说，你写的再好也没有用，你们达腊都噜的富士山再美丽，也不如我们的白石山美丽。

佐藤听了慢慢睁大眼，看看我说，你说什么？

于是，我就把刚才的话又说了一遍。

佐藤忽然古怪地笑了，他问，你们的白石山美丽吗？

我说，当然美丽。

佐藤点点头，又问，知道我们为什么要来这里吗？

我当时觉得佐藤问的这个问题很奇怪，于是哼一声说，我怎么知道，你们这些达腊都噜为什么要来这里，你们的家是在大海那一边，你们不在自己家里跑到我们这里来干什么？

佐藤点点头说，你去问一问樱冈老师，马关条约是怎么回事吧。

我当然听说过马关条约，虽然不知具体内容是什么，但也知道，就是因为这个条约才把这些达腊都噜引来我们这里。于是，我对佐藤说，我不管什么条约，我只知道，我们的白石山是世界上最美丽的，我们的先人，我们的祖灵，我们的波索康夫尼都在这里。

佐藤嗤地一笑说，波索康夫尼？你说那棵能生出男人和女人的怪树？

佐藤竟然敢这样说我们的波索康夫尼。他说波索康夫尼是一棵怪树。

我立刻盯住他说，你敢……再说一遍？

佐藤说，再说一遍又怎么样？这就是一棵怪树！他说着又朝身边几个达腊都噜的孩子笑了笑，这棵叫波索康夫尼的怪树竟然能生出人，它究竟是树还是一只母山猪？

我就是听他说了这样的话，才突然跳起来朝他扑过去。这个佐藤比我大几岁，身材也比我魁梧，他没想到我竟然有这样的勇气，一下有些手忙脚乱。我这时已经愤怒到极点。父亲曾告诉过我，我们的祖灵，我们的嘎雅，我们的波索康夫尼，是不允许任何人冒犯的，如果是一个真正的勇士，就要随时准备用生命捍卫这一切。我这时已经扑到佐藤的身上。由于他几乎比我高出一头，所以我不得不跳起来，这样一来也就有了很大的冲力。就在我扑到佐藤身上的一瞬，同时也伸出头在他的头上狠狠撞了一下。佐藤平时在学校里一向是欺侮别人的，这时突然受到这样的攻击没有任何心理准备，一下就被我撞倒在地上。我的头也被撞得嗡嗡响，而且隐隐作痛，所以我估计，佐藤一定是已经被我撞懵了。但他躺在地上很快就缓过气来，一翻身压住了我。我这时想，如果我的身上有一把泰雅刀，我一定会对他出草。我一直盼望着自己有机会出草,如果这样我也就有资格把嘎雅纹在脸上了。但遗憾的是,此时我的身上没有泰雅刀。我一用力又把佐藤掀翻在地上，顺手抓起身边的一块石头。就在我举起石头要砸到佐藤的头上时,我突然感到拿着石头的这只手被谁抓住了,接着又被用力一提,我就从佐藤的身上被提起来。这时我已经看到了,站在我身后的是樱冈老师。樱冈老师的一只手这样提着我,另一只手就横着打过来。他这只手用的气力很大,几乎挂着呼呼的风响,接着就啪地落在我的脸上。但他这一次打的不是我的脖颈,而是一掌拍在我的鼻子和嘴上。我只觉鼻子一热,就有一股黏黏的东西流出来。可是樱冈老师并没有罢手,接着又一掌打过来。这次我的脸上发出一声脆响。我意识到,这应该是一记耳光。樱冈老师打完之后一松手，我就一屁股坐到了地上。我伸手在脸上抹了一把。我知道,此时我一定满脸是血。

樱冈老师看看我说,去洗一洗吧。

他这样说完就转身走了。

走出几步又回头说,以后,不准再打架。

这时枳子老师走过来。她捧住我的脸很认真地看了看,又掏出一块很白的手帕要为我擦脸上的血。我用力把脸转过去。我一向不喜欢这个枳子老师。我觉得这个达腊都噜的女人很虚伪,她的脸上永远在微笑,却没有人知道她的心里在想什么。

我推开她的手,转身像个勇士一样地走了。

在这个上午,我来到学校外面的一条溪边,捧起溪水洗了洗脸。我看到,小溪里有一股猩红的血水朝下游流去。我这时才觉出鼻子和嘴唇很疼。我感觉到了,我的嘴唇一定像山猪一样的肿起来。我决定不再去学校上课,于是就沿着山路往回走。我这时感觉自己真的像一个勇士,只是有些遗憾,因为没有泰雅刀,所以没能出草。但我的心里还是很愉快。这一次,我让那个叫佐藤的达腊都噜孩子记住了,他今后一定不敢再冒犯我们的波索康夫尼。

快到南溪部落时，我在山路上遇到了巴吵嘎。巴吵嘎刚打猎回来。他这次打猎的运气很好,竟然打到了一头鹿。巴吵嘎扛着他的鹿走过来，看看我问，嘟奴，你怎么回事？

我不在乎地说，没什么。

巴哕嘆问，你是不是在学校打架了？

我说，巴哕嘆，我想问你一件事。

巴哕嘆放下他的鹿说，你问吧。

我问，我怎么才可以有一把泰雅刀？

巴哕嘆听了很认真地看看我。显然，他没想到我会提出这样的问题。

我又问，你是什么时候，有了这把属于自己的泰雅刀？

巴哕嘆又看看我，然后问，你想要泰雅刀，干什么？

我说，如果我有一把泰雅刀，也就可以出草了。

巴哕嘆一听就笑了，摇摇头说，出草可不是这样简单。

我说，这个我懂，我知道你是怎样出草的。

巴哕嘆伸手托住我的下巴问，你今天，究竟遇到什么事了？

于是，我就把在学校里发生的事对巴哕嘆说了。巴哕嘆听了立刻拍拍我的肩膀说，嗯，好样的嘟奴，这件事我要告诉摩达头目，他听了也一定会高兴！

我立刻问，摩达头目会不会给我一把泰雅刀？

巴哕嘆笑笑说，这就要你自己去问他了。

就在这时，巴哕嘆放在地上的这头鹿突然醒过来。它睁开眼看看马哕嘆，又看看我，好像随时都会跳起来逃走。巴哕嘆却并没有发现，仍在对我说，你这样小的年纪，就是给你一把刀恐怕也拿不动呢。正这样说着，这头鹿竟真的突然一下跳起来。与此同时，我伸手过去拔出巴哕嘆腰间的泰雅刀。但这时再反手已经来不及，于是我就横着猛地朝它的头上拍了一刀。这头鹿立刻又应声倒下了，翻起眼看看我，四条腿蹬了几下就不动了。马哕嘆吃惊地看一看自己腰间的刀鞘，又抬起头看看我。他显然没有想到，我竟会出手这样快。

我得意地吹了一下这把刀的刀锋，又插回他的刀鞘……

11.巴吵嚄

巴吵嚄拯救了全部落的族人。他对那个叫龟田的达腊都噜出草，猎回他的人头，部落里这场可怕的瘟疫竟然真的过去了。由于摩达头目及时处理了龟田的尸体，又做了一些假象，驻在所的三井竟信以为真。据说这件事以后，山上通往白石街的沿线驻在所都接到警察分室的通知，近期这一带有熊出没，如果出行必须携带武器，而且要两人以上同行。

这天早晨，该比坐在溪边一边梳洗，又唱起歌来。该比的歌声像溪水一样清澈。她唱的是：山林里的神木啊，你告诉我，当年的祖先是什么样，香樟树上的绣眼画眉啊，你告诉我，部落里发生过多少吉祥的故事，天上的彩虹桥啊，你告诉我，有多少族人从你这里走过……该比这样轻轻地唱着，就是树上的山鸟也不再叫了。如果山鸟也喜欢听该比唱歌，那就一定是我们的祖灵也觉得该比唱的好了。但该比在这个早晨这样唱歌，一定是又在想她的家人。这一天是该比的好日子。摩达头目的妻子芭苷·娃里丝要为她纹面。该比的脸上纹了嘎雅，就要成为一个真正的女人了。所以,该比这时一定又想起她的母亲和父亲。该比想,如果母亲和父亲还在,看到他们的女儿纹了嘎雅的样子,会有多么高兴啊。

巴哕嘎也为该比感到高兴。所以,他一大早就背着弓箭上山去了,他要打回一只像样的猎物,为该比好好庆祝一下。让巴哕嘎兴奋的是,他一上山就听到山鸟在右边的山林里欢快的鸣叫。这应该是一个吉兆,预示着猎人会有好的收获。

果然,巴哕嘎上山不久就打到一头鹿。

巴哕嘎在这个中午扛着他的鹿回到部落,族人们一见都兴奋起来。已经很久没有人打到猎物了,大家知道,在这个晚上又可以有鹿肉吃了。巴哕嘎将他的鹿放到草屋门前的空地上,拔出泰雅刀,将鹿头砍下。这头鹿直到被砍下头,眼睛仍然大大地睁着。巴哕嘎哼一声喃喃地说,看啊,一头鹿都是这样死不瞑目,况且我们的族人。这时已经有一股血水从鹿的脖颈汹涌的流出来。巴哕嘎抬起头,看到都门正陪着该比坐在不远的树下。该比的脸上似乎有些泪痕。他起身朝这边走过来,问该比,怎么回事?

该比低着头,没有说话。

巴哕嘎又看看都门问,究竟怎么回事?

都门说,已经都过去了,没什么事了。

显然,都门有什么事不想告诉巴哕嘎。巴哕嘎刷的拔出腰间的泰雅刀。他的刀由于刚刚砍过鹿头,刀锋上仍在滴血。他走到该比的面前说,究竟怎么回事,你现在告诉我。

该比摇着头说,没什么,真的没什么。

巴哕嘎猛地把泰雅刀朝身边的红桧树砍去。一根手腕粗的树杈立刻被砍断了。都门只好说,好吧,我告诉你吧,是摩达头目,他不准对你说。

巴哕嘎听了哼一声就朝摩达头目的草屋走去。

该比连忙叫住他问,你……去干什么?

巴哕嘎说,我去问摩达头目,这究竟是怎么回事!

该比说，你不要去，摩达头目正在生气。

都门又想了一下，只好说，我告诉你吧。

都门告诉巴咇嘎，前两天那个叫三井的山地警察给部落传过话来，说是驻在所需要一些麻丝，让部落里的人给送过去。这个上午该比去山上采麻，于是摩达头目就让她顺便给驻在所送去一些。该比去驻在所送麻丝时，三井和北溪驻在所的几个山地警察正在一起喝酒。他们见了该比先是问她，为什么脸上纹得这样黑。然后三井就过来拉住该比，硬要她去陪他们喝酒。该比放下麻丝转身想走。三井却仍不肯放手，就这样把该比身上的衣服都扯破了。最后该比突然拿出砍麻用的短刀，指向三井的喉咙，这样才脱身回来。

巴咇嘎听了转身就走。

都门立刻问，你要去哪？

巴咇嘎没有说话，已朝部落外面走去。

巴咇嘎在这个中午来到山上的南溪驻在所。驻在所的木屋是巴咇嘎当初带着部落里的族人建的，所以他对这里很熟悉。在这个中午，巴咇嘎用力拉开木门闯进来。三井和几个北溪驻在所的山地警察还在说笑着喝酒。三井显然已经喝多了，回头看到巴咇嘎笑着含混不清地说，好啊好啊，巴咇嘎你来得正好，一起喝酒吧，听说你刚刚打到一头鹿，是不是送鹿肉来了？巴咇嘎没说话，径直走到三井的面前，突然拔出腰间的泰雅刀放到他的脖子上。

三井的脸色立刻变了，两眼看着巴咇嘎说，你要……干什么？

巴咇嘎说，如果我告诉你，我要出草，你会怎么样？

这时三井的酒已经醒了，眨眨眼说，你要出草？

巴咇嘎说，对，我要出草。

三井点点头说，好吧，我知道你是为什么来的。

巴咇嘎说，你准备好吧，我的泰雅刀要说话了。

这时已经有一个达腊都噜将三井的东洋刀扔给他。三井朝后退了一步，慢慢拔出刀，突然大叫了一声就朝巴咇嘎砍过来。巴咇嘎敏捷地朝旁边跳开，三井的刀砍到桌上的一只酒瓶。这个酒瓶竟被三井的刀齐刷刷地拦腰砍断了。也就在这时，巴吵嘎的泰雅刀已经砍过来。巴吵嘎的这把泰雅刀不仅锋利，也磨得雪亮，这样砍过来几乎看不到刀，只是寒光一闪。三井赶紧一歪头，只听噗地一响，他头上的黑色警帽竟被巴吵嘎削去一半。三井立刻一边哇哇叫着又挥刀砍过来。这时巴吵嘎已经从驻在所里跳出来。就在三井也跟出来的一瞬，他突然斜身跳到墙壁上用力一蹬，接着手里的泰雅刀就横扫过来。三井已经意识到，这一次已无法再躲过去，于是赶紧朝地上一躺。巴吵嘎的刀横扫过去之后，人也随着落下来，跟着就骑到三井的身上。巴吵嘎举起手里的泰雅刀又朝三井的脖子砍下去。

就在这时，摩达头目突然大喝了一声，巴吵嘎！

巴吵嘎的刀举在半空，停住了。

摩达头目走过来，看着巴吵嘎。

巴吵嘎慢慢从地上站起来。

摩达头目说，回去吧。

说罢就头也不回地走了。

巴吵嘎又看了看仍躺在地上的三井，起身头也不回地走了。

在这个中午，摩达头目回到部落就径直走到红桧树下。巴吵嘎也低着头跟过来。摩达头目回过头对巴吵嘎说，从今以后，不准你再去驻在所！

巴吵嘎说，这个三井，他对该比……

摩达头目打断说，我已经知道了！

巴吵嘎说，可是……

摩达头目说，没有什么可是！

巴吵嘎就不敢再说话了。

这时部落里的族人已经朝树下围过来。

摩达头目又朝众人环视一下说，从今以后，谁也不准再去招惹那些达腊都噜！

摩达头目这样说罢，就起身回自己的草屋去了。

巴吵嘎在这个中午有些沮丧。他本来为该比打了一头鹿，心情很好,但这时一点好心情也没有了。部落里的族人渐渐散去。该比朝巴哕嘎走过来。该比纹过面,面颊显得更加漂亮,脸上的嘎雅还泛着新鲜的深红色,在中午的阳光下闪着柔软的光泽。

该比走到巴哕嘎的面前说,谢谢你。

她说着,转头朝门前空地上的那头鹿望去。

巴哕嘎说,这头鹿,是为你打的。

该比点点头说,我知道。

该比说罢又示意了一下,巴哕嘎就跟着来到她的草屋。该比从自己的织布机上拿起一块刚刚织好的布,递给巴哕嘎。这块布织得很均匀,也很柔软,拿在手里像兽皮一样舒适。

该比问,喜欢吗?

巴哕嘎点点头说,喜欢。

该比说,我要用这块布,为你做一件新衣。她这样说着脸就红起来,脸颊上的嘎雅也越发鲜艳。她说,我现在……已经是一个真正的女人了。

巴哕嘎听了慢慢抬起头,看着该比。

该比又说,我以后,会织很多的布。

巴哕嘎仍然看着该比,似乎想说什么,却没有说出来。

巴哕嘎已经听说了,就在几天前,白石街的警察分室已经发出通告,不准山上的族人再织布,所有的织布机都要收缴,而且从今以后也不准再种棉花,只能买他们的东洋布料。他们这样做,当然让山上所有的族人都无法接受。织布机是从先人的手里传下来的,部落里的族人祖祖辈辈都在山上种棉花,自己纺纱织布。现在这一切却都要被禁止了。

显然,该比还不知道这件事。

巴哕嘎想了想,还是把这个消息告诉了她。

这时都门从外面回来了。都门因为和山本一起生活过一段时间,懂一些日语。她说,她刚刚去溪谷打水,遇到两个北溪驻在所的山地警察。他们显然都已喝得有些醉了,一边走着聊天说,就在这几天,就要来部落收缴织布机了。

该比听了,立刻啊地一声,回头看一看巴哕嘎。

巴哕嘎说,好啊,那就让他们来吧。

12.巴羧

巴羧最喜欢生吃鹿肉,而且能吃出不同的味道。他对部落里的族人说,吃樟树叶长大的鹿,肉会微微发涩,而吃红桧树叶长大的鹿,肉是滑滑的,吃到嘴里像米糕一样柔软。巴羧在这个下午分到了一块鹿腿上的肉,这是他最喜欢吃的。这时虽然还是下午,部落里的族人已经迫不及待地点起篝火,一边唱着跳起来。巴羧喝了酒,也拿起口簧琴摇摇晃晃地朝篝火这边走过来。巴羧拨口簧琴最好听。族人们看他走过来,立刻都兴奋地尖声叫起来。

摩达头目坐在红桧树下,一边嚼着樟树叶朝远处的族人们望着。他的牙齿由于经常嚼樟树叶而变得洁白，看上去不仅锋利，也很耀眼。这场可怕的瘟疫终于过去了,粮食也从田里收回来,已经举行过收获祭。如果在以往,这时应该是一年中最轻松的季节了。白天部落里的男人们可以去猎场狩猎,晚上围在火堆旁边喝酒。年轻人也可以去做他们想做的事情。可是现在,突然又传来消息,驻在所要将部落里的织布机全部收缴,而且从今以后不准再种棉花。摩达头目越来越感觉到，这些达腊都噜似乎在用一根无形的绳索一点一点将族人的脖子勒紧。如果再这样下去,就要喘不过气来了。

摩达头目的妻子芭苷·娃里丝坐在身后的草屋里，在埋头织布，哐当哐当的声音有节奏地传出来。芭苷·娃里丝永远坐在那里默不作声的织布,好像把所有要说的话都编织在她的布里。摩达头目回过头去朝妻子看了看。妻子虽已给自己生出两个儿子,而且两个儿子都已经长成真正的男人,她的脸上却仍然留着年轻时漂亮的痕迹。但她的两只手由于长期织布已磨出硬茧,在掌心有一块永远擦不掉的血痕。嘎雅说,我们的族人无论男人还是女人,手心都会有一块永远抹不掉的血痕,男人是出草时留下的,女人则是因为织布。这手心的血痕和脸上的嘎雅一样,是将来去见祖灵的印迹。但这时,摩达头目想,如果没有了织布机,将来女人们的手心还会有血痕吗,而她们的手上没有了血痕,将来又怎样去见祖灵呢?

部落里的长老们来了。摩达头目在这个下午将长老请来,原本是要商议一下，已经到了捕鱼季节，再过一过部落里就该举行捕鱼祭了。可是这时,当务之急要商议的却是织布机的事情。长老们也已经听说了这个消息。没有人想到,驻在所的达腊都噜竟然会这样做,所以大家一时都有些不知所措。根据以往的经验,如果这一次拒不交出织布机,后面很可能会给部落惹来更大的麻烦。这时,一个长老忽然说,现在有一个办法。

所有的人立刻都看着他。

这个长老说,我们部落里究竟有多少织布机,驻在所并不清楚。

这个长老的话一下提醒了摩达头目。

摩达头目立刻说,对啊,我们是不是可以先藏起一些织布机呢?

另一个长老也点头说,如果这样,驻在所要收就让他们收好了。

这显然是目前能想出的唯一办法了。即使那些达腊都噜将一些织布机收走,部落里的女人们也仍然可以偷偷地纺纱织布。至于种棉花，则可以去人迹罕至的深山密林，这样那些达腊都噜也就很难发现。摩达头目点点头说,好,看来我们只能这办了。

就在这时,巴哕嘎突然闯进草屋。

巴哕嘎对摩达头目说,巴羧去山下的小学校了。

摩达头目听了皱一皱眉问,他去小学校干什么?

巴哕嘎说,他听说嘟奴在学校里挨了打,就下山去了。

摩达头目听了哼一声说,这个巴羧,又要惹事。

他想一想又对巴哕嘎说,你去把嘟奴叫来。

在这个下午,我跟着巴哕嘎来到摩达头目的草屋。摩达头目问我,上午在小学校里究竟发生了什么事。于是,我就把上午发生的事情对摩达头目说了。

摩达头目又问,你把这些事,告诉巴羧了?

我看看摩达头目。我知道,摩达头目一定会训斥我。

但我还是点点头说,是,巴羧问我,我就告诉他了。

摩达头目又想了一下,对巴哕嘎说,你现在就下山。

巴哕嘎应了一声就匆匆走了。

我也没有想到,巴羧在这个下午竟会立刻去白石街的小学校。本来我是不想对巴羧说这件事的。我知道他的脾气。但我的嘴唇到了下午越来越疼。就在这时,我又做了一件不该做的事。我吃了很多鹿肉。父亲曾告诉我,如果有外伤是不能吃鹿肉的。果然,我吃了鹿肉嘴唇就肿得更厉害了,看上去已经真的像一头山猪的嘴。巴羧正在一边喝酒一边和大家一起跳舞,回头看到我远远地坐着,就朝我走过来。他这时才发现我的嘴唇不太对劲,于是蹲下来朝我看了看问,怎么回事。我说没什么。他说,我在问你的嘴,你的嘴是怎么回事。这时旁边的一个孩子告诉他,嘟奴上午在小学校挨打了。

巴羧听了立刻瞪起眼问,谁打你了?

这个孩子说,是樱冈老师。

巴羧问,樱冈次郎?

我只好点点头。

巴羧问,究竟怎么回事?

于是,我就把上午发生的事对他说了。

巴羧听了没再说话，转身就下山去了。

我知道，巴羧最近的心情一直很不好。

他每天什么事也不做，只是坐在红桧树下闷闷地喝小米酒，从早一直喝到晚。喝醉了，就看着远处的能高山顶怪声怪气地尖声哼唱：高高的能高山啊，你是月亮的家吗，满是星星的夜空啊，你是月亮的猎场吗，天亮了，离家越来越远的月亮啊，你要去哪啊……

巴羧就这样唱了一遍又一遍。

这是阿敏小时候最喜欢唱的月亮歌。那时每到晚上，阿敏总是站在一块岩石上，冲着天上的月亮唱这首歌。巴羧坐在旁边静静地听，慢慢就学会了。后来阿敏去公学校读书，学会唱《撒枯拉》，就再也不唱月亮歌了。巴羧最讨厌这首《撒枯拉》。他觉得那些达腊都噜真的很奇怪，竟然能把一首歌咿咿呀呀地唱成这个样子。后来巴羧决定不在公学校读书了，阿敏曾答应他，在公学校毕业就回部落。但让巴羧没想到的是，阿敏毕业后并没有回来，而是又去了山下白石街的小学校。再后来从小学校毕业，就去达腊都噜的卫生医疗所当了护士。巴羧再去医疗所看阿敏时，发现她似乎已经变了一个人，身上穿着白得耀眼的护士服，说一口流利的日语，无论见什么人都会微微弯下腰，垂着眼，轻轻说一句“哦哈哟”，或者“阿里嘎多，抠达依马斯”。巴羧曾在公学校里学过，知道这是达腊都噜问好的意思。巴羧想不明白，阿敏明明答应过自己，从公学校出来就回山上的部落。可是现在，她为什么不但没有回部落，竟然还跑到白石街来为那些达腊都噜做事呢？巴羧曾经当面质问阿敏。

但阿敏告诉他，她现在已经不想再回山上的部落了。

阿敏的口气很坚定，也很明确。巴羧直到这时才彻底明白，这就是阿敏在公学校读书的结果。巴羧由此也就更加痛恨乌苷。巴羧想，当初如果不是这个乌苷，也就是后来在小学校当教师的樱冈次郎横加阻拦，阿敏和自己一起离开公学校，也许就没有今天这样的事了。

在这个下午，巴羧来到白石街上的小学校时已是傍晚。学校里已经没有学生。但巴羧还是很容易就找到了樱冈老师。樱冈老师正在一间房子里为几个达腊都噜的孩子补习功课。他好像正在读一篇什么文章,声音忽高忽低拉得很长。巴羧站在这间房子的门外,朝里面看了看突然一拉门就闯进去。樱冈老师抬起头,认出是巴羧,立刻皱起眉说,你怎么这样就闯进来?我这里正在上课。巴羧没说话,径直走到樱冈老师的面前,突然挥手在他的脸上掴了一掌。他这一掌掴得很用力,啪的一声脆响,樱冈老师没有防备,一下被打愣了,接着一股鲜血就从他的鼻子和嘴里流出来。巴羧看着他说,这一下是为嘟奴打的。

接着,他又在他的脸上狠狠扇了一掌。

樱冈老师又被打了一个趔趄。

巴羧说,这一下是为阿敏打的。

樱冈老师这时已被打懵了,摇晃了几下才勉强站稳。那几个达腊都噜的孩子突然跳起来, 像一群凶恶的小动物一样哇哇叫着朝巴羧扑过来。就在这时,我赶到了。我冲进这间房子时,看到其中的一个孩子正是佐藤,于是立刻朝他扑上去。佐藤看到我先是愣了一下。我已经从他的眼睛里看到了一丝胆怯。这时我已扑到他的面前。佐藤本能的朝旁边躲了一下,于是我就扑到了另一个孩子的身上。这个孩子叫吉野,身材也比我高大,但比我瘦。我抓住这个吉野的衣领和腰带两手开始用力。我在部落里曾经举起过一头巴吵嘎猎回的山猪,这时我想,这个吉野总比那头山猪要轻一些,所以我决定把他举起来。我的两手一用力,竟然真把这个吉野举起来,高高的举过头顶。这个叫吉野的达腊都噜孩子在半空朝下看着,立刻吓得尖叫起来。此时樱冈老师已经被巴羧打得满脸是血。樱冈老师虽然平时对我们很凶,但这时在巴羧的面前却显得有些怯懦了。他一边招架着不停地向后退着,就这样从这间房子里一直退到了外面。巴羧这时一定是想起了很多事,积压在心里的火气一下都爆发出来。他瞪着两眼紧跟在樱冈老师的后面冲出来,用力向前一跃就扑到樱冈老师的面前。但他这一次并没有拔出腰间的泰雅刀,只是用手一下一下地打在樱冈老师的脸上,直打得樱冈老师的脸上血水飞溅。我这时举着这个叫吉野的孩子,也已经有些支撑不住。我在心里盘算着应该怎样处置他。我想,如果我现在一松手,吉野这样摔到地上一定会摔个半死。而此时我想起摩达头目说过的话,我知道一旦摔死这个吉野,也就会给部落惹出天大的麻烦。但更麻烦的是,这时我的两只手已经越来越没有力气,我已无法再放下这个吉野。就在这时,我看到在这个房间的角落里有一堆纸箱。于是举着吉野摇摇晃晃地走过去,一用力就将他扔到这堆纸箱上。吉野立刻发出一声像动物一样的嗥叫,然后就被埋在纸箱里了。

此时学校里的几个达腊都噜教师也都闻声赶来。他们先是站在一旁饶有兴趣地看着。显然,在他们看来,这不过是两个番人之间的争斗,无论谁把对方怎样了都是一件很有趣的事情。但他们很快就看出来,樱冈老师已明显处于劣势。于是一个教师立刻跑去拿来一把东洋刀,远远地扔给樱冈老师。樱冈老师的手里有了这把东洋刀立刻恢复了斗志。他刷地拔出刀一边呀呀叫着就朝巴羖砍过来。巴羖先是躲过樱冈老师的刀,然后看着他说,我今天本来不想用刀,我还把你当成是我的族人,泰雅刀是从不指向自己族人的。可是现在,巴羖说,是你逼我出草的!

巴羖这样说罢,就拔出自己腰间的泰雅刀朝樱冈老师迎上去。泰雅刀与东洋刀碰在一起,发出刺耳的脆响。樱冈老师当然不是巴羖的对手,这把东洋刀在他的手里显得有些笨拙。巴羖的泰雅刀突然在樱冈老师的面前晃了一下,就在樱冈老师用刀来迎的时候,巴羖却猛一下跳到他的身后,接着手里的泰雅刀就朝樱冈老师的脖子横扫过去。樱冈老师已经感觉到了什么,回头看着这把朝自己扫过来的泰雅刀,突然停住了,似乎就这样等着这把刀的到来。

也就在这时,巴吵嘎朝巴羖扑过来,用力按下他手里的刀……

13.樱冈次郎

樱冈这一次被巴羧打得很重。他的嘴唇也肿得像山猪一样，两只眼睛乌黑青紫，像浊水溪里的爬岩泥鳅一样鼓胀起来。他一连几天躺在宿舍里。阿敏来看过说，问题不是很大，没有受到内伤，只用一些外敷药就可以了。樱冈躺在宿舍里的这几天，心里却有些高兴。枳子老师知道他受伤了，每天都来为他敷药。枳子老师的手很轻，每次敷药时都会反复问樱冈，疼不疼。樱冈虽然有的时候确实很疼，但也已经不觉得了。他甚至在心里暗暗庆幸，如果这一次没有被巴羧打伤，也就不会有与枳子老师这样单独相处的机会。

樱冈的心里总有一种悻悻的感觉。枳子老师虽然很亲切，也总是彬彬有礼，却似乎永远与樱冈保持着一段看不见的距离。这种距离让樱冈感到很苦恼，也有些无奈。他不知道究竟怎样才能缩短这个距离。可是这 次，樱冈终于觉得有了机会。一大傍晚，枳子老师又来为樱冈敷药。樱冈一直用眼睛看着枳子老师。枳子老师似乎已经感觉到了，但仍然低着头做手里的事情。一会儿，樱冈说，枳子老师，问你一个问题可以吗。

枳子老师抬起眼看看他，抿嘴笑一笑说，当然可以啊。

樱冈说，枳子，在日语中是什么意思呢？

枳子老师说，应该……是一种花吧。

樱冈说，枳子在我们这里，确实是一种花，叶子很漂亮，不过……也有刺啊。他说着又摇摇头，看着枳子老师轻轻地说，可是……枳子老师可不像是有刺的花啊。

枳子老师点点头说，哦，有机会我一定看一看樱冈老师说的这种花。

樱冈忽然动情地说，其实……枳子老师更像一朵带着露水的绯寒樱花啊。

枳子老师又微微一笑说，谢谢。

樱冈本想再说一些什么的话，但枳子老师的微笑却让他不敢再说下去了。樱冈觉得，枳子老师的微笑真的很好看，但这微笑就像是贴在脸上的，没有一点温度。

巴羧这次闯入白石街的小学校殴打教师，成为一起很严重的事件。一个山上的番人随随便便就闯入学校，而且还把教师打伤，小学校的西村校长认为这是不能容忍的。西村校长向樱冈老师了解了情况之后，立刻把这件事报告给白石街的警察分室。西村校长向警察分室的小野警官说，来学校滋事的是山上南溪部落一个叫巴羧的番人。事情的起因，是樱冈老师打了一个番人的学生。西村校长愤愤地说，打一个番人学生算什么事，我们日本人自己的孩子犯了错误也照样会挨打。小野警官听说了这件事也很重视。当他得知来闹事的是南溪部落的巴羧，立刻想起不久前发生的一件事。那一次，小野警官去山上的驻在所视察工作，走到南溪部落附近时刚好遇到巴羧。当时巴羧正扛着一只刚打到的山猪往回走。小野警官看了就对身边驻在所的人说，这种刚打到的山猪一定很新鲜，我们可以向这个番人要一块肉，回去烤着吃下酒很好。但是，当驻在所的警察追上去跟巴羧说了，巴羖却看也没看这个警察就头也不回地径直走了。小野警官有些奇怪地问,这个番人是什么意思。驻在所的警察有些尴尬地说,这些山上的生番就是这样的性格,他们从来不懂礼貌。小野警官有些恼火地说,我很讨厌这样的性格。说着就走过去拦住巴羖的去路,沉着脸问他,刚才对你说的话,你没有听懂吗?巴羖放下肩上的山猪说,我听懂了。小野警官问,既然听懂了,你为什么不回答?巴羖看着小野警官反问,我为什么要回答,我的山猪为什么要分给你们?小野警官听了脸立刻涨红起来。巴羖又把这头山猪扛到身上就扭头走了,一边走着说,你们这些达腊都噜,也像山猪一样贪得无厌,把这山林里的一切都当成是你们的,我应该把你们也像山猪一样一个一个地都用枪打死。巴羖说这些话的声音并不大,但还是被小野警官听到了。可是小野警官对这些话并不是很懂,于是问身边的人,这个番人在说什么。身边的人就把巴羖的话翻译给小野警官。小野警官立刻瞪着巴羖的背影。可是这时巴羖已经扛着他的山猪走远了。

所以这一次,小野警官决定亲自调查这件事。

这时我已经又回到小学校来上学。我本想趁这个机会就再也不上学了。我很讨厌这个学校,也讨厌在这里学达腊都噜的语言,写他们的文字,更讨厌这个学校里所有的达腊都噜老师。但摩达头目一定要我继续来上学。他对我说,在这个时候,你反而更应该去。我立刻明白了摩达头目的用意。那天巴羖被巴吵嘎从小学校拉回来,摩达头目很详细地问了在学校里发生的事情之后,把巴羖狠狠地训斥了一顿。摩达头目说,你就是想教训这个乌苷,也应该把他从学校里拉出来,你跟他是族人之间自己的事情,自己的事就应该自己解决,如果解决不了出草都可以,怎么能跑到达腊都噜的学校里去闹呢。摩达头目断定,这件事学校一定不会善罢甘休。所以,摩达头目让我继续来学校上学,是为了观察学校的动静。

我第一天来到学校,西村校长立刻把我叫他的办公室。西村校长看见我进来,先走过去关上门,然后转身来到我的面前。西村校长是一个矮矮的小个子,平时对番人的学生非常凶狠。他在自己的办公桌上永远摆放着一把气势汹汹的东洋刀。

他瞪起两眼问我，那天究竟是怎么回事？

我说，什么怎么回事。

西村校长说，听说那个生番来学校里打樱冈老师，是因为你的事。

我说，是，是因为我的事。

西村校长问，你的什么事？

我说，那天樱冈老师打了我……

我刚说到这里，西村校长突然在我的头上狠狠拍了一个掌，我听到自己的头上啪地一响。他说，好啊，我现在也打你了，你可以回去再告诉那个生番，让他也来找我啊。

这时我已感觉到，自己的头上嗡嗡地响。

西村校长又说，你不要这样看着我，我知道你们这些番人的孩子心里在想什么。

我没再说话，向西村校长又看了一眼，就转身朝门外走去。

西村校长立刻在我的身后说，回来，我让你走了吗？

我没再说话就头也不回地出去了。

在这个上午，警察分室的小野警官带着两个警察来学校调查此事。西村校长见到小野警官，立刻陪着来到樱冈老师的宿舍。樱冈老师正躺在榻榻米上看书。他没有想到小野警官竟会亲自来调查这件事，连忙坐起来。小野警官温和地向他做了一个手势，示意不必起来。但樱冈老师还是起身向小野警官和西村校长行礼，然后请他们坐下来。

小野警官说，樱冈老师这次受惊了。

樱冈老师点点头，没有说话。

小野警官问，那天来闹事的人，确实是南溪部落的巴羧吗？

樱冈老师说，是，就是他。

小野警官又问，除了他，还有什么人？

樱冈老师说，只有他一个人。

小野警官立刻说,可是,我听说当时还有别的番人?

樱冈老师说,闹事的只是巴羧一个人。

小野警官嗯一声,点点头又问,这个巴羧,当时还说了什么?

樱冈老师沉默了一下,抬起头说,小野先生,这件事……就算了吧。

小野警官立刻看看他问,樱冈老师什么意思?

樱冈老师说,事情已经过去了,我……不想再追究这件事了。

小野警官摇摇头说,现在这件事,已经不是你一个人的事情。

西村校长也在一旁说,对,这次一定不能放过这个叫巴羧的生番!

小野警官说,这个叫巴羧的番人这一次来学校闹事绝不是偶然的,山上的南溪部落我是知道的,他们的头目叫摩达·如桐,这个番人虽然说话很少,但一直有很强的反日情绪,不仅不与我们合作,还一直不准他部落里的番人孩子来公学校接受教育,我现在已经查清了,这一次来闹事的这个巴羧,就是摩达头目的二儿子,所以这件事,我一定不会轻易放过。

小野警官说着站起来,樱冈老师,你先养伤,我后面还会来找你。

他这样说罢,就和西村校长一起出去了。

14.小野

樱冈太郎一上午都有些心神不定。

他吃过午饭，听说阿敏有急事要找自己，就匆匆来到卫生医疗所。医疗所里很清静，没有几个病人。阿敏刚值过班，换好衣服走出来，对樱冈说，到我家去说吧。

樱冈说，我的时间不多，警察分室还有事，马上就要赶回去。

阿敏问，什么事啊。

樱冈说，不清楚，听说是很紧急的事情。

阿敏听了点点头，就和樱冈一起朝对面的山坡上走来。

樱冈问，你说有急事找我，什么事？

阿敏问，你最近见到樱冈次郎了吗？

樱冈说，一直没见到他。

阿敏说，他出事了。

樱冈哦一声说，你是说这件事。

阿敏看看他问，你已经知道了？

樱冈说，是，我听说了。

阿敏说，他这次，被巴羧打得很重。

樱冈说，这几天，分室的小野警官一直在亲自调查这件事。

阿敏有些担忧的叹息一声，南溪部落可不要有什么麻烦啊。

樱冈说，现在还很难说，下午分室要开紧急会议，说不定和这件事有关。

樱冈没有估计错。在这个下午，小野警官召开紧急会议，果然说的是小学校发生的这起殴打教师事件。小野警官的脸色很难看。他先向大家通报了这几天的调查结果，然后说，现在看来，这件事绝不是一起孤立事件，这个殴打小学校教师的生番是南溪部落的族人，据南溪驻在所反映，这个部落的头目摩达·如桐一向有反日情绪，而且几年前，我们深堀大尉率领的一支探险队在能高山上遇难，应该也与这个部落的番人有关，后来虽然一直没有找到确切的证据，但当时所有的迹象都表明，应该就是这个部落的番人干的。所以，小野警官说，这次在小学校发生的这起番人殴打教师事件一定不能轻易放过。小野警官说着看一眼坐在旁边的樱冈。樱冈知道小野警官是想让自己说话。但在这时候，他不知该说什么。小野警官点点头说，这件事也是一个契机，这一次，就把过去一直没解决的所有问题都一起解决掉吧。

小野警官说罢，朝在座的所有人点点头。

樱冈预感到，南溪部落要有麻烦了。樱冈想，现在唯一的办法，只有让摩达头目去小学校向西村校长道歉。如果西村校长接受了道歉，或许这件事还有缓和的可能。在这个晚上，樱冈来和阿敏商量。阿敏听了这个消息也有些吃惊。阿敏在卫生医疗所听到来这里看病的警察议论，警察分室对几年前探险队遇害的事还一直在暗中调查，而且始终怀疑这件事与南溪部落有关。所以这一次，巴羧闹出这样的事，小野警官肯定不会轻易放过。

樱冈说，是啊，次郎被打这件事，还是不要闹大的好。

阿敏看看他问，你想去南溪部落？

樱冈说，明天……正好是我休假。

阿敏想想说，可是，你去山上的部落，如果这件事让小野警官知道了呢？

樱冈说，他知道了也没关系，我是番人，去山上调查这件事也是正常的。

阿敏看一眼樱冈，把要说的话又咽回去。

阿敏这时还担心一件事，只是不好说出来。阿敏很清楚巴羧这些年对自己的心思，也知道，巴羧的心里一定明白，他现在与自己的距离已经越来越远，今后不可能在一起了。但是，也正因如此，巴羧看到现在樱冈经常和自己在一起心里也就更无法接受。而就在这时，樱冈要去南溪部落，而且是去劝巴羧来小学校向西村校长道歉。虽然樱冈这样做完全是出于为南溪部落考虑，可是，巴羧会接受樱冈的这份好意吗？阿敏想到这里，看一眼樱冈身上的黑色警服说，你明天……还是换一身衣服去吧。

樱冈点点头说，我明白。

樱冈反复想了想，觉得自己还是应该去一下南溪部落。

于是第二天一早，他就赶往山上。

他虽然已离开山上的部落很久，但走山路还并不费力，而且对小路也仍还熟悉。太阳刚刚升上红桧树的枝头，他就已经来到了南溪部落。走进部落时，一股腥臊恶臭的人和动物的粪便以及别的什么说不出的熟悉味道立刻扑面而来。樱冈想了一下，并没有直接去找巴羧，而是先来见摩达头目。摩达头目没想到樱冈会在这个早晨突然来南溪部落，看一看他身上的便装点点头说，好啊，你的心里还算明白，今天没有穿那身达腊都噜的衣服。

樱冈明白摩达头目这样说的意思，立刻有些不自然。

摩达头目说，说吧，你来我的部落有什么事。

樱冈说，我……是来告诉您一件事的。

摩达头目说，如果是告诉我收缴织布机的事情，就不要说了。樱冈看一看摩达头目，刚要再说什么，摩达头目说，我已经同意了，以后我南溪部落的女人不会再织布。他这样说着把嚼在嘴里的樟树叶吐出来,我的族人也不会再种棉花了。

樱冈说,我今天来,是要告诉您……另外一件事。

摩达头目哦一声,看一眼樱冈说,你说吧。

于是,樱冈就把警察分室在前一天下午开会的事对摩达头目说了。

摩达听目听了笑笑说,你一大早跑到山上来,就是告诉我这件事?

樱冈说,是。

摩达头目问,你为什么要告诉我呢?

樱冈没有想到摩达头目会这样问,张张嘴一下不知该说什么。

摩达头目又说,你现在来告诉我,又有什么意义呢?

樱冈说,也许……

摩达头目摇摇头,如果那些达腊都噜要来,我又有什么办法呢?

樱冈说,您总要……有所准备。

摩达头目又往嘴里放了一片樟树叶嚼着说,我现在能准备的,只有出草。

樱冈稍稍沉了一下说,也许这件事,还有……办法。

摩达头目立刻抬起眼看看他说,好吧,我听听你的办法。

樱冈说,现在警察分室的小野警官要亲自处理这件事,其实并不是完全为了这件事,小野一直对南溪部落,尤其是对您摩达头目的态度很不满,所以这一次,他真正的目的并不是冲着巴羧,而是冲您摩达头目来的。摩达头目听了微微一笑,嗯一声说,好啊,既然这个小野是冲我来的,那就让他来吧,我在这里等着他就是了。

樱冈说,不过……我要说的办法是……

摩达头目点点头说,嗯,你说吧。

樱冈说,如果您摩达头目亲自下山,去白石街的小学校向西村校长道一下歉,也许事情会缓和一些,至少您摩达头目表明了态度,我也可以再去跟西村校长说一下。樱冈说到这里,迅速地看一眼摩达头目，再说，巴羧打人，本身就不太……

摩达头目眯起眼看看樱冈说，你的意思是说，巴羧打人本身就不太应该，是不是？

樱冈没有说话。

摩达头目说，这个乌苷，本来是我南溪部落的族人，他去读了达腊都噜的书又给他们做事，竟然还改了他们的名字叫什么樱冈次郎，我觉得巴羧这一次打他打得还不够！

樱冈慢慢低下头，脸立刻涨红起来。

摩达头目哼一声说，让我亲自去道歉，我为什么要道歉？

樱冈说，可是……摩达头目……您也要为全部落的族人想一想，如果这件事真的闹起来，恐怕后果……不过我想，小野警官也并不希望把事情闹大，他曾经说过，如果用一支步枪去对付一瓶青酒，那就没有办法再喝这瓶酒了，所以我想，事情应该还有缓和的余地。

这时巴羧走进来。

摩达头目立刻说，好啊巴羧，你来得正好，你说说看，我要不要去山下的小学校道歉？

巴羧显然已经听到了刚才的话。他走到樱冈面前说，我现在告诉你两件事，你听清楚，也给我记住，第一，你以后不要再来南溪部落，否则下一次我就不会这样客气了。第二，我这次在小学校闹的事情还不够大，下一次轮到你，我会出草的，你要当心一点。

樱冈听了看着巴羧，没有说话。

巴羧又说，你走吧，我要忍不住了。

他说着，已经把手放到腰间的泰雅刀上。

樱冈点点头，又看一眼摩达头目，就转身从草屋里走出来。

在这个上午，樱冈走到部落外面的山口时，突然看到小野警官带着几个警察迎面走过来。小野警官的眼睛不太好，樱冈的身上又穿了族人的衣服，所以直到近前才认出他。小野警官感到有些意外，朝樱冈的身上看了看，问他，你怎么会在这里？

樱冈支吾了一下说，我来……找巴羧，向他了解那天发生的事。

小野警察面无表情地说，这件事，我会亲自调查的。

他说罢又看一眼樱冈，就带着人朝部落里去了。部落里的狗立刻都狂叫起来。樱冈想了一下，只好也随后跟过来。这时部落里的族人已经都出来了。摩达头目也闻声从自己的草屋里走出来。小野警官走到摩达头目的面前说，你就是摩达头目？

摩达头目点点头说，我是摩达，你们来我的部落干什么？

小野警官问，巴羧是你的儿子？

摩达头目说，是，是我的儿子。

小野警官说，他几天前在白石街小学校做的事，你一定知道了。

摩达头目看一看小野警官，他做的事情很多，你指的是哪件呢？

小野警官说，好吧，你这样说，就说明你已经知道了。这样说着又朝围在旁边的族人看了一眼。此时，巴羧已经从人群里走出来。小野警官说，摩达头目，我现在告诉你，你的儿子巴羧这一次的事情很严重，而且我怀疑，这件事与你这个部落头目有关。

摩达头目一边嚼着樟树叶说，是吗，与我有关吗。

小野警官说，不过，我暂时还不想跟你说这件事，我们后面还有很多事情要查。他这样说罢朝身边的几个警察挥了一下手。几个警察就拿出绳索朝巴羧走过去。巴羧立刻拔出腰间的泰雅刀，指向这几个警察。小野警官对巴羧说，我劝你，最好不要这样。

小野警官这样说着，又回头看一眼摩达头目。

摩达头目对巴羧说，你把刀放下吧。

巴羧慢慢放下手里的泰雅刀。几个警察就用绳索把他捆绑起来。

摩达头目问小野警官，你们要干什么？

小野警官说，我要把他带回去。

摩达头目说，如果我不允许呢？

小野警官面无表情地说，你不允许，我也要这样做。

他这样说罢就转身走了……

15.樱冈·樱冈

樱冈次郎得知巴羧被警察分室抓起来的消息，已经是两天以后的事情。消息是西村校长告诉他的。西村校长有些幸灾乐祸地说,这下好了，小野警官一定不会放过这个番人。西村校长的身材虽然矮小,胸脯却很高。他挺一挺胸脯又说,山上的这些生番,早就应该给他们一些颜色了,看一看他们的孩子就知道,如果再不教训一下说不定还会出什么事情。

樱冈听了没有说话。

樱冈这时说不出是什么心情。樱冈没有想到,巴羧这一次会突然来小学校对自己动手,更没有想到他出手竟然这样狠。但樱冈的心里很清楚,自己当初虽也是南溪部落的族人,可是现在,部落的族人已经把他视为和达腊都噜一样的异族人了。所以,巴羧这一次来小学校没有向自己出草,已经是很万幸的事了。

这天晚上,樱冈太郎和阿敏来看樱冈次郎。樱冈太郎带来了巴羧的消息。樱冈太郎说,小野警官把巴羧抓到警察分室,立刻将他关进牢里。不过分室的警察暂时还没有为难他。显然,小野警官还是想用这件事警告一下南溪部落的摩达头目,希望他今后能与白石街的警方合作。但巴羧被关进牢里,态度却仍很强硬,他甚至把警察送去的食物都从窗子里扔出来。这让小野警官很恼火。而此时,小野警官原以为将巴羧这样关起来,南溪部落的摩达头目就会做出一些让步。可是几天过来,山上的摩达头目却一直还没有一个明确的态度。这时樱冈太郎已经预感到,小野警官要失去耐心了,如果真这样,很可能就要对巴羧采取什么强硬措施了。于是他想了一下,就到牢里来见巴羧。这时的巴羧已经几天没有吃饭,看上去有些憔悴。但他看到樱冈立刻把身子转过去。樱冈对他说,我知道,现在我来见你,是最不合适的。

巴羧背着身子头也不回地说,既然你知道,就走吧。

但是,樱冈说,我不想让阿敏来这种地方。

巴羧慢慢转过身说,以后,你不要在我面前提阿敏。

樱冈说,你不觉得,阿敏现在很好吗。

巴羧走到樱冈的面前,好?你说……阿敏现在很好?

樱冈说,是,阿敏自己也认为,她现在生活得很好。

巴羧点点头说,我现在,是在牢里。

樱冈看看巴羧。

巴羧说,我如果在山上,是不会让你说出这些话的。

樱冈说,好吧,我现在告诉你,我今天来是想劝你……

巴羧打断他说,你去部落时,我对你说过的话,你还记得吗?

樱冈说,记得。

巴羧说,既然记得,你就快走吧。

樱冈还要再说什么。

巴羧盯着他说,你不要以为我的手里没有泰雅刀,就不能出草。

樱冈又看看他,只好转身出来了。

在这个晚上,樱冈太郎叹息一声,对樱冈次郎说,我没有想到,现在和巴羧已经无法说话了。樱冈次郎想一想说,这也很正常,你应该明白一件事,现在的巴羧还是当年的巴羧,而你却早已不是当年的希奈,所以有些事,你对巴羧是讲不通的,他也不会懂。

樱冈太郎说,是啊,也许是这样吧。

这时阿敏在一旁说,我们吃饭吧。

阿敏在这个晚上带来她做的寿司。樱冈太郎还特意带来了一瓶青酒。他对樱冈次郎说,不知为什么,我最近好像也有了喝酒的习惯,总想喝一点。

樱冈次郎说,好啊,我也正想喝一杯。

樱冈太郎已经感觉到了,樱冈次郎似乎有些心不在焉。他已看到,在樱冈次郎的书桌上放着一只花瓶,里面插了一枝新鲜的枳子花。于是,他为樱冈次郎斟了一杯酒,似乎不经意地说,这支枳子花很漂亮啊。樱冈次郎拿起杯子把酒喝了一口。

他沉默一下说,是啊,枳子花和樱花是不一样的。

樱冈太郎哦一声,故意问,你觉得,哪里不一样?

樱冈次郎说,樱花虽然漂亮,可是过于张扬,散发出的香气也有些袭人,枳子花却不是这样,它只是隐在绿叶里,很内敛,也没有扰人的香气,但还是能让你感觉到它的芬芳。

阿敏在一旁扑哧笑了,一边为樱冈次郎斟着酒说,你把枳子花说的这样美啊。

樱冈太郎朝书桌上的那瓶枳子花看看说,可是,你不要忘了,枳子花有刺啊。

樱冈次郎说,是,我插这支枳子花时,就被扎了一下。

樱冈太郎笑笑说,你要当心,我们在台中州的师范学校读书时,在园艺课上曾学过,枳子花的花刺是有毒的,如果被扎破要立刻把血挤出来,否则会感染。

樱冈次郎也笑一笑,可是,这种被扎破的感觉也很好。

阿敏问,不疼吗?

樱冈次郎说,当然疼,可是疼的心里很舒服。

樱冈太郎和阿敏对视了一下,都笑笑。

樱冈次郎又轻轻吐出一口气说，只可惜，流水有意，落花无情啊。

阿敏说，他们那些达腊都噜的心里究竟怎样想，我们是永远猜不透的。

樱冈次郎立刻摇摇头说，不，我能猜透，也许……是我自己的问题吧。

阿敏问，你的什么问题？

樱冈次郎有些苦恼地说，是啊，我也一直在想，我究竟是哪里出了问题呢。

樱冈太郎盯住樱冈次郎看了一阵，似乎想说什么，但话到嘴边又改口说，我今天来，是想和你商量一件事。说着为樱冈次郎的杯里斟满酒，希望……你能认真考虑一下。

樱冈次郎看一眼樱冈太郎说，不会又是巴羧的事吧？

樱冈太郎说，嗯……就是巴羧的事。

樱冈次郎说，你说吧。

樱冈太郎说，巴羧被抓进牢里，态度一直很强硬，我担心小野警官会失去耐心，如果真这样就不仅是巴羧的事了，摩达头目的脾气你是知道的，恐怕这件事……会无法收拾。

樱冈次郎问，你想让我做什么呢。

樱冈太郎说，既然这件事是由你而起，我想……你是不是先和西村校长说一下，然后让他和你一起去警察分室，对小野警官说一说，这件事就不要再追究了。他看一眼樱冈次郎的反应，又说，台北总督府的官员前一阵来视察，对你的评价很高，也许……这点面子西村校长和小野警官还是会给你的，况且小野警官现在还不想跟南溪部落把关系彻底搞僵。

樱冈次郎听了低下头，想了一下说，这个巴羧，真是太可恶了。

樱冈太郎说，可是……他毕竟是我们的族人啊。

樱冈次郎立刻抬起头问，你现在，还这样认为？

樱冈太郎说，好吧，我不管你怎样认为，你去不去？

阿敏也在一旁说，是啊，你这样做，也许会救了南溪部落所有的族人。

樱冈次郎又低头想了一下,端起酒杯一口喝掉说,好吧,我去。

樱冈太郎没有分析错。樱冈次郎第二天上午去找到西村校长,对他说,这一次的事并没有造成什么恶果,况且今后还要教育这些番人的孩子,如果因为这件事和山上的部落搞得关系很紧张,甚至闹出更大的事来, 一旦影响对番人孩子的教育恐怕向上面也不好交代,所以,这件事是不是就不要再提了。西村校长想一想,觉得樱冈说的也有些道理,果然给了他面子,于是当天下午就和樱冈一起来到警察分室。小野警官也没有想到樱冈会为这件事来,笑了笑对樱冈说,好啊好啊,我已经看出来了,樱冈老师还是没有忘记自己是一个番人啊。

樱冈听出小野警官的话里暗含讥讽,笑笑说,我也是……从小学校的工作考虑。

其实此时,小野警官也已经感到骑虎难下。这个叫巴羧的年轻番人被关进牢里一直不肯低头,每天送去的食物也都被扔出来。如果再这样下去,他恐怕坚持不了几天了。死一个番人当然不算什么事,可是这个巴羧毕竟是摩达头目的儿子, 如果真让他这样死在牢里就无法向南溪部落交代了。小野警官的心里很清楚,现在台北总督府制定的理番政策,还是以怀柔为主,恩威并施,不到万不得已的时候不能轻易对山上的番人动武。所以这时,樱冈来警察分室这样一说,也就刚好是一个契机。于是,小野警官对樱冈说,好吧,既然樱冈老师这样说了,我可以考虑,不过,我要让这个巴羧知道,这一次是谁为他求了情。

小野警官这样说罢,就和樱冈一起来到牢里。

这时巴羧已经很虚弱,几乎有些站立不稳。但他仍然靠墙站着,身上的骨架也硬硬的撑着。小野警官来到牢里,走到巴羧的面前说,你可以回去了。

巴羧慢慢抬起头,朝小野警官看了看。

小野警官又说,你要知道,是樱冈老师替你说了话。

巴羧回过头,看了看站在小野警官身边的樱冈。

小野警官又说,樱冈老师说了,他不想再和你计较。

巴羧立刻朝牢外走去。但只走了几步就跌倒在地上……

16.捕鱼祭

溪谷的上空飘着一层云雾。云雾像部落里的女人纺出的纱团,将能高山遮掩得若隐若现。除去鸟叫,只有哗哗的流水声。这条溪流从北向南,流到南溪部落变得更加湍急起来。

族人们都已等在溪边。女人的手里拿着竹网,男人们已经脱掉衣裳,赤膊着准备随时跳进溪水里。摩达头目站在一块高高的岩石上,仰起头朝远处的能高山顶望去。这时,云雾慢慢裂开一道缝隙,一束强烈的阳光从山顶直射下来,将溪谷里的竹林也照亮了。几只山鸟立刻欢快地叫起来。摩达头目朝站在溪对岸的摩达·希尼挥了一下手。随着一阵咚咚的木鼓声, 摩达·希尼一边扭动着身体就咿咿地唱起来。这是一首古老而又神秘的歌,带着悠远的嘎雅气息。部落里的族人相信,它是来自祖灵的声音。这声音像阳光一样可以穿透溪水,溪流里的鱼儿听到歌声自己就会跳进竹网。伴随着敲击的木鼓声和山鸟的叫声,摩达·希尼的歌声显得有些低沉。他头饰上的羽毛随着舞蹈不停地抖动着,在阳光下显得格外鲜艳。

木鼓声渐渐急促起来。摩达·希尼舞动的身体也越跳越快。突然，他张开双臂像飞一样扑进湍急的溪流。他身上宽大的衣服立刻如同一个巨大的水泡鼓胀起来。他匍匐在哗哗流淌的溪水里，嘴里仍然咿咿呀呀地唱着，就这样顺流而下，流经每一个族人的面前，一直朝下游漂去。这时，站在岩石上的摩达头目拔出腰间的泰雅刀，指向溪流的上游，嘴里发出“咦呀——！”的一声尖叫。站在溪边的族人们立刻咦咦地叫着，手持竹网跳进溪水里……

这就是我们部落的捕鱼祭。

没有人想到，摩达·希尼第二天就失踪了。摩达·希尼是部落里的长老，一向很受族人的敬重。在这个早晨，他背着弓箭上山了。当时有部落里的族人遇到他，还开玩笑地对他说，摩达·希尼，你刚刚主持了狩猎祭，又主持了这样一场捕鱼祭，今天一定会有很大收获啊。摩达·希尼却摇摇头说，现在的猎物已经越来越少，我听到绣眼画眉在前面的竹林里叫，看来这一次，也许要去很远的猎场了。摩达·希尼这样说罢就朝山上走去。当时说话的这个族人感觉摩达·希尼的神色有些怪怪的，于是回到部落就告诉了摩达头目。但摩达头目并没有当一回事。摩达·希尼是摩达头目的堂兄，不仅是部落里的长老，也一向是一个很出色的猎人。所以，摩达头目想，摩达·希尼去山上不会有什么事的。

摩达头目这时已顾不上别的事。巴羧从山下的白石街被抬回来时，已经虚弱得说不出话了。摩达头目的妻子芭苷·娃里丝一边流着泪一边为儿子煮了小米汤。但摩达头目告诉她，这时如果给巴羧喝米汤会让他送命的。摩达头目亲自上山采来一些新鲜的草菇，让妻子煮了汤一点一点喂给巴羧。巴羧这才渐渐能说话了。一连几天，摩达头目上山去采来各种草药。摩达头目将不同的草药配在一起捣烂，有的敷在巴羧的胸口，有的敷在他的脚心。

在这个晚上，有人来告诉摩达头目，摩达·希尼没有回来。摩达头目听了仍然没当一回事。部落里的族人去山上打猎，由于追赶猎物或去了很远的猎场，晚上住在山上也是常有的事。但是，到了第二天晚上,摩达·希尼仍没有回来。摩达头目这时才有了一种不祥的预感。摩达头目让巴吵嘎叫上部落里的男人，点上火把，沿着山路去猎场寻找。可是直到天亮也没有找到摩达·希尼的踪迹。这时摩达头目已经知道了,摩达·希尼上山时,身上并没有带太多的干粮,这也就说明,他这一次上山应该没打算去太远的猎场。于是摩达头目又让大家分头去山崖的下面寻找。果然,到傍晚时,终于在谷底的一块岩石旁边找到了摩达·希尼。这时的摩达·希尼一只手抠着岩石,另一只手还紧紧攥着他的弓箭,身下有一大摊血迹。显然,他是不小心从崖上跌下来,在剧烈的疼痛中死去。但就在族人将摩达·希尼从岩石旁边抬出来时,摩达头目发现,他的手微微动了一下。摩达头目立刻走过来,紧紧抓住他的手。摩达·希尼慢慢睁开眼,嘴动了动,但这时已经说不出话。

摩达头目又用力握了握他的手。他就断气了。

摩达头目让人去溪边打来清水，为摩达·希尼洗净脸上的嘎雅。摩达·希尼的脸是棕红色的,黑色的嘎雅纹在上面显得很有光泽。但这时,他的脸已经渐渐暗下去,嘎雅也像熄灭的火,只剩了淡淡的灰烬。部落里的族人总算松了一口气。在刚找到摩达·希尼时,大家以为要将他埋葬在山上了。可是,他终于还是在摩达头目的面前断气,这样也就可以成为一个善灵,让族人将他抬回去,埋在自己的床下了。在这个傍晚,大家将摩达·希尼的尸体抬回来,放在他家草屋的门前。摩达·希尼的妻子巴喀走出来,看一看摩达·希尼那张已经苍白的脸,就转身回草屋去了。她将摩达·希尼生前做祭祀用的羽毛头饰和披风拿出来,和他的弓箭放在一起。摩达·希尼活着的时候从不使用枪支。他认为枪的声音太大,会惊扰了山林里的祖灵,所以打猎的时候宁愿永远使用弓箭。这时巴吵嘎和几个族人已将摩达·希尼的床下挖开,新鲜的泥土翻起来,散发出潮湿的气息。巴喀走过来看一看摩达·希尼的尸体,又朝墓穴里看一眼,对摩达头目说,把这些东西一起埋了吧,他今后……也许还要用。

摩达头目说,你应该为他高兴,他已经走上了彩虹桥。

巴喀点点头说，他现在……已经是一个善灵。

摩达头目说，是啊，他可以回我们的祖灵之家了。

这时有人来告诉摩达头目，南溪驻在所的三井来了。摩达头目走出草屋，三井已经来到门口。三井在这个傍晚仍然穿着一尘不染的黑色警服，油汪汪的头发也梳得一丝不苟。他看到摩达头目出来，就走过来说，摩达头目，我有很重要的事要找你。

摩达头目说，你说吧。

三井说，听说，你部落里的摩达·希尼死了。

摩达头目说，是。

三井问，怎么死的？

摩达头目说，在山上不小心跌下石崖，摔死的。

三井说，奇怪啊，你们这些番人整天像猴子一样在山上跑，怎么会摔死呢。

摩达头目看一眼三井说，现在你们的隘勇线已经快修到我的家门口，山上的猎场越来越小，我的族人打不到猎物，只好越走越远，摩达·希尼摔下山崖有什么好奇怪呢。

三井听了立刻沉下脸说，摩达头目，你这样的话，最好不要让小野警官听到。

摩达头目哼一声说，就是你们台北总督府的总督来了，我也会这样说。

三井伸头朝草屋里看看说，好吧，我们先来说这件事。

摩达头目说，你想说什么，说吧。

三井问，你们要把摩达·希尼埋在哪里？

摩达头目说，当然是埋在他应该埋的地方。

三井说，我不允许你们把他埋在床下。

摩达头目问，为什么？

三井说，这样很不卫生，你们的这种习惯，早已被警察分室明令禁止了。

这时巴吵嗄拿着铁铲走过来，看着三井说，如果我一定要把他埋在床下呢。

三井抬起手，朝自己的指甲吹了一下说，如果你一定要埋，恐怕还要再挖出来。

巴咿嘎说，我不相信。

三井说，你如果不相信，可以试一试。

摩达头目朝巴咿嘎示意了一下，对三井说，我很忙，你还有什么事？

三井说，好吧，我今天来，是要正式通知你，驻在所刚刚接到警察分室的通知，要在白石街上为北白川宫能久亲王建一座神社，从明天起，你们南溪部落的族人都要去山上的林子里伐树，然后送到山下白石街的制材所去。三井说着掏出一只竹制的号牌在摩达头目的面前晃了一下，你们每扛一根树木，就在我这里拿一个号牌，最后凭号牌领工钱。

巴咿嘎立刻说，山林里的树木不能动。

三井走到巴咿嘎的面前，看看他问，为什么不能动？

巴咿嘎说，那里，有我们的祖灵。

三井说，我刚才说的话，你没听清楚吗？

巴咿嘎说，我听清楚了又怎么样。

三井说，这一次是要为北白川宫能久亲王建神社，不是一般的神社。

巴咿嘎说，我不管你建什么神社，我只告诉你，山林里的树木都是神木，不能动。

三井慢慢把头转向摩达头目，看着他问，摩达头目，巴咿嘎说的话，你听到了吗？

摩头头目面无表情地说，听到了。

三井又问，我刚才的话，你也听到了？

摩达头目说，听到了。

三井点点头说，好吧，你摩达头目听清楚了就好，我现在再宣布警察分室的一个规定，树木伐好之后，为了保证表皮完好无损，不准在地上拖拉,只能用肩扛或抬着运下山。

三井说罢又环顾了一下周围的族人,还有什么不清楚的吗?

摩达头目没有说话,只是看着三井。

三井说,就这样,伐木从明天开始。

他说罢就转身走了,腰间的东洋刀碰到草屋的门板上,发出当地一声。巴吵嘎看着三井走远的背影,回头对摩达头目说,我们不能给这些达腊都噜伐树!

摩达头目转过头,黑起脸看一看巴吵嘎。

巴吵嘎愣了一下,立刻不敢再说话了。

摩达头目瞪着他说,巴羖已经这样了,你还想让多少人也这样?

他说罢拿起自己的弓箭,就朝部落外面的山路走去……

17.嘟奴

父亲告诉我,摩达头目曾经去过达腊都噜的国家。

那些达腊都噜为了让山上的族人知道他们的国家有多么强大,故意安排山上各部落的头目去他们的本土观光。说是去观光,其实就是在向这些部落头目炫耀他们的实力。那一次,摩达头目和别的部落的头目乘船在海上漂了几个月才到日本。让摩达头目没有想到的是,在这个世界上竟然还有这样的地方,路边的楼房都像能高山一样高,街上的车流像浊水溪一样湍急,路边的行人也让人眼花缭乱,多得数不清。更让摩达头目感到吃惊的是,这里竟然还有专门制造杀人武器的工厂,而且有专门教授杀人技能的学校。而最让摩达头目感到意外的是,他在这里的街上也看到了警察。这些警察虽也穿着同样的黑色制服,可是他们对行人的态度却彬彬有礼,甚至还会主动去帮老人或妇女做一些事。摩达头目再想一想能高山上驻在所的那些山地警察,想一想龟田,三井,就感到有些困惑了。他搞不明白,为什么同样是达腊都噜,他们在自己的国家就会是这样。这让摩达头目越发感到难以接受。

所以,他这次观光回来,反而更加痛恨这些达腊都噜。

父亲对我说,他知道摩达头目的心里是怎样想的。摩达头目虽然表面不与这些达腊都噜硬顶,但他的心里是永远不会与这些异族人合作的。父亲说,摩达头目曾经说,如果是一张真正的弓,迟早会有箭射出去的。其实,他的这句话也是在说自己。

三井在那个傍晚来部落里说了伐树的事,第二天一早又来了。他这一次还带来一个戴眼镜的达腊都噜。这是一个看上去很斯文的年轻人,穿一身蓝色的学生装。据三井说,他是负责建造神社的工程师助理。这个年轻的工程师助理不懂番语,所以只好由三井为他翻译。他向摩达头目提出伐树的具体要求,要什么树种,树的胸径要多大尺寸,搬运的过程中要注意什么等等。摩达头目听了似乎有些奇怪,看一看三井问,你为什么让这个人来对我说这些?

三井也有些奇怪,我昨晚说过的话……你忘记了?

摩达头目说,当然没忘记,可是我并没有答应你。

三井说,我相信,你摩达头目会答应的。

摩达头目说,这不一定。

三井点点头说,我相信。

他这样说罢又眯起眼看看摩达头目,就带上那个年轻的工程师助理走了。

部落里的族人还是去山上伐树上了。山林里的红桧和香樟遮天蔽日。族人们一斧一斧地将这些树木砍倒,巨大的树冠在落地的一瞬如同天塌下来,发出震耳欲聋的断裂声,让人听了心惊胆战。族人们惊恐地看着这些倒在地上的大树,都有些不知所措。有的人忍不住低低地抽泣起来。更艰难的还是如何将这些树木运到山下的制材所。下山的路很崎岖,中间还要翻越几道很高的山梁,经过几个溪谷,山上的族人平时就是背一些兽皮和药材走这样的山路都有些吃力,更不要说扛一根巨大的树木。我的父亲发现了一种可以省些气力的办法。在下山的途中,每遇到陡峭的山坡,他就将树木放下来,让它自己滚下去。这样既能省力，也避免了危险。但他的这个做法很快被沙斯发现了。沙斯是北溪部落的头目筲苜·娃里丝的堂弟。筲苜·娃里丝已经明确表示，他的部落可以和白石街的警察分室合作。这时山上族人的心里都很清楚，警察分室已把番人分为两种，归顺于他们或表示合作的，称为熟番，不肯与他们合作的则称为生番。他们对熟番很优待，安排的都是一些轻闲的工作。而对待生番则很严苛，从事的也都是很繁重的体力劳动。警察分室的达腊都噜已将北溪部落的族人视为熟番，所以并没有让他们在山上伐木，而是安排来做监工。这个沙斯性情暴躁，对待南溪部落的族人比达腊都奴还要凶狠。这时，他走过来拦住我父亲说，事先已经对你们说了规定，不准把树木放在地上，你没有听到吗？

父亲说，听到了。

沙斯说，你既然听到了，为什么还这样做？

父亲说，我这样做，并不会损伤树木。

沙斯立刻瞪着我的父亲说，你说什么？

父亲说，我说，我这样做并不会损伤树木。

父亲说着就弯下腰，把手放在树干上。我父亲的手非常坚硬，而且有力，几根手指就像钢筋一样。他不动声色地抠住树皮，轻而易举地就扒开，露出里面完好无损的树木。沙斯的脸色立刻变了，又朝我父亲那只像铁爪一样的手看了看，就把自己已经放到泰雅刀上的手慢慢拿开了。但他还是哼一声说，你要当心，如果损伤了树皮，山下制材所是不会放过你的。

他这样说罢就转身摇摇晃晃地走开了。

就在这个下午，乌布斯出事了。乌布斯是该比的堂叔，虽然只有五十多岁，但身体很瘦弱。摩达头目原本不想让他来山上伐木。但乌布斯还是来了。在这个下午，巴吵嗄看他很吃力，就让他和自己砍伐同一棵大树。可是乌布斯毕竟上了些年纪，身体也虚弱，就在巴吵嗄将一棵大树砍倒时，乌布斯躲闪不及，竟一下被压在了下面。他的腰和一条腿都牢牢地被这棵大树压住了，看上去已经动弹不得，嘴里也有一股殷红的血流淌出来。巴啰嘆连忙和几个族人赶过来，搬开大树，将乌布斯从底下拉出来。但乌布斯显然已经不能动了。乌布斯自从来山林里伐树，看着这些巨大的神树一棵一棵被放倒，一直在默默地流泪，嘴里喃喃自语着，这是罪孽啊，祖灵一定会动怒啊。他甚至蹲到没人的角落里，一个人偷偷地哭泣。这时，他躺在地上，静静地看着巴啰嘆和他身边的几个族人，摇摇头说，你们……不要管我了，我要去向祖灵……认罪了……他这样说着，一翻身就朝山崖的下面滚去。

巴啰嘆走到崖边，呆呆地朝下面看着。我父亲走过来，对巴啰嘆说，我们去下面找一找他吧。巴啰嘆默默地点点头，就和几个族人一起朝崖下走去。

沙斯立刻走过来，拦住他们的去路问，你们要去干什么？

巴啰嘆早已在心里憋着对沙斯的火气。这时，巴啰嘆并没有理睬沙斯，只是横着看他一眼就继续朝前走去。沙斯瞪着巴啰嘆说，我在问你们，要去干什么？

巴啰嘆站住了，看看沙斯说，去崖下找乌布斯。

沙斯说，不准去。

巴啰嘆又看一眼沙斯。

沙斯说，快去搬木料。

巴啰嘆说，我如果不去呢？

沙斯的手慢慢放到腰间的泰雅刀上。

巴啰嘆盯住他说，你们北溪部落当初对我做的事，我还记着呢。

沙斯当然知道，巴啰嘆说的是当初在溪边姊妹塬做交易那件事。于是点点头，就把泰雅刀慢慢从腰间拔出来。但他的刀只拔了一半，巴啰嘆突然飞身朝他扑过去。沙斯一见立刻想用泰雅刀来迎，但已经晚了，巴啰嘆一下将沙斯撞倒在一蓬草丛旁边的岩石上。沙斯的身体很健壮，这样倒在岩石上立刻发出沉闷的一响。接着巴啰嘆就压在了他的身上。巴啰嘆用手掐住沙斯的喉咙，看着他说，你们北溪部落那一次把我骗去，借着喝酒杀了我南溪部落的六个族人，这件事你忘了，我可没忘！沙斯在底下猛一用力，想把巴啰嘆掀下去。但巴啰嘆的两条腿像两块岩石一样紧紧夹住沙斯。巴哕嘎又说,我本想以后再跟你算这笔账,今天,是你逼我出草的!他这样说着,就腾出另一只手去拔自己腰间的泰雅刀。巴哕嘎的泰雅刀钢口很好,而且比一般的刀要重一些,这样在拔出的一瞬就发出嗡的一声。就在他看准沙斯的脖颈,把手里的刀高高举起来时,三井陪着山口朝这边走过来。

山口立刻喊了一声,怎么回事?

巴哕嘎稍稍愣一下,回头看一眼山口,就又把刀举起来。

三井立刻跑过来,抓住巴哕嘎那只握着泰雅刀的手。

沙斯趁机挣开巴哕嘎,从岩石上跳起来。

这时摩达头目已经闻声走过来。山口朝摩达头目看了看,脸色难看地说,你就是南溪部落的摩达头目?摩达头目说,我是。山口说,你的族人脾气太大了,这样可不好,会出事的。摩达头目看看巴哕嘎,又看一眼沙斯。沙斯看到山口和三井来了,立刻更加有了精神,唰地从腰间拔出泰雅刀,对巴哕嘎说,我今天不会放过你的,拔出你的刀,准备好吧!

一边说着就慢慢弯下身,张开手臂,做出要打斗的样子。

摩达头目走过去,突然一脚踹在沙斯的腰上。

沙斯没有防备,一下跌坐在地上。

摩达头目说,沙斯,巴哕嘎刚才应该向你出草。

沙斯歪在地上,呆呆地看着站在自己面前的摩达头目。

摩达头目又说,我现在说的话,你听清楚,回去也告诉你们的头目箐苜·娃里丝,不要忘记,你们北溪部落也是山上的族人,不是达腊都噜,我们之间的事情可以自己用出草来解决,但是,如果你们忘记自己的祖灵,就是脸上的嘎雅也救不了你们!

摩达头目说着又踢了沙斯一脚,你走吧,不要让我再看见你。

沙斯慢慢爬起来,头也不回地走了。

山口走过来说,摩达头目,你这样处理这件事,不太好。

摩达头目回头看看这个面皮白净的年轻人,发现他并没有穿警服。三井立刻走过来说,这是山口警官,来山上的林场视察工作的。山口微微笑一下说，刚才的事情我都已看到了，沙斯的工作确实有些问题，不过，他这样做也是用你们山上番人习惯的方式。

摩达头目没再说话，转身朝山上走去。

山口说，请等一等，我的话还没有说完。

摩达头目站住了，回过头说，我不想再和你说话。

山口笑笑，心平气和地说，可是，我要和你说话。

摩达头目慢慢转过身，看着他说，你说吧。

山口说，现在，你族人的工作进度太慢了，山下急需大量的木材。

摩达头目说，我的族人进度慢？他们干这样重的活，却拿不到工钱。

山口立刻说，怎么会呢，你们每搬运一次木料，我都会付给工钱的。

山口又慢慢把头转向三井问，怎么回事？

三井尴尬地支吾了一下。

山口点点头说，好吧，这件事我会调查的。

摩达头目走到三井面前，又用力看看他，就转身走了。

在这个晚上，我的父亲很晚才回到部落。他告诉我，他和巴吵嘎带着部落里的族人在那个山崖下面找了很久，才发现了乌布斯的尸体。乌布斯趴在一片乱石堆上，已经摔得不成样子。他们在溪边为他洗净了身体，就埋在山里了。父亲叹息一声说，乌布斯……太可怜了。

父亲这样说罢，就找巴吵嘎喝酒去了……

18.出草

夜晚的能高山被星光映出一个若隐若现的轮廓。一弯锋利的月牙像一把泰雅刀挂在天上，泛着逼人的寒光。巴咿嘎喝了酒从部落里出来，走上山路时感觉两腿轻飘飘的。他来到对面的山坡时，竹林里传出一阵绣眼画眉的清脆叫声。巴咿嘎听了笑一笑。绣眼画眉一般在夜里是不叫的，巴咿嘎知道，这是美丽的山鸟在告诉他，今晚的一切会很顺利。

巴咿嘎在出来之前，特意到溪边将自己的泰雅刀又细细地磨了一下。此时，他闻到这把刀在自己的腰间正散发出新鲜的铁器清香。翻过这道山梁，走下溪谷，就是与北溪部落的交界。这里是让巴咿嘎刻骨铭心的地方。两年前的那个夜晚，就是在这个叫姊妹塬的溪谷，这条溪边，北溪部落的头目筲苜·娃里丝将巴咿嘎和南溪部落的族人骗到这里，用酒灌醉，然后砍杀了六个人，还抢走了他们带来的兽皮和药材。当时幸好巴咿嘎没有喝太多的酒，否则他也不会逃出这个溪谷。巴咿嘎清楚记得，那一晚，北溪部落的族人中就有这个沙斯。当时沙斯很热情,不停地地向巴哟嘎劝酒,还拉他在火堆旁边拨着口簧琴跳舞。但是,在南溪部落的族人喝醉之后,也正是这个沙斯,在黑暗中第一个拔出了泰雅刀。

巴哟嘎在这个夜晚走下溪谷。

四周很静,只有溪水流淌的声音。巴哟嘎在一块岩石上坐下来。等了一阵,就见沙斯出现在小溪的对岸。沙斯显然也已经看到了巴哟嘎。他站了一下,就踩着溪里的石头朝这边走过来。巴哟嘎借着微弱的月光,看到沙斯将头发高高地束起来。

他笑着点点头说,好啊沙斯,我要谢谢你啊。

沙斯来到近前站住了,问,你……谢我什么?

巴哟嘎说,你提前为我做好了准备。

沙斯仍然不解,我为你,做好什么准备了?

巴哟嘎说, 你把头发这样束起来, 一会儿我提着你的头就方便了。

沙斯盯着巴哟嘎说,好啊,我的头就在这里,如果你想要就来吧。

巴哟嘎说,我今天曾对你说过,我本来不想现在就向你出草,我和你们北溪部落的这笔账迟早要算的,但不是现在,可是,既然你已经等不及了,当然也可以,我奉陪就是了。

沙斯说,今天,你们南溪部落的摩达头目侮辱了我,这件事必须解决。

巴哟嘎说,你为那些达腊都噜做事,不觉得是侮辱了祖灵吗?

沙斯说,好吧,我今晚就先向你出草,然后再去找摩达头目。

巴哟嘎笑一笑说,你今晚就可以见到摩达头目,他正在红桧树下等着你。

沙斯盯着巴哟嘎。

巴哟嘎又说,他还要和你一起喝酒呢。

巴哟嘎这样说着,突然将身子一纵就从岩石上跳起来。他这一下跳得很高,几乎到了沙斯的头顶,嘴里发出咦地一声,与此同时在半空拔出腰间的泰雅刀就朝沙斯的脖子砍过来。沙斯也立刻拔出自己的泰雅刀,朝旁边一跳迎上去。两把泰雅刀的刀锋碰在一起,立刻迸出一串火星,随之发出刺耳的一响。这时巴哕嘜已经落到地上,突然转身又把手里的刀横扫过来。沙斯看准巴哕嘜拿着刀的那只手,回身用力一砍。但巴哕嘜的泰雅刀并没有真朝沙斯的脖颈扫过去,突然将刀尖一弯,刚好挑在沙斯这把刀的刀背上。这一下挑得很用力,也有些出其不意, 沙斯的刀立刻脱了手, 然后就闪着寒光呼哨着飞向夜空。沙斯的手里没有了武器,一下愣住了。他慢慢向后退了几步,突然转身朝小溪对岸跑去。巴哕嘜紧跑几步追到沙斯的身后,嘴里又发出咦地一声,就把泰雅刀朝他的后脖颈猛砍过去。但沙斯跑得太快了,巴哕嘜虽然追到身后,却只用刀尖砍在沙斯的后脖颈上。沙斯的脖子似乎突然被人用力掰断了,可是脖颈底下的皮肉还连着一些。他一边在溪水里狂奔着头就向前耷拉下去,像是在胸前挂了一只竹篓,就那样一直跑到小溪中间又踉跄了几步,才扑倒在水里。

借着月光,可以看到溪水立刻变成暗红色……

巴哕嘜走过来,抓住沙斯的头颅又用刀割了一下,将他脖子下面的皮肉割断,然后拎起他的人头看了看。沙斯的两眼仍然大睁着,似乎还要对巴哕嘜说什么。巴哕嘜冲它笑笑说,好了,你现在什么都不用说了,我已经为你准备了酒肉,我们一起回去吧。

他这样说罢,又在溪水里为它洗净脸上的血迹,就拎着朝山上走去。

在这个夜晚, 巴哕嘜回到部落时, 看到摩达头目已经站在山路口。巴哕嘜来到父亲的面前,得意地将拎在手里的沙斯人头高高地举起来。

摩达头目说,我一直在这里,等着你回来。

巴哕嘜说,父亲,今晚的事,我没告诉你。

摩达头目点点头说,我早已知道了。

摩达头目这样说着,朝巴哕嘜手里的这颗人头看了看就笑了,他说,这个沙斯想得很周到啊,事先就把自己的头发束起来,好像知道要被出草了。

巴哕嚄也笑笑说，是啊，我刚才已经谢过他了。

这时摩达头目和巴哕嚄已经走进部落。巴哕嚄拎着沙斯的人头朝红桧树下走去。在那里，有他的骷髅架。龟田的那颗头颅仍然孤零零地摆放在骷髅架上，这时已经腐烂了，糟朽的皮肉像枯草一样挂在颅骨上。巴哕嚄走过来，对这颗骷髅说，祝贺你啊，从今天起，你有伙伴了。他说着就将沙斯的头颅摆放在它的旁边。沙斯这颗崭新的头颅很鲜润，在龟田的骷髅旁边也显得更加生动。摩达头目走过来，将一个用草根编织的樱花饰物挂在沙斯的耳朵上。

摩达头目说，走吧，大家已经在等你。

巴哕嚄转过身，才发现部落的空地上已燃起篝火，族人们已经站在火堆旁边。该比捧着一杯小米酒，一边唱着朝巴哕嚄走过来：春天的竹林啊，又有新笋，夏天的红桧啊，又有新枝，秋天的粮仓啊，又有新米，冬天的火盆啊，为你燃烧……

巴哕嚄接过酒杯，把小米酒一口气喝下去……

在这个晚上，摩达头目与部落里的长老商议，不能再这样下去了。部落里的族人都去山上伐树，已经没有人再去山上打猎。没有猎物，也就无法换来食盐。而更重要的是，白石街的这个神社不知要建多久，如果一直到开春，就要把田里下种的季节也耽误了。所以，摩达头目决定，从明天起，只让巴哕嚄带几个族人去山上伐树，巴羧则带另一部分族人去猎场打猎。这时巴羧的身体已经复原。摩达头目在这个晚上叮嘱巴羧，尽量去远一些的猎场，在这个时候不要再与别的部落为猎场发生争执，也尽量避开那些达腊都噜。

第二天上午，摩达头目正坐在红桧树下嚼着樟树叶，山口带着三井匆匆来了。山口的脸色阴沉着，但说话仍然心平气和。他走到摩达头目的面前说，你在这里。

摩达头目慢慢抬起头，看一看山口问，什么事。

山口说，你到山上去了吗。

摩达头目吐出嚼烂的树叶说，我为什么要去山上。

山口说，摩达头目，你应该去山上看一看。

摩达头目又将一片樟树叶放到嘴里，说，山上的事情我都已安排好了。

山口说，我刚刚去看过了，只有几个人在伐树，你的族人呢，都到哪去了？

摩达头目说，我的族人也要吃饭，他们做这样重的活，却总是拿不到工钱。

山口说，这件事，我已经在调查，可是山下的制材所还在等着木料。山口这样说着，又看一看摩达头目问，那个叫巴羧的年轻人在哪，他为什么没有去山上伐树？

摩达头目说，我让他去做别的事了。

山口点点头说，摩达头目，我可以告诉你，上一次巴羧去小学校闹事，警察分室还一直在调查这件事，调查的结果很可能对南溪部落很不利，所以在这时候，你的南溪部落最好还是合作一些。这时三井走过来说，还有一件事，昨天夜里，你的部落有人出草了？

摩达头目抬起头看看三井。

三井说，我刚才已经看到了，沙斯的头，就在那边的骷髅架上。

摩达头目说，这是我们族人之间的事情，怎样解决也是我们自己的事。

山口说，可是摩达头目，出草已被明令禁止，这是一种很野蛮的行为。

摩达头目笑一笑反问，你们这些达腊都噜，也懂得什么是野蛮吗？

山口显然不懂摩达头目说的达腊都噜是什么意思，回过头去看看三井。

三井说，现在北溪部落的筲苜·娃里丝头目正在溪谷等你，他们已经找到了沙斯的尸体，也知道是被你南溪部落的族人出草，他要跟你商量一下这件事。

摩达头目听了就站起身，径直朝部落外面的山路走去。

山口在身后叫了一声，摩达头目。

摩达头目站住了，但并没有回头。

山口说，山下的制材所，还在等着木料。

摩达头目没说话，就朝山路去了……

在这个上午，摩达头目走下溪谷时，看到北溪部落的族人已经等在小溪对岸。沙斯的那具失去头颅的尸体被放在一块巨大的岩石上。箐苜·娃里丝站在旁边，一只手放在腰间的泰雅刀上，看着走过来的摩达头目。这时摩达头目已经看到了，山口和三井就站在不远的山崖上，正朝下面的溪谷看着，似乎在等待着看一场什么表演。

北溪部落的族人看到摩达头目，立刻向他举起弓箭。

摩达头目走到溪边，朝对岸看了一眼。

箐苜·娃里丝说，摩达头目，你真是个英雄啊。

摩达头目没有说话，只是看着箐苜·娃里丝。

箐苜·娃里丝又说，你一个人就敢来见我。

摩达头目仍然静静地站在溪边。

箐苜·娃里丝朝身边的族人挥了下手。族人就把手里的弓箭放下了。箐苜·娃里丝踩着溪里的石头朝这边走过来。箐苜·娃里丝的腿很长，上身也很健壮，年轻的肌肉在上午的阳光下闪着金属一样的光泽。摩达头目看一看来到近前的箐苜·娃里丝，手反而从腰间的泰雅刀上拿开了。箐苜·娃里丝回过头去，朝放在岩石上的沙斯尸体看了看。那具没有了头颅的尸体仍在淌着血水。血水顺着岩石一点一点流下来，将下面的碎石也染红了一片。这时，北溪部落的族人已经来到小溪的这边，不动声色地将摩达头目围起来。

摩达头目朝身边看了看，对箐苜·娃里丝说，听说你要找我。

箐苜·娃里丝说，我的族人被你的人出草，这件事怎么说？

摩达头目说，你想怎么说。

箐苜·娃里丝说，如果我说，现在也有人想向你出草呢？

箐苜·娃里丝这样说着，立刻有一个年轻人跳到摩达头目的面前。摩达头目朝这个年轻看了一眼。这个年轻人很胖，四肢很短，看上去像一只浊水溪里的石龟。

篱苜·娃里丝说,这是罗干,沙斯的弟弟,今天是他要向你出草。

篱苜·娃里丝这样说罢就朝后退了一步。

罗干从腰间拔出泰雅刀,身子慢慢蹲下去。围在旁边的北溪部落族人也都一点一点向后退去。摩达头目并没有理睬罗干,只是点点头对篱苜·娃里丝说,好吧,我现在告诉你,二十多年前,我就是在这条溪边向你父亲出草,猎走他的人头,不过那时候,就是你父亲也从没有为达腊都噜做过事,几年前又是在这条溪边,你把我的族人骗来这里砍杀了,还抢走了我的兽皮和药材,所以,篱苜·娃里丝,我已经发过毒誓,我南溪部落永远不会与你的北溪部落和解。篱苜·娃里丝说,你说得很对,我北溪部落也永远不会与你的南溪部落和解。摩达头目又抬起头朝山崖上看一眼说,我迟早会向你北溪部落出草的,不过,不是现在。

篱苜·娃里丝说,可是,罗干现在就想向你出草。

篱苜·娃里丝说着,罗干已经跳到摩达头目的面前。

摩达头目说, 如果你们想把自己当成动物, 让那些达腊都噜欣赏,那是你们的事。

他这样说罢用手轻轻一拨,将罗干推开,然后就朝山坡上走去。

19.樱花节

南溪部落的族人说，虽然乌苷从很小的时候就显得比别的孩子机灵，却并不是一个聪明人，而自从他改名叫樱冈次郎，也就更加愚蠢得像一个达腊都噜。说这话的是巴啘。巴啘是部落里最有见识的族人。他当年曾和樱冈次郎一起在达腊都噜的公学校读书。据巴啘说，那时樱冈次郎确实有着超出常人的理解力和记忆力，所以他的学习成绩总是最好。但是，巴啘又说，也许正因为樱冈次郎读达腊都噜的书太多了，反而被书里那些莫名其妙的东西缠绕住，就像一头只会向前跑的山猪一头撞进套索，再也出不来了。

应该说，巴啘对樱冈次郎这样评价是有道理的。

这一年的樱花节，樱冈次郎特意又为自己做了一身浅灰色的和服。这种浅灰色是樱冈精心挑选的。能高山上到处是粉红色的绯寒樱花，樱冈想，如果穿着这样一身浅灰色的和服走在粉红色的绯寒樱花林里一定非常好看。所以，在樱花节这天，樱冈来找枳子老师，想约她一起去山上看樱花。枳子老师一直想去山上看樱花。枳子老师知道，在日本是看不到这样壮观的绯寒樱花林的，但是听哥哥山口说，山上会有野物出没，遇到生番也很危险，所以一个人从不敢上山。这时，枳子老师听樱冈这样说，立刻就高兴地答应了。

樱冈这一天也很兴奋，上山时还特意带了一只竹篮。

枳子老师看了奇怪地问，樱冈老师带竹篮干什么？

樱冈说，可以采一些花带回去。

枳子老师笑笑说，樱花是不会开很长时间的，带回去就会谢了。

樱冈感慨地叹息一声说，是啊，所以谚语才说，樱花七日啊。

枳子老师看看他说，樱冈老师……也知道我们的这句谚语啊？

樱冈说，我并不是要采樱花。

枳子老师看一眼樱冈，就不再说话了。

樱冈说，我想采一些枳子花，带回去。

樱冈这样说着，也看一眼枳子老师。

枳子老师忽然说，樱冈老师，你知道樱花的来历吗？

樱冈点点头说，知道一点，相传当年有一个叫木花开耶姬的仙女，在东海的上空飞来飞去，把一种象征爱情和希望的种子撒到每一个海岛上，于是就盛开出一种美丽娇艳又能抵御风暴的鲜花，后来，人们就把这种花叫木花开耶姬，也就是现在的樱花。枳子老师越发感到意外地说，哦……樱冈老师也知道我们的这个传说啊？

樱冈笑一笑。

枳子老师说，这个传说，并不是所有的人都知道呢。

樱冈说，关于绯寒樱花，还有一个令人伤感的故事。

枳子老师说，请樱冈老师说一说吧，我很想听。

樱冈说，其实最初的时候，绯寒樱花都是白色的，后来，那些不得志的武士喜欢樱花的美丽，就都到绯寒樱的树下来结束自己的生命。他们的血渗进树下的土壤里，渐渐开出的樱花也就变成了红色。就这样，后来也就有了这种叫绯寒樱的红色樱花。所以，我们今天走在绯寒樱的树林里，如果哪一棵树的樱花颜色越红，也就说明这棵树下的亡灵越多。

枳子老师说，真没想到……樱冈老师对樱花这样了解啊。

樱冈有些不好意思地说，当然，我最了解的还是枳子花。

樱冈这样说着，又朝枳子老师用力看了一眼。

枳子老师的脸上又浮起一层淡雅的微笑。

樱冈说，今晚……我请枳子老师吃饭，可以吗。

枳子老师立刻说，谢谢，可是今天是樱花节啊，我已经答应了哥哥，和他一起吃晚饭。

樱冈哦一声说，那……好啊，我们……回去吧。

让樱冈没有想到的是，在这个傍晚，山口竟然来学校找他。樱冈正准备独自在宿舍里喝酒，听到山口在门外的声音，感到有些意外，于是连忙出来。山口笑着对樱冈说，他是特意来叫他的，想请他一起去吃晚饭。樱冈听了越发惊喜，连忙换了衣服和山口一起出来。

吃饭是在枳子老师的家里。樱冈太郎和阿敏竟然也在，还有一个樱冈次郎不认识的女孩。这女孩低着头坐在一边，虽然也穿着和服，但看得出，应该也是一个山上的族人。枳子老师看到山口和樱冈次郎到了，立刻去端来已经准备好的晚饭。山口又拿出两瓶酒笑着对樱冈次郎说，樱冈老师，上一次我们一起喝酒时，我骗你了，其实我还有几瓶正宗的滩五乡清酒，只是当时没舍得再拿出来，今天是樱花节，我们可以痛痛快快地喝一下了。

不过，山口又说，我这几瓶滩五乡清酒，樱冈老师也不能白喝啊。

枳子老师笑着说，哥哥看你说的，不白喝，还要樱冈老师怎样啊？

山口说，樱冈老师今晚喝了酒，还要给我们大家唱歌啊。

樱冈次郎兴奋的涨红脸，点点头说，好……我一定唱。

山口说，好啊，樱花象征着爱情和希望，所以在这个樱花节，我要宣布一件很重要的事。他说着朝樱冈太郎和阿敏看了看。阿敏立刻害羞地低下头。这时樱冈次郎已经明白了，樱冈太郎曾告诉过他，山口知道他喜欢阿敏，于是就把他们两人撮合到一起。这时，山口笑着说，再过几天，樱冈太郎和阿敏就要正式举行婚礼了，他们的婚礼，由我亲自操办！

枳子老师显然也是刚刚知道这件事，立刻说，哦，真要恭喜你们了！

山口端起酒杯说，来吧，我们大家一起祝贺樱冈和阿敏。

樱冈太郎和阿敏也红着脸端起酒杯。

枳子老师说，真为你们高兴啊。

樱冈次郎深深地看了枳子老师一眼。

山口把酒喝掉，忽然说，樱冈老师，下一个就要轮到你了。

樱冈次郎有些不解，眨着眼看看山口，轮到我……什么了？

山口朝一直低头坐在一边的那个女孩指了指说，她叫慧子，和阿敏一起在卫生医疗所工作，是一个很能干的女孩啊，日语说的也好。

山口说着又笑了一下。

樱冈次郎朝这女孩看了看，礼节性地点点头。

山口又说，恐怕，比你的日语还要好呢。

樱冈次郎这时已经想起来，他去卫生医疗所看病时，曾见过这个叫慧子的女孩。听阿敏说，她当初是荷坡部落的族人，在部落时的名字叫芭啛，后来到卫生医疗所工作才改名叫慧子。慧子在医疗所里说话很少，永远低着头不声不响地做事，所以，樱冈次郎对她的印象并不是很深。这时山口对慧子说，慧子啊，今天是樱花节，你应该敬樱冈老师一杯酒才对啊。慧子红着脸为樱冈次郎的杯里斟了酒，然后端起自己的酒杯说，樱冈老师……祝您健康啊。

山口笑着说，今天可是樱花节，你应该祝福樱冈老师收获希望和爱情啊！

慧子的脸更加红起来，低着头说，祝福樱冈老师，收获希望……和爱情。

樱冈次郎也礼貌地端起自己的酒杯，把酒喝了。

山口连连点头说，好啊好啊。

然后又看一看樱冈次郎问，樱冈老师，你觉得慧子小姐，怎么样啊？

樱冈次郎这时已经感觉到什么，于是笑笑说，慧子小姐……很好啊。

山口立刻说,那好,我就趁这个樱花节,再为你们两人也做一个媒!

在座的人都稍稍愣了一下。

山口问,你看,好不好啊?

樱冈次郎慢慢低下头,沉默了一下说,谢谢山口先生,不过……

他说了一个不过,就没有再说下去。

山口脸上的笑容停顿了一下,慢慢放下酒杯。

坐在旁边的樱冈太郎和阿敏立刻对视一下。

樱冈次郎并不知道,山口在樱花节的前夕曾对樱冈太郎和阿敏说过自己的这个想法。山口认为,自己已将樱冈太郎和阿敏撮合成一对,如果再将樱冈次郎和慧子撮合在一起,这两对婚姻将来对外说起来也就更有了典型的特殊意义。当然,如果再为樱冈太郎和阿敏,樱冈次郎和慧子这两对新人一起办一场隆重的婚礼,这件事也就更完美了。但樱冈太郎和阿敏的心里都很清楚,这件事不太可能。他们知道樱冈次郎的心思,所以已经想到,樱冈次郎是绝不会同意的。可是樱冈太郎又不好直接对山口说。所以,当山口来和阿敏商议时,阿敏就还是把这个担忧对山口说出来。阿敏当然没有说出樱冈次郎的真实想法,她只是说,恐怕慧子,不是樱冈次郎喜欢的那种女孩。但山口却并不这样看。山口是一个很认真的人,无论对生活中的事还是对工作,都一丝不苟。因此他对别人的衡量标准也是这样。山口认为,慧子虽然是一个番女,但气质很好,日语也很好,而且在卫生医疗所工作也很认真。而樱冈次郎在小学校的工作也一向很认真,甚至还曾受到过台北总督府官员的夸奖。所以,他们两人应该是很般配的。也正因如此,樱冈次郎这时的态度让山口有些意外。

山口看一看樱冈次郎说,樱冈老师,你刚才说,不过什么?

这时樱冈次郎也在想,自己的话应该怎样对山口说出来。

他又犹豫了一下说,慧子小姐……当然很好。

山口点点头说,嗯,是啊。

不过……樱冈次郎又说,我现在……还不想考虑这件事。

山口听了不解地问,为什么?

樱冈次郎又想了一下,然后字斟句酌地说,我还这样年轻,要做的事情还有很多。

山口的脸色慢慢沉下来,点点头说,樱冈老师这样说,我没有想到啊……

樱冈次郎也没有想到, 山口竟会在这个樱花节突然向自己提出这样的事。

樱冈一连想了几天。他这时最关心的,是山口究竟知不知道自己对枳子老师的心思。樱冈想,如果山口不知道,那么他为自己介绍这个叫慧子的女孩就有可能只是出于政治上的考虑。樱冈的心里当然很清楚, 白石街的警察分室一直把自己和樱冈太郎作为他们对番人教育的典范,而且已经汇报到台北总督府。现在,如果再为他和樱冈太郎同时举行这样一场婚礼,自然也就具有了更大的意义。但是,樱冈又想,如果山口已经知道了自己对枳子老师的想法,而他又在这个晚上突然为自己介绍慧子,恐怕事情就没有这样简单了。

但无论怎样,樱冈想,这件事已经不能再拖下去了。

樱冈终于决定,给枳子老师写一封信,把自己的爱意直截了当地向她表达出来。樱冈觉得是时候了,应该让枳子老师有一个明确的态度了。于是,他用了一个晚上,给枳子老师写了一封深情的长信。樱冈直到这时才发现,日语的表现力远比自己的番语要丰富,而且也更加准确。所以,他写这封信时就把自己的日语水平充分发挥出来。他在这封信里详细地描述了自己每次和枳子老师在一起时的那种让他心跳的感觉,也坦率地表达了自己对枳子老师那种炽热的爱情。樱冈在这封信里说,樱冈太郎曾经把自己比喻成樱花树下的一株紫花地丁,而紫花地丁当然是不可能与樱花相配的。但樱冈说, 他却不这样认为,紫花地丁虽然只是一种野花,可是开起来也很鲜艳,而且只要有足够的阳光和养分也同样可以长得像樱花树一样高大。所以,樱冈在信里说,他觉得自己是有资格爱枳子老师的,将来也完全有能力让枳子老师生活的幸福。樱冈最后又在这封信里详细地描写了他对枳子老师的感觉,枳子老师的温婉,清幽,淡雅,恬静,还有那让他看了就会心动的,一种淡淡的美丽的微笑。樱冈最后说,也正是因为这些,他才会如此深深地爱上枳子老师。樱冈写完了这封信,想一想突然又有些惶恐。他不知道,如果枳子老师看了这封信拒绝自己,该怎么办呢。

但樱冈知道,自己这时已经没有退路了。

20.嘟奴

我一直想不明白,这种叫绯寒樱的樱花树是长生在能高山上,为什么那些达腊都噜却要说成是他们的国花，还专门设立了这样一个奇怪的樱花节。在樱花节这天,我去向樱冈老师提出这个问题。我问樱冈老师,樱花究竟是我们的花,还是那些达腊都噜的花。樱冈老师听了很认真地看看我说，你提的这个问题很好，关于樱花有很多知识,以后我会详细地为你们讲。不过,樱冈老师又说,我要为你纠正一下,你以后不要再用达腊都噜这样的叫法,这样说很不礼貌,也不尊敬。我说,他们那些达腊都噜可以把我们山上的族人叫生番,我们为什么不能叫他们达腊都噜。樱冈老师听了又看一看我，没再说出话来。自从那一次发生了巴羧来学校的事以后,樱冈老师对我和山上族人的孩子也就有了一些变化,平时说话的态度和蔼了一些,也不再轻易动手打人。但关于樱花的事,樱冈老师最终也没有为我解释清楚。

这一年的樱花季节很短。一场大雨过后,树上的樱花就都落了。

就在这时,山上突然出事了。那是一个中午,我们南溪部落的巴冈老人从山上种田回来。巴冈老人是摩达头目的叔叔，平时在部落里很受族人尊敬。他虽然已经七十多岁，在山林里仍然健步如飞，跑起来像山猪一样敏捷。巴冈老人在这个中午经过山上的北溪驻在所时，几个山地警察正在里面喝酒。当时南溪驻在所的三井也在这里。他们显然都已喝得烂醉。三井一见巴冈老人就将他硬拉进去，一定要他和他们一起喝酒。巴冈老人平时并不喝酒，但被三井纠缠不过，只好勉强进去喝了两杯，然后就要回去。可是三井仍然拉住巴冈老人不放。巴冈老人只好连连说，巴嘎，巴嘎。巴嘎在我们山上族人的语言中是够了的意思。但巴冈老人并不知道，在达腊都噜的语言中，巴嘎指的却是禽兽。于是几个山地警察勃然大怒，立刻大呼小叫地扑过来对巴冈老人一顿拳打脚踢。就这样打了一阵，见老人已经断气，才把北溪部落的罗干找来，让他带几个族人将巴冈老人的尸体给我们南溪部落送来。

在这个中午，罗干和几个族人将巴冈老人的尸体抬到我们部落。摩达头目看了立刻问罗干，这是怎么回事。罗干没说任何话，放下尸体就带上人走了。

这时我们南溪部落的族人还不知道，北溪驻在所这边已经发生了更严重的事。就在北溪驻在所的几个山地警察殴打巴冈老人时，花兰部落的一个族人刚好经过这里。这个族人看了连忙跑去山上叫人。当时花兰部落的瓦旦和欧卜丝正和几个族人在山上种田，他们听了立刻赶来北溪驻在所。但这时，巴冈老人的尸体已被抬走了，地上只留下一滩血迹。花兰部落与我们南溪部落的关系一直很好，这些年经常互有来往，我们的摩达头目也经常帮助花兰部落的族人。所以这时，瓦旦就质问驻在所的山地警察，刚才是怎么回事，为什么要殴打巴冈老人。此时三井和另几个山地警察都已醉倒了，只还有一个人仍在那里喝酒。这个山地警察显然余怒未消，一听瓦旦这样质问并不回答，突然摇摇晃晃地站起来，抓过身边的东洋刀就朝瓦旦砍过来。瓦旦顿时怒不可遏，拔出腰间的泰雅刀指着这个山地警察说，你不要逼我出草。这个山地警察并不理睬瓦旦的话，挥舞着东洋刀又猛一下砍过来。瓦旦只好朝旁边跳开。但他还没有来得及出手,站在旁边的欧卜丝早已忍耐不住,突然拔出泰雅刀朝这个山地警察砍过去。欧卜丝的泰雅刀很短,但极其锋利,他这样砍在这个山地警察的脖子上只是嚓的一声,这颗人头就掉下来,然后咚地落到地上像个球一样滚出很远。这个山地警察失去头颅的脖颈顿时喷出一股滚烫的鲜血。血水飞溅到旁边一个正在昏睡的山地警察的脸上。这个山地警察立刻被烫醒了。他睁开眼看到眼前的情形,刚要跳起来去抓自己的东洋刀,瓦旦的泰雅刀已经朝他砍过来。但瓦旦由于用力过猛,这一刀砍得有些偏了,只把他的头砍下一半。这半颗头颅立刻像切开的西瓜一样掉落到桌子上,接着里面的脏东西就都流出来。

瓦旦和欧卜丝在这个中午犯了一个错误。他们既然已在驻在所里这样出草,就应该再彻底一些,索性把当时的几个山地警察都杀掉。然后一把火烧了这个驻在所,再来找摩达头目商议一下。如果这样,或许还可以想出一个万全的办法。

但是,他们就这样拎着两颗人头若无其事地回去了。

于是接下来就发生了更严重的事情。在这个中午,瓦旦和欧卜丝带着人走后,三井和几个醉倒的山地警察渐渐醒过来,他们看到眼前的情形立刻明白,是被山上的生番出草了。这时北溪部落的罗干也已带着人回来。罗干在回来的路上看到了提着人头的瓦旦和欧卜丝,于是告诉三井,出草的是花兰部落的族人。这时三井已经意识到,两个山地警察被山上的番人杀死,这应该是一起极其严重的事件,于是立刻用电话向白石街的警察分室报告了此事。小野警官早已对山上的生番恨之入骨,一直想寻机镇压一下,这时得知竟发生了这样的事,当即率领警察部队气势汹汹地来到山上。在这个傍晚,三井和罗干已经等在这里,他们立刻带着小野警官的部队来到花兰部落。这时花兰部落的男人们去山上种田还没回来,部落里只有一些老人妇女和孩子。小野警官的警察部队冲进来血洗了部落,还烧了所有的草屋。

在这个晚上,花兰部落的瓦旦和欧卜丝带着部落里的族人来到我们南溪部落。瓦旦告诉摩达头目,他们花兰部落的莫傣头目也被达腊都噜杀死了。莫傢头目为了保护自己的族人用泰雅刀砍翻了两个达腊都噜,最后被小野警官用东洋刀从头顶劈下来。这时摩达头目已经看到了从花兰部落方向的山林里冒出火光,也已知道,花兰部落的族人是因为巴冈老人才遭到这样一场祸事。于是就让花兰部落的族人在我们部落暂时安顿下来。

在这个晚上,我已经预感到什么。我看到摩达头目一直在他的草屋里守着火盆。到半夜时,摩达头目独自走出部落,朝对面的山坡上去了。我悄悄跟在他的身后。我看到摩达头目来到溪边,拔出腰间的泰雅刀在溪水里细细地清洗了一下,然后小心擦净,插回到刀鞘,就朝山上走去。我这时已经明白摩达头目要去干什么,于是就随后跟上去。果然,摩达头目翻过山梁,来到下面的溪谷。这个晚上的月亮很亮,将溪谷映得如同白昼。摩达头日走到溪边站住了,朝对面看着。过了一会儿,罗干就从溪对岸的黑暗中走出来。他显然已经先到了。这时,他的一只手放在腰间的泰雅刀上,看着摩达头目说,你不是说,现在不想出草吗?

摩达头目说,我改主意了,我如果再不向你出草,祖灵也要发怒了。

罗干点点头说,好吧,我的哥哥沙斯在等你,也已经等得不耐烦了。

摩达头目说,罗干,我今天就是猎到你的人头,也不会带你回去。

罗干听了看一看摩达头目。

摩达头目接着说,你知道为什么吗,因为你的罪孽太深重了,虽然你的脸上纹了嘎雅,可是你死后也肯定会变成一个恶灵,就是我们的祖灵也不会原谅你的,你将死无葬身之地。

罗干拔出泰雅刀说,摩达头目,我知道你是个英雄,拔出你的刀吧。

摩达头日就慢慢从腰间拔出泰雅刀。

这时我已等不及了。我在后面叫了一声,摩达头目。

摩达头目回过头,有些意外地问,你怎么会在这里?

我说,这件事,交给我吧。

摩达头目看看我,你要出草?

我说,是。

摩达头目想了一下说,嘟奴,你要想好,如果你现在决定出草,这件事就是你的了,无论你猎到他的人头,还是他猎到你的人头,我都不会帮你,这是我们的嘎雅。

我点点头说,我明白。

摩达头目笑了笑,就把手里的泰雅刀扔给我。我在接住刀柄的一瞬,立刻感觉到,摩达头目的这把泰雅刀不仅寒气逼人,也有一种凶狠的分量。

我又对摩达头目说,我提个要求,可以吗?

摩达头目说,你说吧。

我说,如果我这一次猎到人头,可以得到一把真正的泰雅刀吗?

摩达头目说,如果你猎到人头,就是真正的勇士了,一个勇士怎么能没有泰雅刀呢?

摩达头目的话立刻让我激动起来。我意识到,就在这个晚上,我将要成为一个真正的勇士了,我也可以在额头纹上嘎雅了。我又冲摩达头目点点头,就转身朝罗干走过去。

这时罗干已经来到小溪的这边。他显然并没有听到刚才我和摩达头目的对话,这时突然看到我这样一个十多岁的孩子拎着一把大得有些夸张的泰雅刀冲他走过来,似乎感到奇怪。我这时没有丝毫的紧张和惧怕。我感到一种从没有过的冲动。此时,我觉得自己已经是一个真正的勇士了,我就这样拎着这把沉甸甸的泰雅刀走到罗干的面前。我已在心里盘算过了,我虽然在身高和力量上与罗干相比都处于劣势,但我也有我的优势。我的优势就是敏捷灵活。罗干虽比我高,但他在成年人中还是属于身材矮小的,而且很胖,手臂也短,这样活动起来就有些笨拙。于是,我想到这些也就更加坚定了信心。这时我已来到罗干的面前。

罗干看看我说,你也想向我出草吗?

我回过头去看看摩达头目。摩达头目正把两个手臂抱在胸前，微笑地看着我。

我对罗干说，今天，我是替祖灵向你出草。

罗干笑了一下问，你叫什么？

我说，我叫什么，和出草有关系吗。

罗干说，当然有关系，因为你马上就不能说话了。

好吧，我说，你可以记住，今天猎你人头的人，叫嘟奴。

罗干说，好啊嘟奴，我现在就带你回去吧。

罗干这样说着，就把他手里的泰雅刀朝我挥过来。罗干显然并没把我放在眼里，所以他的刀挥过来时也就有些松懈。就在这时，我突然用手里的刀在他的腿上捅了一下。我的身材比罗干矮小，摩达头目的这把泰雅刀又很长，所以这一下也就捅得又准又狠。罗干这时的注意力都在我的头上，没有防备下面，他立刻疼得弯下腰去。也就在这时，我把手里的泰雅刀突然朝上一扬就从底下向罗干的脖子砍过去，嘴里也学着巴哕嘜的样子发出咦地一声。我没有想到摩达头目的这把泰雅刀竟然这样沉，尽管我在朝上砍去的时候是用两只手攥住刀柄，但这把刀还是脱了手，它随着惯性一下飞出去，与此同时也准准地砍在罗干的脖子上。罗干的头颅竟然很轻易地被砍下来，就那样翻滚着和这把刀一起飞向半空。这颗头颅一边朝空中飞着，嘴里还啊地叫一声。罗干失去头颅的身体似乎不敢相信，竟然被我这样一个孩子猎去了人头，一下呆呆地愣在了那里。我走过去推了一下，这具尸体才瘫软地倒下去。

我朝溪边走去，从地上拣起摩达头目的这把泰雅刀，又拎起罗干的这颗头颅，在溪水里洗了一下就朝摩达头目走过来。我得意地对摩达头目说，我猎到罗干的人头了。

摩达头目嗯一声说，祝贺你，你现在已经是一个真正的勇士了。

我说，我再提一个要求可以吗？

摩达头目笑笑说，如果你想要这把泰雅刀，那我告诉你，现在还不行，这把刀对你太沉了。我只好恋恋不舍地把刀还给摩达头目，然后又说,我还有一个要求。

摩达头目说,你说吧。

我说,我可以把这颗人头带回去吗。

摩达头目看着我,没有立刻回答。

我说,这是我猎到的第一颗人头。

摩达头目又想了一下说,好吧。

就在这时,北溪部落的头目箐苜?娃里丝带着他的族人出现在小溪的对岸。箐苜·娃里丝朝这边看着,没有说话。他的两个族人来到小溪这边,将罗干的尸体抬回去了。

摩达头目对我说,我们走吧。

于是,我拎着罗干的人头和摩达头目一起朝山上走去。

箐苜·娃里丝突然在后面叫了一声,摩达头目。

摩达头目站住了,回头朝溪对岸看着。

箐苜·娃里丝说,你自己说过的话,现在食言了。

摩达头目说,是,我曾经说过现在还不想出草,可是,你的族人已经让我等不及了。

箐苜·娃里丝说,你摩达头目向来都是说话算话的,你不觉得这样食言,很可耻吗。

摩达头目慢慢转过身,走回来说,你知道这个罗干都干了些什么吗?

箐苜·娃里丝说,我的族人干了什么,与你没关系。

摩达头目说,但是你箐苜·娃里丝干什么,跟我是有关系的。摩达头目走到溪边,看着对岸的箐苜·娃里丝说,我再提醒你一次,不要为那些达腊都噜做事了,否则我摩达·如桐下一次出草的,就是你箐苜·娃里丝,我现在还不想在部族之间发生这样的事。

摩达头目这样说罢,就转身朝山上走去。

在这个晚上, 我像一个勇士一样地和摩达头目一起回到南溪部落。但让我感到遗憾的是,部落里并没有族人来迎接我,也没有人为我披上盛装,向我献上小米酒。摩达头目对我说,这个罗干已经变成一个恶灵，我同意你把他的人头带回来，是因为你第一次出草，这是你猎到的第一颗人头，但是，我不会为它举行人头祭，你明白吗？

我虽然有些失落，但还是点点头说，明白。

摩达头目笑笑说，你应该有自己的骷髅架了。

我拎起手里的这颗人头看了看。这时我才发现，罗干的头颅竟然像一个南瓜似的已经蔫瘪下去。他的两眼虽已闭上了，但嘴仍然大张着，似乎还要说什么。我想了想，就朝草屋的后面走去。那里有一堵用石块垒砌的矮墙，我想用它当我的骷髅架……

21.枳子老师

樱冈次郎终于找到了机会。

这天下午，樱冈在学校门口看到了枳子老师。枳子老师显然刚去外面办了什么事回来。于是樱冈快步走过去，掏出那封已在身上装了几天的信递给枳子老师，然后涨红着脸说，拜托……请您认真……看一下，我等着您的回答。枳子老师似乎已经知道这封信的内容，又似乎什么都不知道，接过这封信只是微微弯了一下腰说，谢谢。脸上仍然是那样一层淡淡的微笑。樱冈没敢再去看枳子老师，也鞠了一躬就赶紧转身走了。

接下来的几天里，樱冈一直惴惴不安。他希望见到枳子老师，但又怕见到她。有的时候在学校里看到枳子老师走过来，立刻就远远躲开了。樱冈觉得这件事一定会有一个结果，无论枳子老师看了自己的这封信怎样想，同意接受自己的求爱还是拒绝，都会给自己一个明确的答复。但几天过去了，枳子老师却一直没有任何反应。樱冈越发感到坐立不安。他觉得应该没有这样复杂，枳子老师回答自己不会是一件很困难的事情。

就在这时,樱冈接到一封请柬。

请柬是山口派人送来的。樱冈太郎和阿敏两天后将要正式举行婚礼,邀请樱冈次郎去参加。樱冈已经感觉到了,自从樱花节那一晚之后,山口对自己的态度就明显冷淡下来。事后樱冈太郎才告诉他,山口在那一晚将慧子叫来,并不是一时的动议,他在事先已做过周密的筹划和安排。樱冈太郎和樱冈次郎作为番人教育的典范已由台中州上报到台北总督府。总督府已经详细研究过他们两人的资料,正准备作为一个模式推广开来, 同时在番人中也可以起到一种表率的作用。而阿敏和慧子也同样都是番女,如果将阿敏配给樱冈太郎,再将慧子配给樱冈次郎, 同时为这两对新人举行一场盛大而又隆重的婚礼,这无疑也就会产生更大的影响。但是,山口这个经过周密策划的安排,却由于樱冈次郎的拒绝而没能实现。所以,樱冈次郎自己的心里也很清楚,山口虽然表面没说什么,但心里一定对自己很不满。

两天后的上午, 樱冈太郎和阿敏的婚礼在白石街议事厅门前的广场上举行。樱冈太郎不过是警察分室的一个乙种巡查,阿敏也只是卫生医疗所的普通护士, 山口却在议事厅门前的广场上为他们两人操办这样一场隆重的婚礼,显然用心良苦。婚礼上请来很多客人。新娘阿敏按山口的要求打扮起来,脸上被脂粉抹得雪白,嘴唇艳红,穿了一身白色的和服。

但是,站在阿敏身边的樱冈太郎脸色却很难看。

就在婚礼开始前,阿敏告诉他,山上的花兰部落出事了。阿敏也是刚刚得知这件事的。阿敏前一天晚上在卫生医疗所值班,听一个来看病的山上族人说的。据这个族人说,花兰部落的老人在这场劫难中几乎都被杀了,一些妇女和孩子,还被扔进火里活活烧死了。在这个早晨,樱冈太郎听到这个消息半天没有说话,只是呆呆地愣在那里。此时的樱冈有一种感觉,似乎在内心的深处有一块色彩鲜艳的玻璃。现在,这块玻璃突然被彻底打碎了。他这时才真正意识到,自己一直向往的那种所谓的达腊都噜的文明终于露出狰狞的牙齿, 它甚至比动物的牙齿还要可怕。樱冈觉得自己似乎突然挨了一闷棍,一下被打醒了。阿敏立刻有些后悔。樱冈的父母虽然都已不在,但是部落里还有一些他的亲人。阿敏意识到,在这种时候不应该把这件事告诉樱冈。这时,阿敏朝身边看一看。樱冈魂不守舍地站在那里,似乎眼前发生的一切都与他无关。阿敏想提醒樱冈一下,但想了想,又不知该说什么。

樱冈次郎在这个上午犹豫很久,最后还是决定来参加这场婚礼。他已经想到,有了樱花节那一晚的事,在这个婚礼上见到山口也许会有些尴尬。但他又想,如果自己不来,恐怕今后也就更无法与山口见面了。当然,樱冈与山口只是普通的朋友关系,就算疏远了一些也无所谓,但他顾虑的是枳子老师。山口与枳子老师毕竟是兄妹,樱冈担心,一旦自己和山口疏远,会影响到自己和枳子老师的关系。让樱冈没有想到的是,在这个上午,他来到婚礼现场才发现,自己被安排的位置竟与枳子老师离得很近。枳子老师和小学校的几个教师站在一起,身上也穿了一件很隆重的留袖和服。穿了留袖和服的枳子老师站在那里显得更加典雅,樱冈次郎看了心又禁不住地跳起来。这时婚礼已经开始,到场的客人轮番过去,向新人祝福。就在枳子老师走过樱冈次郎的身边时,朝他微微笑了一下。也就是枳子老师的这一笑,立刻让樱冈鼓起了勇气。樱冈觉得枳子老师的这个微笑里包含了很多没有说出,或在这时不便说出的意思。樱冈想,如果枳子老师看了自己的那封信,又决定拒绝自己,应该是不会对自己这样笑的。樱冈觉得这应该是一个难得的机会。于是,当枳子老师走到旁边的一棵樟树下乘凉时,他想了一下就跟过去。枳子老师看到樱冈走过来,笑着向他微微弯了一下腰。

樱冈来到枳子老师的面前,还没有说话,心就先已怦怦地跳起来。

枳子老师很认真地看看他,关切地问,樱冈老师,哪里不舒服吗?

樱冈说,我……还好……

枳子老师说,是啊,天气真热啊。

樱冈看一眼枳子老师问，我的那封信，枳子老师……看过了吗？

枳子老师说，哦，谢谢。

枳子老师说着又弯了一下腰，脸上仍是那样一层淡淡的礼貌的微笑。樱冈一时吃不准，枳子老师所说的谢谢是什么意思，于是鼓足勇气又问，我在信上说的，枳子老师觉得……

枳子老师又彬彬有礼地弯了一下腰，微笑着说，谢谢樱冈老师。

这时前面的风琴已经响起来。山口开始正式主持婚礼。

枳子老师又微笑着说，樱冈老师，我们过去吧。

樱冈点点头，只好和枳子老师一起朝前面走去。

樱冈的心里终于明白了，枳子老师所说的谢谢，已经是回答自己了。她是用这样一种淡淡的，彬彬有礼而又没有温度的微笑来拒绝自己的。樱冈想不明白，枳子老师为什么会拒绝自己。樱冈一直认为，枳子老师和自己是很谈得来的。虽然自己是一个山上的族人，用他们的话说也就是番人，但自己和枳子老师一起聊天时，已经丝毫感觉不到这种差异。

可是现在，枳子老师却用这样的微笑，又让他看到了这种差异。

樱冈在这个傍晚回到自己的宿舍，感到有些茫然，似乎站不是坐也不是，不知自己该做点什么。就在这时，那个叫慧子的女孩突然来了。樱冈感到有些意外。其实樱冈从第一次见到慧子时，就觉得这个女孩挺好，不仅眉目清秀，而且表现出一种怯生生的礼貌，给人的感觉很可爱。可是樱冈觉得，慧子的这种可爱当然与枳子老师是无法相比的。在枳子老师面前，慧子才真的像一朵紫花地丁。这时，慧子走进来，仍是怯生生的。

她小心地问，樱冈老师，今晚……有事吗？

樱冈越发感到奇怪，问她，你有什么事吗。

慧子说，如果您没事，我们晚上一起吃饭……可以吗。

樱冈想了一下。他在这个晚上本想痛痛快快地喝一下酒，最好能把自己灌醉。他觉得只有这样，才能把自己郁闷的心情发泄出来。现在，既然面前这个叫慧子的女孩要和自己一起吃饭，有一个人陪自己喝酒,这当然比一个人独自喝闷酒更好一些。

于是,樱冈点头说,好吧,我今晚没什么事。

慧子又小心地问,我们……在哪里吃饭?

樱冈想了一下。樱冈知道,自己喝了酒之后肯定会声音很大的说话,而且还可能会唱歌。他不想让别人看到自己这种放浪的样子。于是对慧子说,就在我这里吧。

慧子点点头,笑一下说,好吧,我去做饭。

说罢就挽起衣袖去忙碌了。

在这个晚上,慧子为樱冈做了饭团和紫菜卷。慧子的手竟然很巧,做的饭团和紫菜卷很地道,樱冈虽然食欲并不好,也禁不住点头称赞说,你做得很好吃啊。

就在这时,慧子说了一句最不该说的话。

她说,我是和枳子老师学的。

樱花节那一晚之后,阿敏曾告诉樱冈次郎,慧子经常去枳子老师的家里,帮她做一些事,所以她和枳子老师的关系很好。但这时,慧子突然提到枳子老师,樱冈还是稍稍愣了一下。慧子似乎察觉到樱冈脸上的变化,就懂事地为他斟上酒说,我陪樱冈老师喝一杯吧。

樱冈看看她问,你能喝酒吗。

慧子说,可以……喝一点吧。

樱冈点点头,勉强笑了一下。

樱冈知道,山上部落里的女人都能喝一些酒。山上族人喝的是小米酒。相传最早的时候,这种小米酒是女人酿造的。她们将小米一口一口地含在嘴里,待小米发酵,再吐出来,这样就酿成了小米酒。所以,山上的女人都有一些酒量。果然,慧子在这一晚和樱冈一杯一杯地对饮,脸上似乎没有任何变化。她只是看着樱冈把酒喝下去,然后为他斟满,再等着陪他喝下一杯。樱冈起初认为,慧子在这个晚上突然主动来和自己一起吃饭,也许是仍然对自己有想法。在白石街上还有一些山上族人的女孩,她们平时都很喜欢和樱冈说话。但在这个晚上,樱冈很快就感觉到了,慧子来和自己吃晚饭似乎只是在完成一项工作，就像她在卫生医疗所为病人打针或换药。接着樱冈也就明白了，今晚，应该是山口让她来的。

樱冈想到这里，就故意问慧子，你为什么要来和我一起吃晚饭？

慧子笑一下说，和樱冈老师一起吃饭，很愉快啊。

樱冈问，你说的，是心里话？

慧子怯生生地说，当然是……心里话啊。

樱冈盯着慧子，还想再问她一句，今晚，真是你自己要来的吗。但想了一下只是笑笑说，好吧，我们喝酒吧。樱冈这时感觉到，自己已经有些醉意了。他把杯里的酒一口喝掉，扔下杯子，就仰着头闭上两眼唱起歌来。但他这一次没再唱山上族人的歌，而是用日语唱起了《竹田摇篮曲》：盂兰盆节到了，有什么高兴呀，没有新衣服，也没有腰带……真想尽快走出去，离开这个地方，那边能看到，父母的家呀……樱冈唱着，睁开眼，忽然看到慧子已经泪流满面。慧子说，这首《竹田摇篮曲》……樱冈老师唱的真好听，也像我们族人的歌啊。

樱冈抓过杯子，又一口把酒喝掉，然后笑笑说，你爱听，我再给你唱啊。

樱冈说着就又闭上两眼唱起来。这一次，他唱的是《樱花》：樱花啊，樱花啊，阳春三月晴空下，一望无际是樱花。如霞似云花烂漫，芳香飘荡美如画。快来呀，快来呀，一同去赏花……樱冈唱着，自己也流下了眼泪。他看看慧子，忽然问，你知道樱花是什么科吗？

慧子显然没有听懂，眨着眼看看樱冈。

樱冈说，樱花属于蔷薇科，落叶乔木。

慧子看着樱冈，显然仍没有听懂。

樱冈又问慧子，你知道紫花地丁是什么科吗？

慧子越发茫然地看着樱冈。

樱冈说，紫花地丁是堇菜科，草本，稀乔木。

慧子问，紫花地丁……是什么啊？

樱冈说，想知道吗？给我斟酒啊。

慧子连忙为樱冈的杯里斟满了酒。

樱冈点点头说，好吧，我告诉你，紫花地丁是生长在绯寒樱树下的一种野花，很小，就像……你，哦不，就像我一样，可是开出的花比樱花还要鲜艳。樱冈说着端起酒杯把酒喝了，又把脸凑近慧子说，我为紫花地丁也做了一首歌，你想听吗？

慧子看着樱冈，点点头。

樱冈忽然笑了，嗯一声说，好啊，我现在就唱给你听啊。他说着又闭上眼，仰着头唱起来：你今天很小啊，明天会长大，你今天生出嫩叶啊，明天会开出鲜艳的花，你是紫花地丁啊，你也会长出枝丫……樱冈就这样闭着眼，一遍一遍地唱着……

22.嘟奴

我终于成为一个真正的勇士了。

我虽然只有 12 岁，脸上却已经文了嘎雅，这让部落里那些脸上仍很光洁的年轻人羡慕不已。就在我纹了嘎雅的这一天，我也终于有了一把属于自己的泰雅刀。我曾对摩达头目说过，我要有一把真正的泰雅刀。所以，摩达头目给我的这把刀和他的那把一样长，也一样锋利，只是稍稍轻了一些。摩达头目对我说，等将来我长大成人，会给我一把和他的刀一样沉重的泰雅刀。父亲在看到我腰间有了泰雅刀的那一晚，喝醉了。他告诉我，他这一生最值得骄傲的事，并不是他曾经出过多少次草，猎回过多少异族人的人头，而是他的儿子在 12 岁的时候脸上就已经纹了嘎雅，成为部落里最年轻的勇士，而且还拥有了一把真正的泰雅刀。父亲还亲手用樟木为我制作了一个巨大的骷髅架。他对我说，看见了吗，儿子，这就是你的骷髅架了，你将来也要像摩达头目一样，用自己猎回的人头把这个架子摆满。

我听了父亲的话点点头，就把罗干的人头摆上去。

这一年的夏天出奇的热，能高山如同一个巨大的蒸笼，似乎山林里的树木都流出了汗水。就在这样一个早晨，突然发生了一件奇怪的事。都门去山上的林子里采麻，竟然看到了那个叫山本的达腊都噜。都门以为是自己撞见了鬼。山本早在几年前就掉下山崖摔死了，而且据白石街上警察分室的小野警官说，已经找到了山本的尸体。都门想不明白，这时这个山本怎么会突然又出现在这里。当时都门并没有看清楚，只觉得有一个很像山本的人影在一块岩石的旁边一闪，于是立刻追上去。但是，当她来到这块岩石的跟前时，却并没有发现山本的踪迹。都门回到部落，把这件事对摩达头目说了。

都门说，也许自己真的是看错了。

但摩达头目听了却立刻想到另一件事。就在前不久，北溪部落的头目筲苜·娃里丝又带着人在山里修隘勇线，而且已经朝着南溪部落这边修过来。摩达头目已经警告过筲苜·娃里丝，如果他的人真敢把隘勇线修到南溪部落的领地，南溪部落的族人一定会出草。

这时，摩达头目怀疑，都门说的这件事与隘勇线有关。

摩达头目立刻带着部落里的族人来到山上。在林子里搜寻了一阵，果然发现有人走过的踪迹，接着又发现了一堆人的粪便。摩达头目蹲下来仔细观察了一下这堆粪便，发现还有新鲜的气味，而且从颜色也看出了问题。部落里的族人由于长年吃的是小米，所以粪便都是黄色的，而这摊粪便却是暗红的。这就说明，这个人应该不是山上部落的族人。摩达头目立刻警觉起来。无论都门在这个早晨看到的那个人影是不是山本，至少有一点可以肯定，已经有异族人闯入我们南溪部落的领地。摩达头目当即让族人在山上散开搜寻，很快又在草丛里发现了一只空罐头盒。显然，这个闯入我们领地的异族人应该是一个达腊都噜。

这时巴咿嘎和巴羧走过来。

巴咿嘎问摩达头目，这个人，会是山本吗？

巴羧说，如果是山本，我一定要捉住他。

摩达头目点点头说，好吧，你们想办法，打到这个猎物吧。

在这个上午，巴吵嘎和巴羧在林子里的小路上下了一个套索。这种套索是用藤蔓拴的，一头连在一根粗大的树枝上，另一头埋在草丛里，在猎场是专门用来套棕熊一类野物的。巴羧有些怀疑，在林子里下这样一个套索，会不会真能套住这个闯入山林的异族人。但巴吵嘎认为是有可能的。巴吵嘎说，如果这个人是达腊都噜，他就一定还会来。

巴吵嘎没有说错。第二天早晨，当巴吵嘎和巴羧再一次来到这片山林时，发现这个套索果然套住了一个人。这个人被藤索套住脚踝，已经倒着吊在树上。巴吵嘎和巴羧走过来仔细看了一下，认出这个人竟然真的是山本。山本已经被吊得脸有些肿胀起来。巴吵嘎和巴羧立刻把他从树上放下来。山本穿了一身草绿色的衣服，上衣和裤子有很多衣兜，里面装了各种奇怪的工具和吃的东西。他一被放下来就躺在地上，闭起两眼，似乎不想说任何话。

巴羧过来踢了他一下说，起来。

山本就慢慢爬起来。

于是，巴吵嘎和巴羧用藤索把他捆起来带回部落。

摩达头目看到山本也有些意外。他先让巴吵嘎和巴羧把山本身上的藤索解开，然后将他带到自己面前。摩达头目上下看看他，皱起眉问，你不是掉下山崖摔死了吗。

山本低着头，做出不准备说话的样子。

摩达头目又问，这几年，你究竟去了哪里？

山本仍然低着头。

摩达头目说，你是一个番通，应该懂我部落里的规矩。

山本低着头，仍不说话。

摩达头目说，好吧，我现在问你，你来我的山林究竟想干什么？摩达头目说着，拿起在山本身上搜出的几件工具看了看，这些东西，都是干什么用的？

山本还是低着头，不说话。

摩达头目点点头说，你不说话没关系，不过你要明白，你是一个异族人，异族人随便闯进我的领地，按我们的规矩会怎样做，你应该是知道的。

这时山本慢慢抬起头说，我要……见都门。

摩达头目笑了，看着他说，你要见都门？你认为见到都门，你就不是异族人了吗？摩达头目说着走到山本的面前，我曾经对你说过，当初你和都门的事，我从来没有同意过，所以，我也从不承认你和我南溪部落的关系，我的部落不会跟达腊都噜有任何关系。

摩达头目盯着山本问，我的话，你听懂了吗？

山本又说，我要见都门。

摩达头目说，好吧。

摩达头目说罢就让人把都门找来。这时都门已经知道，巴吵嘎和巴羧从山上捉回的这个人就是山本。摩达头目对她说，山本要见你，见与不见，你自己决定吧。

都门说，我已经不想再见这个人。

摩达头目说，你也可以见他一下。

都门抬起头问，为什么？

摩达头目说，这个山本突然来到我们的林子里，我怀疑与隘勇线有关，他身上还带了一些奇怪的工具，而且在一个小本子上画了一些地图，应该是来察看地形的。所以，摩达头目对都门说，你去见他，听一听他说什么，也许能知道他来这里的目的。

都门说，可是……

摩达头目说，现在，已经不是你一个人的事了。

都门又想了一下，点点头说，好吧。

都门在这个上午来到摩达头目的草屋。山本看到都门，两眼立刻亮起来。他对都门说，都门，我有话要对你说。这时巴羧走过来，在山本的身上用力踢了一脚说，不许用你们达腊都噜的语言说话！山本只好又用山上的番语对都门说，我……有事情要告诉你。

都门说，你就在这里说吧。

山本朝身边看一眼，没有说话。

摩达头目点点头说，好吧，你们去里面说吧。

都门转身走进里面的草屋。山本也跟进来。但是，山本显然并不打算告诉都门什么，他只是对都门说，我在山上迷路了，所以才走到这边的林子里，你对摩达头目说，放我回去吧，你也和我一起回去。都门一听就笑了。她问山本，你是迷路了吗？

山本说，是啊。

都门又问，你一连几天，都在这里迷路吗？

山本愣了一下，想一想又说，你……跟我一起下山吧。

都门很认真地看看他说，你以为，我还会相信你吗？

山本说，是……是啊，我过去……是骗了你。

都门说，我现在问你，你来这边的山林到底要干什么。

山本说，我……真的迷路了。

都门点点头说，好吧。

都门这样说罢就转身出来了。

就在这时，突然有人来告诉摩达头目，驻在所的三井来了。摩达头目听了立刻从草屋里走出来，这时三井已经来到门前。三井在这个上午仍然穿着笔挺的黑色警服，领口露出的白衬衣也仍是那样白得耀眼。他看到摩达头目就说，摩达头目，我有事要问你。

摩达头目不动声色地说，什么事。

三井说，听说你的族人，在山上捉到一个人。

摩达头目说，你的消息很灵通啊。

三井说，我现在只问你，有没有这回事。

摩达头目说，我的族人，刚刚在山上打回一只山猪。

三井说，可是我听说，你捉到的是一头两条腿的山猪啊。

摩达头目说，我已经说过了，不管两条腿四条腿，我的族人只打到了一头山猪。他这样说罢就朝围在旁边的族人吩咐，男人都准备一下工具，马上去山上的田里锄草。

族人们就都纷纷散去。

三井走过来，又说，摩达头目，前些天花兰部落发生的事，你应该知道了。

摩达头目说,是,我知道了。

三井盯着摩达头目说,我不希望,这样的事发生在南溪部落。

摩达头目也眯起眼盯着三井说,我南溪部落,不是花兰部落。

三井的鼻孔里哼一声说,摩达头目,我已经听说了,你这里收留了花兰部落的族人,这件事我还没有向警察分室的小野警官汇报,如果汇报了,会有什么后果你是知道的。他说着又看一看摩达头目,所以,我要提醒你,如果真在山上捉到了什么人,最好告诉我。三井这样说罢就转身走了。但就在他转身的一瞬,突然踩在一条狗的身上。这条狗立刻呜地叫起来。三井吓得连忙朝旁边一跳,恼火地骂了一声,巴嘎!然后就抽出腰间的东洋刀朝这条狗砍过去。这条狗正在一跳一跳地朝三井叫着,这一刀正砍在它的腰上,一下就砍成了两截。它的下半截身子躺在地上,上半截却仍在直挺挺地朝三井叫着。

三井哼一声就迈过这条狗走了。

摩达头目在他身后叫了一声,三井!

三井站住了,慢慢回过头。

摩达头目说,你杀了我的狗,这件事我会记住的。

三井说,你记住吧,下一次,也许我杀的就不是狗了。

他说罢就气呼呼地朝部落外面的山上走去。

就在这天夜里,发生了意外的事。山本逃走了。摩达头目要搞清楚山本来山上的目的,于是就让巴吵嘎和巴羧将他关在一间草屋里。巴羧用绳索将山本结结实实地捆起来。巴吵嘎还特意封上草屋的门窗。但在这天夜里,山本还是挣脱绳索,撬开窗子逃走了。从部落出去,只有一条山路。摩达头目分析,山本在这个夜里逃出部落应该不会立刻下山。因为下山要经过几个溪谷,而且山路很不好走,山本这样一个达腊都噜走夜路是不容易出去的。所以,他最有可能的是先去山上的南溪驻在所暂避一下。于是第二天早晨,摩达头目就带着巴吵嘎和巴羧来到山上的驻在所。三井听到外面的声音立刻走出来。他看到摩达头目似乎并不感到意外,只是笑一笑问,摩达头目这样早来驻在所,有什么事啊?

摩达头目说,你应该知道我有什么事。

三井眨眨眼说,我不知道啊,是来找我喝酒吗?

摩达头目说,我要找的人,应该在你这里。

三井问,你要找……什么人?

摩达头目说,你不要这样问我,你应该知道。

三井点点头说,哦,明白了,你要找的,是不是昨天在山上捉到的那头两条腿的山猪?

摩达头目看着三井。

三井把头摇晃了一下说,可是,一头两条腿的山猪怎么会跑到我这里来呢?

摩达头目点点头说,好吧。接着,他突然又朝驻在所里大声说,山本,你听着,我们两个人的事还没有完,你如果再敢踏进我的山林,我会亲自向你出草的!

摩达头目这样说罢又看一眼三井, 就带着巴吵嘜和巴羧转身走了。

23.巴羧·摩达

巴羧去山林里打山鸡,带回一个消息。北溪部落的族人为达腊都噜修建隘勇线,已经修到南溪部落领地的边界。巴羧在山上看到,几个北溪部落的族人已扛着工具来到南溪部落的山林。但巴羧将这几个人赶出去了。巴羧警告他们,如果胆敢再进来,他就不客气。巴羧对摩达头目说,他已经看到,在部落领地的外面已建起一道很长的隘勇线。

摩达头目意识到,这件事不能再拖下去了。

摩达头目让巴羧去见北溪部落的头目筲苜·娃里丝, 告诉他,自己要跟他当面谈一谈。摩达头目估计到,筲苜·娃里丝正急于为达腊都噜修建隘勇线,所以一定会同意与自己见面。果然,筲苜·娃里丝立刻表示同意。他对巴羧说,他也正想见一见摩达头目。

筲苜·娃里丝特意把见面地点定在一条隘勇线的旁边。摩达头目当然明白筲苜·娃里丝这样做的用意。他是想让摩达头目知道,不管怎样,这条隘勇线都是要一直修下去的。摩达头目想,在这里见面也好，自己这次见箐苜·娃里丝，要说的也正是隘勇线的事。

摩达头目见到箐苜·娃里丝并没有绕弯子，直截了当就说，看来你北溪部落是一定要和达腊都噜合作了，不过，你北溪部落怎样做是你们自己的事，只是不要侵入南溪部落的领地。摩达头目对箐苜·娃里丝说，既然你们为达腊都噜做事，在我看来也就已经是异族人，如果异族人敢踏入我南溪部落的领地，我是不会让他活着出去的。摩达头目说，我摩达·如桐是什么样的人，你们北溪部落的族人应该知道。

箐苜·娃里丝听了只是笑一笑。

他对摩达头目说，我当然知道你摩达头目是什么人，我的族人沙斯和罗干两兄弟被你南溪部落的人出草，这件事我们以后再说。不过现在，箐苜·娃里丝说，我还是要劝一下摩达头目，你是一个英雄，但你的族人并不都是英雄，他们还要吃饭，要活下去，你摩达头目不会希望你的南溪部落被灭族，所以，你也要为你的族人想一想。

摩达头目眯起眼说，我问你一件事吧。

箐苜·娃里丝点点头说，可以。

摩达头目问，你北溪部落为达腊都噜修隘勇线，他们给你什么好处？

箐苜·娃里丝笑笑说，具体的好处你不用问，不过，我总可以让族人过的好一些。

摩达头目也笑一笑，看着箐苜·娃里丝说，你觉得这样做，你的族人真会过好吗？

箐苜·娃里丝说，有酒喝，有肉吃，还有充足的子弹可以用，难道这样的日子还不好吗？箐苜·娃里丝说着朝身后的隘勇线看一眼，摩达头目，你是我的前辈，但我也要对你说一句，一个真正的部落头目，不是让自己的族人如何走上彩虹桥，而是想办法让他们活下去，让自己的部落一直活下去，走上彩虹桥很容易，只有活下去才最难。

摩达头目说，箐苜·娃里丝，你说错了。

箐苜·娃里丝看一看摩达头目。

摩达头目说，活下去确实很难，但要想走上彩虹桥也不是一件容易的事，即使脸上有嘎雅，也并不是每一个人都可以登上彩虹桥的。

筲苜·娃里丝点点头说，好吧，摩达头目，不过我也要提醒你，如果你再这样坚持下去，你的南溪部落会越来越困难。

摩达头目当然明白，筲苜·娃里丝这样说意味着什么。

这时的南溪部落确实已经越来越困难。花兰部落的瓦旦和欧卜丝带着族人暂时住在这里，部落里的消耗也就比过去更大了。于是摩达头目决定，让巴羧带人去山上采一些药材，然后由巴哕嚄带几个人下山去换一些生活用品。但巴羧对父亲说，巴哕嚄对山上的药材更熟悉一些。于是摩达头目想了一下，就让巴羧带人下山。但摩达头目叮嘱巴羧，花兰部落前不久刚刚出事，在这种时候，他这一次下山千万不要再惹事。

可是巴羧这次下山，果然又出事了。

在这个中午，巴羧带着几个族人来到山下，像往常一样走进白石街上的秀吉货栈。秀吉货栈的老板叫丰臣秀吉，是一个四十多岁，长着一口龅牙的达腊都噜。他当年曾在潮汕一带做生意，于是就为自己取了一个中国人的名字，叫王秀吉。秀吉货栈平时生意很好，但这个秀吉老板对山上的族人却很刻薄。所以，巴羧一直很讨厌他。这时，巴羧和几个族人刚刚走进秀吉货栈，正准备用带来的兽皮和药材做交易，秀吉老板却立刻过来连连摆手，一边向外推着巴羧几个人说，今天货栈打烊，不做生意。这时巴羧已经看到，一个穿和服的女人刚刚买了一些东西，于是问这个秀吉老板，为什么可以做别人的生意，却不做自己的生意。秀吉老板又朝门外的街上看一眼，压低声音说，走吧，你们快走吧，我就是不做你们的生意。

巴羧压着火气问，为什么，我的兽皮和药材不好吗？

秀吉老板说，不为什么，你们走吧，快走吧。

他一边说着又用手向外推巴羧。这时巴羧终于忍不住了。他抓住秀吉老板的手稍一用力，秀吉老板立刻嗷嗷地叫着弯下身子。但他的嘴里仍在说，你不要乱来，我要喊街上的巡查了！巴羧一听秀吉老板这样说,火气更大了,突然抓住他胸前的衣领用力一推。秀吉老板立刻向后倒退了几步, 一下仰到身后的货架上。秀吉老板的两条腿很短,所以有些笨拙,他这样倒在货架上挣扎了几下,货架上的东西就稀里哗啦的掉下来。就在这时,樱冈太郎和阿敏来到小店的门外。樱冈在这个中午当班,正在街上值勤,刚好看到从卫生医疗所下班出来的阿敏。两个人正在说话,听到秀吉货栈这边有人争吵。樱冈立刻走过来,朝货栈里一看竟是巴羧。这时秀吉老板一见樱冈立刻嚷着说,这个生番……跑到我这里来闹事!

樱冈看一看秀吉老板。秀吉老板就赶紧自己爬起来。

樱冈对站在旁边的巴羧说,你不要在这里闹了,快走吧。

巴羧看一眼樱冈, 又看看站在樱冈身边的阿敏, 转身朝外面走去。

樱冈立刻跟出来,在后面叫了一声巴羧。

巴羧站住了。

樱冈想了想,朝阿敏示意了一下。阿敏就转身先走了。

樱冈走过来说,秀吉老板不做你的生意,不是他的事。

巴羧朝阿敏的背影看一眼,冲樱冈笑笑说,我要祝贺你啊。

樱冈的脸立刻红起来。

巴羧又说, 听说你和阿敏的婚礼, 是那些达腊都噜为你们操办的。巴羧说着朝樱冈走过来,盯着他的脸,你还记得自己是花兰部落的族人吗?你知道花兰部落最近出了什么事吗?就是那个叫小野的达腊都噜,他带着人闯进花兰部落,把部落里的老人都杀光了,你的堂叔一家,被他们扔进火里活活烧死了,花兰部落的莫傺头目为了救你堂叔一家,一连杀了两个达腊都噜,最后被那个小野用东洋刀从头顶劈下来,活活劈成了两半。巴羧又朝樱冈身上的黑色警服看了看,可你现在,还穿着这身达腊都噜的衣服在街上晃。

巴羧这样说着,不知什么时候,阿敏又走回来。

阿敏对巴羧说,巴羧,你……不知道……

巴羧立刻看着阿敏说,我不知道什么?

阿敏说,樱冈听说了这件事,哭了几个晚上……

巴羧哼一声说,哭?男人的眼泪是干什么的?给自己洗脚的吗?

阿敏说,巴羧,你不要再这样说樱冈……

巴羧突然大声说,我不想再和你说话!也不想再看见你!

阿敏慢慢低下头,沉默了一下,转身走了。

这时樱冈的脸色已经很苍白。但他朝巴羧和旁边的几个族人看了看,还是低声说,你们不要站在这里,如果让警察分室的人看到,又会有麻烦的。樱冈这样说罢,用恳求的目光看着巴羧。巴羧想了想,就转身朝白石街对面的山坡走去。樱冈也随后跟过来。

樱冈来到山坡上,对巴羧说,秀吉老板不做你的生意,确实不是他的事。

巴羧没有说话。

樱冈说,这是警察分室的人吩咐他的,不准他再跟山上的番人做生意,尤其是南溪部落的族人。樱冈说着,忽然又想起一件事,他对巴羧说,你回去告诉摩达头目,警察分室听北溪部落的头目筲苜·娃里丝说,南溪部落不准在自己的领地修建隘勇线,正准备带人进山,要把隘勇线强行修进去,所以,让摩达头目千万小心啊。樱冈这样说罢就匆匆地走了。但走了几步又回来,对巴羧说,也许……我可以帮你去秀吉货栈……

巴羧摇摇头说,不用了。

樱冈从巴羧的眼神里似乎看出了什么。但他的嘴只动了一下,就转身下山去了。

巴羧果然没有立刻回山上去。他和几个族人等在山坡上,到了夜里,就又来到白石街上的秀吉货栈。巴羧让几个族人守在门外,看一看街上没人,就过来敲了敲门。秀吉老板在里面打着哈欠一边应着,走过来打开门。巴羧立刻用泰雅刀指向秀吉老板的喉咙。秀吉老板这时已经看清黑暗中的巴羧,慢慢向后倒退了几步。巴羧随着跟进来。几个族人也已经进来,在小店里翻找了一阵,把需要的东西都拿好。巴羧就对秀吉老板说,你看好我拿的东西,我带来的兽皮和药材都给你放在这里，一样不少，你自己可以清点一下。

秀吉老板看着抵在自己眼前的泰雅刀，点点头。

巴羧又说，你放心，今晚的事，就是那些警察分室的达腊都噜知道了也没关系，你可以告诉他们，不是你要做我的生意，是我用刀硬逼着你，跟你交易的。

巴羧这样说着，几个族人已经把东西收拾好，背在身上。

巴羧又指了指放下的兽皮和药材，就和几个族人隐在门外的黑暗里……

24.樱冈次郎

樱冈次郎发现,早晨喝酒是一种最好的解脱方式。每天早晨一觉醒来,应该是一天中最清醒的时候,当然,也就是最痛苦的时候。如果在这时把自己灌醉,这一天也就可以解脱了。于是,樱冈每天早晨的第一件事就是喝酒。这时樱冈的宿舍里已经扔满了空酒瓶子,房间里满是浓重的酒气。西村校长很快就发现了问题。樱冈老师突然连续很多天不再给学生上课,甚至不在学校里露面。西村校长搞不明白,樱冈老师一向对工作很认真,甚至还曾受到台北总督府官员的夸奖,现在突然这样是不是出了什么问题?这时西村校长已经听到学校里的一些教师在背后议论,说樱冈老师每天从早到晚都在宿舍里酗酒。

于是,西村校长就在一天早晨来到樱冈的宿舍。

西村校长走进樱冈的房间立刻被吓了一跳,只见樱冈歪在榻榻米上,正抓着一只酒瓶一口一口地喝着,一边喝嘴里还在哼唱着什么小调。房间里弥漫着一股呛人的酒气。西村校长走过来,蹲到樱冈的面前很认真地看看他问,樱冈老师……怎么回事?

樱冈只是笑一笑,向西村校长举起酒瓶说,来,一起喝酒吧。

西村校长沉下脸,摇摇头说,樱冈老师,你怎么可以这样。

樱冈就不再理睬西村校长了,索性仰身躺下来。

西村校长搞不清楚樱冈老师为什么会突然这样酗酒,于是认为,这也许是山上番人的一种习性。但是,西村校长很快发现,事情并没有这样简单。一天下午,喝得醉醺醺的樱冈突然来找枳子老师。当时枳子老师正在上课。樱冈硬把枳子老师叫出来,说要跟她谈一谈。尽管枳子老师立刻把樱冈送回宿舍,但这件事还是一下在学校里闹得沸沸扬扬。

这时樱冈已经下定决心,一定要跟枳子老师认认真真地谈一次。他想知道,枳子老师为什么拒绝自己,她的心里究竟是怎样想的。但是,他每一次来找枳子老师,枳子老师却总是彬彬有礼,脸上也永远带着那样一层淡淡的没有温度的微笑。枳子老师的这种微笑反而更加刺激了樱冈,他一定要知道,在枳子老师这种微笑的背后究竟是什么。

事情就这样被樱冈搞得一步一步发展到无法收拾的境地。

一天早晨,枳子老师来学校上班,一身酒气的樱冈竟在学校门口拦住枳子老师,一定要她和自己到学校附近的山坡上去,说要和枳子老师好好谈一谈。尽管枳子老师一再微笑着解释,自己还要去给学生上课,还有很多事情要做,但樱冈一直纠缠不休。后来还是西村校长闻声赶到,才让几个身材魁梧的男教师强行将樱冈送回宿舍去了。

就在这个晚上,山口突然来找樱冈。

这时樱冈还在喝酒。但他看到走进来的山口,似乎立刻清醒了一些。山口那张白皙斯文的脸上虽然没有表情,却能感到散发出的阵阵寒气。但让樱冈没有想到的是,山口在这个晚上竟然带来了两瓶清酒。山口把这两瓶清酒放到樱冈的面前,然后看着他没有说话。这时樱冈的酒意已经顿消。他看一看这两瓶酒,又抬起头看看山口。

山口的脸上仍然没有表情。他说,今晚,咱们一起喝酒。

樱冈听了没有说话。他摸不清山口这样说究竟想干什么。

山口打开一瓶酒,拿过两个杯子斟满,对樱冈说,喝吧。

樱冈又小心地看看山口。

山口拿起自己面前的杯子,把酒喝了,然后看着樱冈。

樱冈迟疑了一下,也慢慢拿起杯子,把酒喝了。

山口又为两个杯子斟满酒,然后问,知道今天晚上,我为什么来和你喝酒吗。

这时樱冈的心里已经有些明白了,于是点点头说,好……好吧。

山口嗯一声说,明白就好,不要忘了,你现在是樱冈次郎,不再是过去的那个叫乌苷的生番,你是在台中州的师范学校接受过高等教育的,不要让我失望。

樱冈又拿起自己面前的杯子,一口喝下去。

山口说,还有一件事,我今天要跟你说清楚。山口这样说着,脸就越发阴沉下来。他盯着樱冈说,从现在起,你不要再去纠缠枳子,我的话你听懂了吗?

樱冈轻轻点了一下头。

山口说,枳子是我在这个世界上唯一的亲人,如果谁伤害她,我决不会放过的。

山口说话很平静,但可以听出,他的声音似乎是用刀砍在冰上。

樱冈慢慢抬起头,飞快地看了山口一眼。

山口又说,你最近在学校里的事情,我都已听说了,这种事以后不要再发生。山口说着又为自己和樱冈斟上酒,然后把杯子递给樱冈,我的意思,你明白吗?

樱冈接过酒杯说,明白。

山口忽然问,卫生医疗所那个叫慧子的女孩,最近又来找过你吗?

樱冈说,来过……

山口说,慧子是个好女孩啊,人很漂亮,做事也认真。

樱冈说,是……

山口说,你应该向樱冈太郎学习,他和阿敏在一起,不是很好吗。

这时,樱冈已经彻底明白山口今晚来找自己的用意,也已听懂了他说的话。他让自己向樱冈太郎学习,又说,樱冈太郎和阿敏在一起生活得很好。自己和樱冈太郎都是山上的族人,如果用他们的话说也就是番人,而阿敏和慧子也同样都是番人,山口的意思是说,一个番人的男人只能找番人的女人,所以,自己不要再有别的奢望,只能踏踏实实地娶慧子就是了。樱冈明白了这一切,心里反而平静下来。他长长地舒出一口气,就随口哼唱起来:撒枯拉,撒枯拉……山口听了笑一笑,拿出自己的口琴说,我最近去台中州办事,在那里学会一句话,寡酒难饮啊,来,樱冈,你再唱一个歌吧。

樱冈说,好啊。

樱冈拿起自己面前的杯子,把酒一口喝掉,就仰着头又唱起那首自己为紫花地丁作的歌:你今天很小啊,明天也会长大,你今天生出嫩叶啊,明天也会开出鲜艳的花,你是紫花地丁啊,有一天也会长出枝丫,可是你呀,可怜的紫花地丁,也许只会在梦里长大……

山口听了,立刻盯住樱冈看着。

樱冈却并不理会,只是闭起眼唱着。

樱冈在这一晚不知喝了多少酒。他就这样一边喝酒,一边不停地唱着。他只记得山口后来就在旁边吹起了口琴。山口的口琴这一晚也吹得呜呜咽咽的,似乎有些忧伤。

后来的事樱冈就都不记得了。

第二天早晨,樱冈醒来时感觉自己一下清醒过来,好像从来没有这样清醒。樱冈这时已将一切都想明白了。他原以为自己从小受到日式教育,会说一口流利的日语,而且已经完全是日本人的生活方式,这样自己也就脱胎换骨,已经不再是过去的番人了。但他此时才终于意识到,这是不可能的,就像浊水溪边的绯寒樱树和紫花地丁。这时,樱冈又想起樱冈太郎曾说过的话。樱冈太郎说的对,紫花地丁长的再高,也不会变成樱花树。樱冈从山口的眼神和话语里已经感觉到了,在他们看来,番人永远是番人,不会改变的。

樱冈很清楚,自己和樱冈太郎并不一样。樱冈太郎虽也生活在白石街上,甚至穿上那样一身黑色的警服,成了警察分室的一名乙种巡查,但他却始终忘不掉自己曾是山上的族人,忘不掉自己在彩虹桥那一边的祖灵,所以他才总是茫然,不知自己将来的归宿究竟在哪里。可是樱冈却不这样想。樱冈自从去台中州的师范学校读书,就再也没有回过山上的南溪部落。他一想起山上族人的生活,穿着编织粗糙的布衣,住着低矮潮湿的草屋,生吃猎物的肉和一些野果,就感到一种从没有过的恐惧。樱冈很清楚,自己已经不可能再回到那种生活,所以也就根本不再去想。他已完完全全属于白石街上的这种生活了。但是,现在山口却突然告诉他,他仍然是一个番人,也只是一个番人,他只能再找一个番人的女人一起生活。

樱冈这时才意识到, 自己此前的想法是多么的幼稚, 多么的愚蠢。

樱冈在心里做出一个决定。他准备找一个合适的机会,去向枳子老师道歉。他为自己的这个决定寻找了三个理由。第一,自己这段时间在学校里的所作所为,毕竟让枳子老师有些难堪,所以理应去向枳子老师道歉。第二,如果自己向枳子老师道了歉,山口自然也就会知道,这样也就等于在山口那里表明了自己的态度。第三,樱冈在学校的同事中是学历最高的,给大家的印象也一直是工作认真,敬业,可是这段时间,他已经把自己的形象全毁了,所以,尽管他这时已经彻底明白,自己和枳子老师的事是完全没有可能的,但他还是想在枳子老师的心里留下一个好一些的形象。当然,在樱冈的心里还有一个更深一层的想法。他也想看一看,如果自己向枳子老师道歉,枳子老师会是什么样的反应。

几天以后,是日本人的海节。

樱冈在台中州的师范学校读书时就知道, 每年七月的第三个星期一,是日本的传统节日海节。日本是一个四面环海的国度,他们为了感谢来自大海的恩赐,也为了祈祷大海能带来更多福祉,就把这一天定为祭祀大海的日子,所以,海节这一天也叫海之日。在这个海之日,小学校的教师和学生来到山上,朝着大海的方向做了祈祷。然后,教师就带着学生们在山上采集野花，观察一些植物。樱冈看到枳子老师一个人坐在一棵樱花树下，就朝她走过来。

樱冈来到枳子老师面前说，枳子老师，我想……对您说一件事。

枳子老师立刻站起来，微笑着说，樱冈老师，您请说吧。

樱冈看到枳子老师的微笑，一下竟不知说什么了。

枳子老师仍然微笑着，似乎在等着樱冈说话。

樱冈又想了一下，然后说，我是想……向枳子老师道歉。

枳子老师哦了一声。

樱冈说，我前一阵……很不礼貌，冒犯了枳子老师。

樱冈说着，向枳子老师深深鞠了一躬，接着就把事先想好的话都对枳子老师说出来。樱冈已把这些话反复在心里斟酌过很多次，甚至可以说是字斟句酌。所以，他认为自己这样的道歉是真诚的，得体的，枳子老师听了就应该会原谅了一切。同时，他在这番道歉里也含蓄地再次表达了自己对枳子老师的仰慕之情。但让樱冈没有想到的是，枳子老师听了樱冈的这番话，脸上仍然浮着那样一层没有温度的微笑。樱冈悄悄抬起头，很认真地看了一下枳子老师的这个微笑。他觉得这个微笑似乎并不是在回应自己刚才的这番道歉，没有任何内容，也没有任何意味，只是淡淡地漂浮在脸上，就像一潭池水中的一层波纹。

樱冈这时终于明白了，这才是真实的枳子老师。

在这个海之日的晚上，樱冈特意在白石街上为自己买了一条咸鱼。他想痛痛快快地喝一杯。但他这一次喝酒已经不是因为郁闷，而是想庆祝一下。他这时突然感到一种从未有过的解脱。这是一种无奈的自己没有任何能力改变的解脱，所以，这种解脱也就与绝望纠缠在一起。樱冈突然发现，其实人一旦绝望也就彻底解脱了。因为这时，心里已经没有任何牵挂和期盼。樱冈在这个晚上特意点了几支蜡烛，他想让房间里亮起来，这样心情会更好一些。樱冈这时感到一种从未有过的亢奋，他自己也不知道这种亢奋是从何而来。

就在这时，慧子来了。

樱冈一看到慧子就笑了，他说，你总是来的很及时啊。

慧子也怯生生地笑一笑说，今天是海之日啊，我想，樱冈老师一定想喝酒。

樱冈说，是啊，所以我说，你总是来得很是时候。

慧子说，我今天……给您带酒来了。

慧子这一晚给樱冈带来的竟是山上族人的小米酒。樱冈看了感到很意外。他已经很久没有喝过这种小米酒了。现在突然闻到这种酒的香气，感觉有些陌生。慧子在这个晚上虽然还有些怯怯的，但已经不再拘谨。她像个女主人似的去把咸鱼和自己带来的几样小菜放到盘子里端来，又洗了两个杯子，准备好这一切就和樱冈一起坐到小桌跟前。樱冈一直在看着慧子做事，这时看着她坐到自己面前，笑笑说，知道吗，山口夸奖过你呢。

慧子怯生生地问，夸我……什么。

樱冈说，他说你，是一个好女孩。

慧子立刻红着脸低下头。

樱冈说，是啊，将来如果谁娶了你做妻子，会很有福啊。

慧子慢慢抬起头，看着樱冈。

樱冈又说，你确实是一个好女孩，将来会很幸福的。

慧子小心地问，樱冈老师……为什么这样说啊？

樱冈看着慧子说，我说的，都是心里话。

慧子又低下头，轻声说，我知道……樱冈老师有很不开心的事情……

樱冈笑笑说，都已经过去了。

慧子似乎不太相信，真的……过去了吗？

樱冈说，来，我们喝酒吧。

樱冈说着就拿起酒杯，把酒喝下去。

慧子看一眼樱冈，又怯怯地问，樱冈老师……以后就不想结婚了吗？

樱冈把杯子放到慧子的面前说，给我倒酒吧，我告诉你一句话。慧子为樱冈的杯子里斟满酒。樱冈拿起酒杯又一口喝掉，然后说，等将来你结婚那天,我要为你作一首歌。

慧子轻轻地笑了,看一眼樱冈说,我喜欢樱冈老师……作的那首紫花地丁的歌。

樱冈说,好啊,我现在就给你唱。

樱冈说着,就又仰起头唱起来……

25.瓦旦

北溪部落的头目篙苜·娃里丝突然让人传来口信，要与瓦旦见面。这是瓦旦没有想到的。瓦旦在心里猜测，篙苜·娃里丝在这个时候要见自己，应该与南溪部落的事有关。瓦旦很清楚北溪部落与南溪部落的关系。尤其在北溪部落与山下的达腊都噜合作以后，和南溪部落的关系也就更加紧张起来。瓦旦已经听说，北溪部落的头目篙苜·娃里丝和南溪部落的摩达头目曾见过几次面，但每次见面都剑拔弩张，关系反而更加紧张。瓦旦当然是站在南溪部落一边的。当初山下的达腊都噜血洗花兰部落，就是北溪部落的族人带路去的。花兰部落的莫傺头目也就是在那一次被那个叫小野的达腊都噜用东洋刀劈死。所以，瓦旦的心里很清楚，花兰部落同样与北溪部落有仇，而且这个仇，甚至比南溪部落与他们的世仇还要深。

但这一次，瓦旦还是决定去见篙苜·娃里丝。

瓦旦想知道，篙苜·娃里丝要见自己究竟是什么目的。篙苜·娃里丝正带着北溪部落的族人在山上为达腊都噜修建隘勇线，而南溪部落的摩达头目坚决不允许把隘勇线修到自己的领地。在这种时候，如果箐苜·娃里丝有什么事当然不好直接与摩达头目对话。所以，或许正因如此，他才想找一个中间可以传话的人。瓦旦和花兰部落的族人一直被摩达头目收留在南溪部落，这样一来也就为南溪部落增加了很沉重的负担。而且摩达头目已经表示，再过一过到冬闲的时候，就帮助花兰部落的族人把房子重建起来。这让瓦旦和花兰部落的族人很感动。瓦旦想，这次去见箐苜·娃里丝，或许也是报答摩达头目的一个机会。

瓦旦想了一下，还是把这件事告诉了摩达头目。

摩达头目听了立刻有些担心。摩达头目告诉瓦旦，北溪部落的族人一向见利忘义，这个箐苜·瓦里丝更是一个从来不讲信用的人。摩达头目说，当初就是这个箐苜·娃里丝，曾以做交易为名，把南溪部落的族人骗去姊妹塬全都砍杀了，还抢走带去的所有货物，这种人是丝毫不能相信的。但瓦旦对摩达头目说，不管这个箐苜·娃里丝是什么人，这次索性就去见一见。瓦旦笑一下说，我想他箐苜·娃里丝，还不会把我怎么样。

瓦旦按约定的时间来到溪谷。

箐苜·娃里丝果然已经带着族人等在这里。让瓦旦感到有些意外的是，箐苜·娃里丝竟然还带来了一坛小米酒和一大块烤鹿肉。他见瓦旦来了，就客气地请他坐到溪边的一块岩石上。瓦旦看了看摆在岩石上的小米酒和烤鹿肉，就笑了。他对箐苜·娃里丝说，箐苜头目，你今天把我请来这里，又这样款待我，我的身上可没带兽皮樟脑和药材啊。

箐苜·娃里丝听出瓦旦的话里含着讥讽，也笑笑说，是那个摩达头目对你说的吧？

瓦旦说，这件事不用谁说，山上的部落早已都知道了。

箐苜·娃里丝拿起酒杯说，来，我们喝一个兄弟酒吧。

喝兄弟酒是山上族人的一种习俗。两个人同时把嘴放到同一个酒杯上，一起把这杯酒喝下去，表示亲密无间，兄弟同心。但瓦旦只是看了一眼篙苜·娃里丝手里的酒杯。篙苜·娃里丝又笑一下说,我们喝了这杯兄弟酒,我还有话要对你说。

瓦旦摇摇头说,我和你不是兄弟。

篙苜·娃里丝稍稍愣一下,又笑笑说,我们当然是兄弟。

瓦旦说,如果是兄弟,会带着异族人闯进兄弟的部落,去杀兄弟的族人吗?

篙苜·娃里丝说,这确实……是我的族人干的,不过,罗干已经被出草了。

瓦旦说,那次达腊都噜血洗了我的花兰部落,只有他被出草,这件事就过去了吗?

篙苜·娃里丝勉强笑了一下说, 你瓦旦总不会……也想出我篙苜·娃里丝的草吧?

瓦旦盯住篙苜·娃里丝,然后一个字一个字地说,我瓦旦,是不会忘记这件事的。

篙苜·娃里丝说,好了,我们不要再说这件事了,我不想和花兰部落结仇。

瓦旦说,可是,我也不想和你的北溪部落和解。

篙苜·娃里丝说,不管怎样说,至少这杯兄弟酒,我们总要喝下去。

瓦旦说,你篙苜头目今天突然约我来这里,不会只为喝这杯兄弟酒吧。

篙苜·娃里丝只好把酒杯放到岩石上, 然后朝身后的族人看一眼。一直围在篙苜·娃里丝身后的族人就都退到旁边去了。篙苜·娃里丝说,是啊,我今天请你来不只是为了喝酒,我想请你,帮我做一件事。瓦旦一听就笑了,摇摇头说,你篙苜头目这样说就更奇怪了,我瓦旦现在连部落都没有了,已经是一个无家可归的人,还能帮你篙苜头目做什么呢。

篙苜·娃里丝说,我知道,是摩达头目收留了你们花兰部落的族人。

瓦旦立刻警觉地看看筲苜·娃里丝。

筲苜·娃里丝笑笑说，你放心，我没有别的意思，我只是说，你们花兰部落和南溪部落的关系一直很好，所以我的这件事，也只有请你帮忙才最合适。

瓦旦说，你说吧。

筲苜·娃里丝嗯一声说，其实，我北溪部落和南溪部落也有很深的渊源，摩达头目现在的妻子芭苷·娃里丝，当初就是我北溪部落的族人，这件事你知道吗？

瓦旦说，知道，摩达头目当年是通过出草娶走芭苷·娃里丝的。

筲苜·娃里丝说，是啊，他就是在那一次对我父亲出草的。

筲苜·娃里丝看一眼瓦旦，又笑笑说，我已经听说了，摩达头目的妻子芭苷·娃里丝这些年一直有一个心愿，她想亲眼看到，北溪部落和南溪部落和解。

瓦旦立刻反问，你觉得，这件事可能吗？

筲苜·娃里丝说，当然有可能。

筲苜·娃里丝这样说着，又一次把酒杯拿起来，看着瓦旦说，我们还是把这杯兄弟酒喝下去，你喝了这杯酒，就说明已经答应帮我做这件事了。

瓦旦拿过酒杯自己喝了，然后说，你说吧。

筲苜·娃里丝只好点点头说，好吧。

筲苜·娃里丝告诉瓦旦，他已经听说了，南溪部落有一个叫该比的女孩，不仅长的漂亮，性情温顺，也很会做事，很像当年的芭苷·娃里丝。所以，筲苜·娃里丝说，既然当年摩达头目可以把我北溪部落的女人芭苷·娃里丝娶走，现在我也想把这个叫该比的女孩娶过来。筲苜·娃里丝说到这里又笑了笑，当然，我不想像摩达头目当年那样的做法，用出草把这个女孩娶过来，所以这一次，就想请你，替我去南溪部落向摩达头目求亲。筲苜·娃里丝说到这里朝身后挥了一下手。几个族人就将一头黑色的肉牛牵过来。在这头肉牛的背上还驮着一只刚刚打到的山鹿。筲苜·娃里丝说，这头肉牛的眼眉是白色的，白眼眉的肉牛很吉祥啊，所以，这就算是我筲苜·娃里丝的一份聘礼吧，请你给摩达头目带回去。

瓦旦看看筲苜·娃里丝，又看看这头肉牛。

筲苜·娃里丝又说，也许这一次，我和摩达头目就算和解了。

在这个下午，瓦旦将这头白眼眉的肉牛牵回南溪部落时，摩达头目感到很意外。巴吵嘎有些埋怨瓦旦，对他说，你不该把这头牛牵回来。但巴羧却不这样看。巴羧笑笑说，牵回来好啊，部落里的族人已经很久没有吃肉了，今晚大家正好可以烤肉吃。

这时摩达头目却在想另外一件事。

摩达头目认为，北溪部落的筲苜·娃里丝在这个时候突然向南溪部落的女人求婚，这件事应该没有这样简单。摩达头目又想起当年那个叫山本的达腊都噜。当时白石街的警察分室也是正要修建隘勇线，南溪驻在所的龟田和三井来向摩达头目说过几次，都被摩达头目拒绝了。也就在这时，这个山本突然来山上向都门求婚。摩达头目在当时就已感觉到，这个叫山本的达腊都噜很可能还有什么别的目的。果然，都门和他一起下山不久，他就又来向摩达头目提出修建隘勇线的事。现在，北溪部落的筲苜·娃里丝已经把达腊都噜的隘勇线修到南溪部落领地的附近，他这时突然求婚，会不会又与隘勇线的事有关？摩达头目想，如果真与这件事有关，筲苜·娃里丝现在这样求婚，会不会又是那些达腊都噜授意给他的呢？

但这一次，筲苜·娃里丝毕竟是向该比求婚，所以摩达头目就还是想听一听该比自己的想法。于是摩达头目就让人把该比找来，对她说了这件事。摩达头目说，这是你的终身大事，所以，我想听一听你自己的想法。他这样说罢又看看该比，你怎样想，告诉我就是了。

该比显然已经听说了这件事，她平静而又坚决地说，我……没有什么想法。

摩达头目听了，很认真地看看她。

该比说，就是山上的男人都死光了，我也不会嫁给这个筲苜·娃里丝。

这时外面的族人突然尖声大叫起来。摩达头目从草屋里出来,看到巴啰嘜已把瓦旦牵回的这头肉牛杀了。巴啰嘜正拎着那颗血淋淋的牛头和瓦旦一起走上对面的山坡,朝溪谷去了。摩达头目叫过巴羧问,巴啰嘜和瓦旦,去干什么?

巴羧说,他们去把这颗牛头还给筲苜·娃里丝。

摩达头目点点头说,对,应该还给他……

巴啰嘜和瓦旦在这个傍晚拎着这颗砍下的牛头来到溪谷。这时筲苜·娃里丝仍带着北溪部落的族人在溪边等消息。筲苜·娃里丝看到巴啰嘜拎着一颗还在滴血的牛头从山坡上下来,先是愣了一下。但他立刻就从这颗头牛的白眼眉认出来,是自己作为聘礼的那头肉牛。

巴啰嘜来到溪边,把手里的牛头放到一块岩石上,从身后拿过背着的弓箭。站在对岸的北溪部落族人立刻也朝巴啰嘜举起手里的弓箭。巴啰嘜并没有理睬。他举起弓箭,朝一根高高缠绕在桧树枝上的青藤射去。这根青藤立刻应声断下来。巴啰嘜伸手抓住垂下的青藤,用力向下拉了拉,然后将这颗牛头拴在上面,又一松手,这颗牛头就被树枝弹到对岸去了。

瓦旦向对岸的筲苜·娃里丝说,摩达头目说,把这颗牛头还给你。

筲苜·娃里丝抬起头看一眼高高吊在树枝上的牛头, 问瓦旦,这就是摩达头目的答复?

瓦旦点点头说,是,这就是摩达头目的答复。

筲苜·娃里丝没再说话,转身带着族人走了……

26.该比

部落里的空地上燃起熊熊的篝火。火焰裹着热气升腾起来,不时有一串耀眼的火星窜上夜空。空气里飘浮着诱人的烤肉香味。架在火堆上的牛肉和鹿肉吱吱响着冒出晶莹的油汁。族人们被这香气刺激得兴奋起来,年轻人已经按捺不住,又拨着口簧琴在火堆旁边跳起来。巴吵嘜靠在一棵红桧树上斜身坐着,喝着小米酒远远地朝火堆这边看着。这时该比走过来,蹲到巴吵嘜的身边。该比显然也喝酒了,脸上的嘎雅被远处的篝火映得泛出光泽。

巴吵嘜看看她说,你今晚……真漂亮。

该比为巴吵嘜的杯里斟了酒,忽然把嘴凑过来,和巴吵嘜一起喝了。

巴吵嘜有些意外,回过头看着该比。

该比笑一下说,这是同心酒啊。

巴吵嘜说,是……是同心酒。

该比说,我的脸上……已经有了嘎雅。

巴哕嘎点点头。

该比看一眼巴哕嘎，又说，我已经……是一个真正的女人了。

该比说着，就在巴哕嘎的身边坐下来，把头靠在他的肩膀上。

这时摩达头目坐在自己门前的台阶上，一边嚼着樟树叶，喝着小米酒，看着火堆旁边的族人。部落里的族人已经很久没有这样高兴了。自从花兰部落出事，族人们的情绪就更加低落。摩达头目已经感觉到，似乎有一片巨大的乌云笼罩在族人的头顶上。摩达头目回头看一看，妻子芭苷·娃里丝正借着月光在门前椿小米。芭苷·娃里丝放下石杵走过来，朝红桧树下的巴哕嘎和该比看一眼，对摩达头目说，是不是……该为他们办喜事了。

摩达头目顺着妻子的目光看去，点点头说，是啊，你和都门商量一下吧。

芭苷·娃里丝放下手里的事，就转身去找都门了。

在这个晚上，该比来到都门的草屋。芭苷·娃里丝和都门已经在等她。芭苷·娃里丝见该比进来，轻轻地说，我和都门，想和你商量一件事。

该比一听脸就红起来。

都门说，你的心思，我们是早就知道的。

芭苷·娃里丝说，是啊，也该为你和巴哕嘎办婚事了。

该比慢慢低下头。

芭苷·娃里丝又说，现在部落里艰难，摩达头目本想再过一过，等好一些了再为你们办事，可是眼看那些达腊都噜一天紧逼一天，恐怕一时不会好转，索性就为你们办了吧。

该比低着头说，我家里……已经没有人，就听摩达头目安排吧。

都门说，你的婚礼新衣，我来准备吧，当年是摩达头目为我准备的，可后来……我没有用上，现在给你，刚好可以穿了。都门看看该比，又说，我就算是你娘家的人吧。

该比点点头，眼泪就流出来。

芭苷·娃里丝笑笑说,这可是应该高兴的事啊。

该比说,是……

摩达头目开始着手为巴哕嗄和该比筹备婚事。这时虽已进入秋季,还没有收割,却已经是狩猎的好季节。山上的野物为准备过冬,都在拼命吃草,所以也是最肥的时候。摩达头目决定,让巴哕嗄和巴羧带着部落里的族人去山上打猎。巴哕嗄这时已经抑制不住心里的兴奋。他对摩达头目说,他这次要带着族人去远一些的猎场,一定要打几只最肥的山猪回来。巴羧对父亲说,最近能高山北麓的猎场山羌很多,他要去打几头山羌。于是,摩达头目就让巴哕嗄带几个族人去了远一些的猎场,巴羧则带人去了能高山北麓。

但是,巴羧却并没有去能高山的北麓打山羌。

巴羧只在能高山上转了一下,就带着几个族人下山去了白石街。他先来到附近的山坡上,等天黑之后就直奔山下的秀吉货栈来。这时秀吉老板已经在收拾门板,正准备打烊。他看到巴羧突然从黑暗中闪出来,吓了一跳,接着就发现他身后还跟着几个山上的族人。巴羧走进小店,身后的族人立刻过来按住秀吉老板用绳索捆起来,又在他的嘴里塞了一块烂布。巴羧在一个酒坛上坐下来,看看被推到自己面前的秀吉老板说,你不要怕。

秀吉老板惊恐地看着巴羧。

巴羧说,我现在说的话,你要听清楚。

秀吉老板连忙点点头。

巴羧说,那些达腊都噜,还是不准你跟我们山上的族人做生意,对吗?

秀吉老板又点点头。

巴羧说,好吧,你自从在白石街上开这个货栈,这些年赚了我们山上的族人多少钱,你自己心里有数,既然那些达腊都噜不准你做我的生意,咱们就还是按老规矩吧。

这时几个族人已将货栈里需要的东西都找出来,装了满满几大箩筐。

巴羧看了看说，不行，这些东西还不够。

几个族人就又装了一阵，然后都背到身上。

巴羧又对秀吉老板说，我现在告诉你，我山上的部落要举行婚礼，所以才需要这些东西，你这些年已经赚到不少钱，这一次的这些东西，就算是你送给我的。

巴羧这样说罢又拍了拍秀吉老板的肩膀，就和几个族人从货栈里出来。

在这个晚上，巴羧带着人走上山坡，才听到秀吉老板在山下的街上大叫起来。他一定是挣脱了绳索跑出来，就这样一边号叫着在街上窜来窜去，引得狗也都叫起来……

摩达头目已经几天没有巴哕嘜和巴羧的消息。他不知道，两个儿子究竟去了多远的猎场。山里下了一场大雨。能高山里的秋雨来得很急，去得也快，却已经带来一阵阵的凉意。这时巴哕嘜和该比的新房已经建起来。这是一间崭新的草屋，在外面的墙壁上还挂了许多象征吉祥的饰物，看上去很漂亮。在这个上午，摩达头目正站在这间草屋的前面，看着族人为屋顶铺最后一层茅草，瓦旦突然跑来说，南溪驻在所的三井来了。

摩达头目立刻朝这边迎过来。

这时三井已经走进部落。三井的身上仍然是一尘不染的黑色警服。他看一看迎过来的摩达头目，又看一眼旁边的瓦旦说，摩达头目，你还把花兰部落的族人留在这里？摩达头目说，是啊，他们的部落已经被烧光了，我南溪部落如果再不收留他们，让他们去哪呢。

三井哼一声说，听你这样说，是心里很不满了？

摩达头目说，这些族人都是我南溪部落的亲戚，他们现在无家可归，我当然会不满。

三升说，我提醒你啊，摩达头目，你刚才的这些话最好不要让小野警官听到，否则南溪部落也会有麻烦了。然后又点点头，嗯，好啊，留下他们也好，只是不要再生出什么事。

摩达头目看一眼三井问，你今天来我的部落，又有什么事？

三井说，当然有很重要的事情。

摩达头目说，你说吧。

三井问，你的儿子巴羧，在哪里？

摩达头目有些奇怪，你找巴羧干什么？

三井说，这你先不要问，你告诉我，他到底在哪里？

摩达头目说，他带几个族人，去能高山北麓的猎场了。

三井摇晃了一下脑袋说，摩达头目，你可要说实话啊。

摩达头目哼一声说，我有必要撒谎吗？他在两天前就已经走了。

三井说，可是，我告诉你，就在昨天夜里，他带着几个人去了山下的白石街，洗劫了秀吉货栈，还威胁货栈的秀吉老板，如果他敢去警察分室报告就要出他的草。

摩达头目立刻与身边的瓦旦对视了一下。

瓦旦说，这不可能，我亲眼看见巴羧带人上能高山的。

三井冷笑一声，对摩达头目说，就在今天早晨，山下警察分室的电话已经打过来，摩达头目，你的儿子巴羧前不久已经做过这样的事，这一次，恐怕我也帮不了他了。

三井这样说罢就转身走了。

摩达头目看着他，忽然又叫了一声，三井先生。

三井站住了，慢慢转过身。

摩达头目说，警察分室的电话，是怎样说的。

三井说，这你就不要问了，小野警官这一次是肯定不会放过巴羧的。

摩达头目又问，你现在，想怎么样？

三井已经转身走了，一边走着幸灾乐祸地说，等巴羧回来，让他去找我一下吧，我还有话对他说。这样说着已经走出部落，朝对面山坡上去了。

摩达头目看着三井远去的背影，心里有些疑惑。巴羧在两天前明明带人去了能高山北麓的猎场，怎么会又去了白石街上的秀吉货栈？

但摩达头目又想了一下就意识到,这完全是有可能的。眼下正在为巴吵嘎和该比筹备婚事,而部落里又这样艰难,巴羧会不会为此带人去货栈,想弄一些需要的东西回来?这时瓦旦走过来。

摩达头目想了一下,对瓦旦说,你下山一趟吧。

瓦旦听了看看摩达头目。

摩达头目说,你到秀吉货栈去一下。

瓦旦点点头说,明白了。

瓦旦在这个上午和欧卜丝一起下山,来到秀吉货栈时已是下午。秀吉老板仍在清理自己货栈里的货物,回头看到瓦旦和欧卜丝走进来,立刻不耐烦地说,走吧走吧,你们快走吧,我不想再做你们这些山上番人的生意,也不想再跟你们打交道。

瓦旦走到秀吉老板的面前说,是摩达头目让我来的。

秀吉老板听到摩达头目,慢慢直起身。

瓦旦又问,昨天夜里,南溪部落的巴羧来过你这里?

秀吉老板没好气地说,我不知他是哪个部落的,只知道他叫巴羧。

瓦旦问,他拿走你多少货物?

秀吉老板哼一声说,拿?他是抢啊,足足抢走几大箩筐呢!

瓦旦又问,你已经去警察分室报告这件事了?

秀吉老板气哼哼地说,我当然要去警察分室报告,他们这是强盗啊,白石街是有王法的地方,我不怕你们这些生番,他巴羧不是说要出我的草吗,让他来好了!

瓦旦说,摩达头目让我告诉你,这件事,不要再闹了。

秀吉老板听了看看瓦旦。

瓦旦又说,摩达头目说了,这件事,他会给你一个交代。

秀吉老板眨眨眼问,他能给我……什么交代?

瓦旦和欧卜丝已经转身走了。

在这个晚上,瓦旦和欧卜丝回到山上的南溪部落时,和巴羧一起出去的几个族人也已经回来了。他们每个人的身上果然背着一只箩筐,里面装满了货物。摩达头目立刻问这几个族人,究竟怎么回事,巴羧在哪里。这几个人就把前一天夜里的事对摩达头目说了。他们说,今天早晨回到山上,巴羧叮嘱他们先不要回部落,在林子里听一听山下的风声,然后就独自去能高山北麓的猎场了。摩达头目听了,把这几个族人背来的货物清点了一下,果然应有尽有。可以看出,巴羧想得很周到,为巴哕嘎和该比办婚礼所需的东西几乎都弄来了。

摩达头目对瓦旦说,明天一早,你和我下山。

第二天,摩达头目将自己多年存下的兽皮都拿出来,又在部落里收集了一些上好的樟脑和药材, 就带着瓦旦和部落里的几个族人下山来。摩达头目来到白石街对面的山坡上,瓦旦就先下去了。瓦旦来到白石街朝左右看了看,走进秀吉货栈。秀吉老板正做生意,几个身穿和服的男人和女人在买东西。瓦旦站在一旁,等这几个人走了才走过来。

秀吉老板抬头看到瓦旦,立刻愣了一下。

瓦旦说,摩达头目来了,他想见你。

秀吉老板一听摩达头目,越发有些慌。

瓦旦说,你不要怕,摩达头目觉得来你这里不方便,让你去一下。

秀吉老板小心地问,他现在……在哪?

瓦旦说,你跟我来吧。

瓦旦这样说罢,就带着秀吉老板朝白石街对面的山坡上走来。秀吉老板从没有见过摩达头目,但早已听很多人说起过。传说中的摩达头目是一个杀人不眨眼的凶番, 据说他这些年出草已经猎回一千多颗人头。有人说,他那把永远挎在腰间的泰雅刀,由于杀人太多,刀锋上已凝聚了数不清的亡灵,所以比一般的刀都要沉。也正因如此,这把刀拔出鞘的声音,让人听了就会感到不寒而栗。但是,秀吉老板在这个下午跟着瓦旦来到山坡上,看到摩达头目时,却发现他是一个很温和的人。摩达头目见到秀吉老板,先让他在一块山石上坐下来,然后对他说,我今天是特意来见你的。说着朝身边指了一下,这些是我给你带来的货物。

秀吉老板惶恐的看着摩达头目，点点头。

摩达头目又说，前两天夜里，去你店里的巴羧是我的儿子。

秀吉老板连忙说，哦……我已经说了，那些东西，就算我送给摩达头目了。

摩达头目说，最近我的部落里要举行婚礼，确实需要很多东西，不过，巴羧那天夜里来你的货栈，他事先没告诉我，如果我知道，是不会让他这样来的。

秀吉老板张张嘴，不知该说什么了。

摩达头目又说，他们背回去的东西我都已看过了，我确实很需要，也就不还你了，现在，我给你带来一些上好的兽皮和樟脑，还有一些药材，这都是我部落里多年留下来的，就算和你做生意，你应该也不吃亏。摩达头目这样说着，瓦旦已让几个族人将背来的兽皮樟脑和药材都给秀吉老板拿过来。秀吉老板没有想到摩达头目竟会这样做，看一看这些东西，又看看摩达头目，一时不知该不该收下，只是嘟囔着说，这……太多了，太多了……

摩达头目说，你收下就是了。然后又说，我还有一个要求。

秀吉老板连忙点点头。

摩达头目说，这件事，你就不要再提了。

秀吉老板赶紧说，好……好……不提了！

27.嘟奴

我曾向父亲问过一个问题。

直到多年以后我才明白,这是一个非常愚蠢的问题。

我问父亲,结婚究竟是一件什么样的事情。当时父亲想一想告诉我,结婚就是一个男人和女人,因为他们互相喜欢,所以就在一起了。我又问父亲,他们在一起会做什么。这显然是一个更愚蠢的问题,所以,父亲一下竟不知该怎样回答我。他想了好一阵才说,这就像……嗯,春天的动物在林子里。父亲问我,春天的时候,你看到林子里的动物在干什么？我说,在吃树叶啊。父亲又问,还有呢。我想一想说,在交配。

父亲立刻释然,点点头说,对啊,人结了婚也会这样。

我听了越发感到困惑。

于是问父亲,如果这样说,人和动物就是一样的了？

父亲说,当然不一样,人结婚是因为喜欢对方,动物不懂喜欢,所以它们是动物。

我听了父亲的话一下有些茫然。因为我在当时还想不出,我究竟喜欢部落里的哪个女人。父亲似乎看出我的心思,笑一笑对我说,所以啊,儿子,你现在虽然已是一个真正的勇士,脸上也有了嘎雅,可是你还不能算一个真正的男人。

父亲这次跟着巴哕嚄去了一个很远的猎场，竟然真的打回两头很肥的山猪。父亲还特意用弓箭射了一只山鸡。山鸡也叫蓝鹇儿,羽毛很漂亮。父亲说,他要在巴哕嚄和该比结婚这天,送给他们几根蓝鹇儿的羽毛，因为无论男人还是女人，在结婚这天都应该是最漂亮的。

我终于明白了一件事。正因为一个男人和一个女人在结婚以后,会做春天的动物在山林里做的那种事,所以才会让女人生出孩子。而只有女人生出孩子,部落里也才会添人进口,更加兴旺。正因如此,举行婚礼就是部落里最隆重的喜事。

摩达头目的妻子芭苷·娃里丝已经忙碌了几天。都门也为该比做好了婚前的一切准备。就在部落里的族人要为巴哕嚄和该比举行婚礼的前一天下午,巴羧终于回来了。巴羧这一次也打到了一只很大的山羌,竟然比一头鹿还要大。但摩达头目并没有夸奖他。摩达头目把他叫过来说,现在,你立刻到达腊都噜的驻在所去一下。

巴羧听了奇怪地问,去驻在所干什么?

摩达头目说,货栈的事,你忘了吗。

巴羧就不再说话了。

摩达头目又说,三井来找过你了。

巴羧仍没有说话,但显然不想去。

摩达头目说,明天就要为巴哕嚄和该比举行婚礼了,我不想在这个时候,让那些达腊都噜来找我的麻烦。这样说罢又看一眼巴羧,我的意思,你懂了吗?

巴羧只好点点头说,好吧。

摩达头目说,你现在去吧。

巴羧就转身低着头走了。

但是，巴羧在这个下午却犯了一个错误，而且是一个无法挽回的错误。直到很多年后我还在想，也许正因为他在这个下午犯的这个错误，才导致后来发生的一切。巴羧在这个下午从部落里出来并没有去南溪驻在所，而只是在山林里转了一下。事后他说，他当时在林子里，已经看到一群绣眼画眉在自己的胸前飞过，这应该是一个很凶险的征兆。但在当时却并没有引起他的注意。巴羧在这个傍晚回到部落时，摩达头目还在等着他。

摩达头目一见巴羧回来立刻问，去过驻在所了？

巴羧说，去过了。

摩达头目又问，三井究竟有什么事。

巴羧只是含混地说，也没有什么事。

摩达头目又问，那一晚秀吉货栈的事，那些达腊都噜怎样说？巴羧支吾地说，也没有怎样说，这件事好像已经过去了。其实巴羧在当时这样回答，如果摩达头目稍稍细心一些是可以察觉的。但他当时正忙于筹备婚礼，也就没有太在意。

我在第二天早晨已经预感到，好像有什么事将要发生。我发现能高山的山顶被一团奇怪的云雾笼罩起来。父亲曾告诉我，如果能高山的山顶被云雾笼罩，白石山上的波索康夫尼也就会不见天日，在这种时候是不应该做任何事的。但我知道，就在这一天，部落里要为巴吵嗄和该比举行婚礼，而且这件事已经不可能再更改。我在这个早晨独自去了山上的树林。我现在已是一个真正的勇士，所以我决定，在巴吵嗄结婚的这天要送给他一件郑重其事的礼物。我在前几天就来到山上的林子里，在一棵红桧树上拴了一个套索。这种套索是专门用来套一种山鸟的。我想在巴吵嗄和该比结婚这天，送给他们一只最美丽的山鸟。我来到树林里，发现我的套索果然已套住一只山鸟。它有一条美丽的长尾，看上去非常漂亮。我想，如果在巴吵嗄和该比的婚礼上，我把这样一只山鸟送给他们，一定是一件很体面的事情。

但我这时还并没意识到，我预感的事情马上就要发生了。

我从山上下来时已是上午。快走进部落时，看到三井走过来。三井在这个上午又穿了一身笔挺的黑色警服，手上戴着白得耀眼的手套。我一直感到很好奇，三井的手套为什么会这样白，他戴着这样一副手套就不做任何事了吗？这时，三井看到我的手里拎着一只山鸟，就凑过来说，哦，这可是好东西啊，如果烧一烧下酒，可是难得的美味啊。

我看一眼三井没有说话。我很讨厌这个贪婪的达腊都噜。

三井又看看我说，你这样小，怎么脸上就纹了这东西？

我说，你去问一问北溪部落的人，他们会告诉你。

三井点点头说，我知道你们番人的规矩，你脸上文了这东西，就说明已经杀过人，你这样小的年纪怎么就会杀人？他说着又看看我，你真的杀过人吗？

我摸了一下腰间的泰雅刀说，你最好离我远一点。

三井哼一声说，你在脸上纹了这东西，还怎么去学校？你不知道已经禁止山里的番人在脸上纹这个东西了吗？我也哼一声说，你认为，我还会去你们的学校吗？

三井摇摇头说，你们这些生番的孩子，根本讲不通道理。

他这样说着就朝部落里去了。

三井在这个上午来到部落里，摩达头目一看到他就皱起眉头。显然，摩达头目不想在这个举行婚礼的日子见到三井。但他还是耐着性子问，你又有什么事？

三井问，巴羧回来了吗？

摩达头目说，昨天就已回来了。

三井说，他既然回来了，为什么不去驻在所找我？

摩达头目立刻奇怪地问，怎么，他昨天没去你那里吗？

三井说，如果我昨天见到他了，今天还会来你这里吗？

摩达头目似乎有些明白了，对三井说，你等一下。

摩达头目转身来找巴羧。这时巴羧正在帮着巴吵嘎为那两只山猪剥皮。手上沾满了猪血。他和巴吵嘎一边忙碌着，两人不时地走到旁边拿起杯子喝一口小米酒。

摩达头目走过来说，巴羧，你过来一下。

巴羧愣了愣,就跟着摩达头目来到旁边的红桧树下。

摩达头目脸色很阴沉,看着巴羧说,我问你一件事。

巴羧这时已经感觉到了什么,小心地问,什么事。

摩达头目说,我昨天让你去驻在所,你去了吗?

巴羧说,去……去了啊?

摩达头目盯着他说,你再说一遍,去了吗?

巴羧就不敢再说话了。

摩达头目说,你昨天没去驻在所,三井现在又来找你,我已经说过了,我今天不想见到这个达腊都噜。摩达头目说着又狠狠瞪了巴羧一眼,你现在自己去跟他说吧。

摩达头目这样说罢就转身回自己的草屋去了。

这时三井看到部落里的族人都在忙碌, 似乎在准备什么重大的事情,就走过来好奇地问一个族人,今天部落里这样热闹,有什么事?

这个族人说,要举行婚礼啊。

三井问,为谁举行婚礼?

族人说,是巴吵嘎和该比。

正这样说着,巴吵嘎看到三井,就放下手里正在剥猪皮的刀子,拿起酒杯走过来。

三井上下看看巴吵嘎说,今天是你结婚?

巴吵嘎兴冲冲地说,是啊,你是今天部落里来的第一个客人,按我们的规矩要喝第一杯酒,来,喝一杯吧!巴吵嘎一边这样说着,就在杯里斟了酒向三井举过来。

三井立刻向后退着说,不不,我……不想喝酒。

巴吵嘎却执意抓住三井,硬塞着酒杯说,来来,你一定要喝一杯。

三井显然有些厌恶,一边挣脱着说,不喝不喝,我……不喝……他这样说着,突然发现巴吵嘎的血手已经抓在自己的警服上,立刻骂了一声巴嘎,就用力朝巴吵嘎推了一下。但这时的巴吵嘎已经喝了一些酒,有些亢奋,所以并没注意三井脸上的变化。他又伸手抓住三井的胳膊,一定要他喝酒。三井看一看巴吵嘎的这只血手,终于发起怒来。他突然弯腰抄起地上的一根木棒就朝巴哕嘎劈头盖脸地打过来。巴哕嘎一下被他打愣了，朝后退了两步看看他，又朝远处父亲的草屋看一眼，没再说话就拉着三井朝部落外面走去。三井不知道巴哕嘎拉着自己要去干什么，还一直在冲着他哇哇大叫。待走出部落，来到溪边，巴哕嘎突然转身一拳打在三井的肩上。三井立刻朝溪边滚下去。巴哕嘎也跟下来朝他扑上去。三井这时才反应过来，但已经晚了。这时，巴哕嘎一直憋在心里的火气终于全爆发出来。他揪住三井的头发，把他按到溪里，像灌山猪一样地灌他。此时巴羧也已从部落里冲出来。巴羧的手里拎着一根抬山猪用的木棒，跳到溪边就朝三井的屁股和两腿打下来。这根木棒像手腕一样粗，这样打在三井的身上就发出一阵噼噼啪啪的声音。三井立刻像一头山猪一样地滚来滚去，嘴里发出一阵嗷嗷儿的号叫。他的这个叫声刺激了跟过来的瓦旦。瓦旦冲过来夺过巴羧手里的木棒对三井说，现在是花兰部落的族人打你！说罢就朝三井狠狠地打过来。

三井随之又发出一阵动物一样地惨叫。

此时欧卜丝看到事态闹成这样，立刻去告诉了摩达头目。摩达头目从部落里走出来。他先是站在溪边的一块岩头上看了一阵，然后才让欧卜丝去夺下瓦旦手里的木棒。瓦旦这时已经打累了，仍气咻咻地瞪着趴在溪边岩石上的三井。三井慢慢爬起来。他这时已经满脸是血，几乎站立不稳。摩达头目走到他面前声音不大地说，如果我是你，就赶快离开这里。

三井喘息着说，离开这里？有……有这样简单吗？

摩达头目说，你搅了我部落里的婚礼，如果再不走，会有人向你出草的。

三井点点头说，好啊，你的族人……敢殴打警察，你们等着……等着吧。

他转身走了几步，又回头说，花兰部落……就是你们这些人的下场！

这样说罢，就一瘸一拐地走了……

28.摩达头目

摩达头目一夜没有睡。三井最后说的话让他感到不安。本来,巴吵嘎和瓦旦几个人痛打三井没有什么不对, 即使他们这一次没有这样做,摩达头目知道,自己总有一天也会向这个三井动手的。但是,三井临走时说,南溪部落会是花兰部落一样的下场。

这让摩达头目突然有一种预感,南溪部落真的要大祸临头了。

达腊都噜一旦发起怒来对山上的族人会怎样做, 摩达头目的心里是很清楚的。这时摩达头目有些后悔了。他意识到,自己这次又犯了一个致命的错误。他不应该让三井就这样离开部落,在这个上午,他应该索性对三井出草,然后将他的尸体拖到山上藏起来。如果真这样做了,即使警察分室的小野警官发现三井失踪,怀疑到南溪部落,他们也找不到任何证据。摩达头目这些年已经总结出一条经验,对待这些达腊都噜,要么不要理睬,而如果要打,就一定要彻底打死,绝不能留活口,更不能让他们的人找到尸体,只有这样才可以死无对证。

可是这一次,却让这个三井就这样走了。

摩达头目意识到，三井绝不会善罢甘休。

摩达头目想了一夜，终于做出一个从未有过的决定。在这个早晨，摩达头目把部落里的长老请来商议。摩达头目对长老们说，我摩达·如桐从年轻的时候就没有怕过任何人，更没有怕过这些达腊都噜。这些年被我出草的人，如果让他们站在一起已经比山下的达腊都噜还要多。可是，摩达头目说，现在已不是我一个人的事了，我要为南溪部落的族人着想。长老们听了摩达头目的想法也都认为，这已是没有办法的办法，事到如今，也只能这样做了。

摩达头目在这个早晨按部落里的最高礼节，准备了两只山猪头，然后让巴哕嚘去把巴羧叫来。摩达头目对巴羧说，你和巴哕嚘，跟我到山上的驻在所去一下。巴羧看一眼放在一旁，已经在耳朵上拴了草缀的两只山猪头，睁大两眼问，去……去看那个三井？

摩达头目说，是，去看三井。

巴羧说，去向他……赔礼？

摩达头目说，我们马上走。

巴羧说，我不去！

摩达头目眯起眼看看巴羧，问，你不去？

巴羧说，我不会去给那个达腊都噜赔礼！

摩达头目突然把嚼在嘴里的樟树叶吐到地上，噗地一声。

巴羧立刻激灵一下。

摩达头目说，你不去？现在事情闹成这样，你不想一想为什么？

巴羧仍有些不服气，看一眼父亲。

摩达头目走到巴羧面前，瞪起两眼说，事情都被你搞糟了！如果你那天下午去了山上的驻在所，昨天三井还会来部落找你吗？如果他不来，还会发生这样的事吗？！

在这个上午，摩达头目最终还是只带着巴哕嚘一个人来到山上的南溪驻在所。三井正躺在里面的榻榻米上。他的一只眼睛青紫，半边脸也肿胀起来。这时，他看到进来的摩达头目忽然笑了，点点头说，好啊好啊，我知道，你们今天会来的。

摩达头目面无表情地说,是啊,我们来看看你。

三井冷笑一声,来看我?

摩达头目说,看你是不是被打伤了。

三井心平气和地说,好啊,那我就告诉你,我确实被你们打伤了,而且伤得很重。接着又歪起嘴笑一笑,在榻榻米上爬起来斜着身子说,我还可以告诉你,我已经用电话把这件事汇报给警察分室的小野警官了,你想知道小野警官是怎样说的吗?

摩达头目回头示意了一下。巴哕嗄就将拎在手里的两只山猪头拿过来。摩达头目说,我来给你送两只这样的山猪头,这已经是我们部落里最高的礼仪了。三井点点头笑着说,好啊,我知道你们的礼仪,不过你还是把这贵重的臭猪头拿走吧,我不稀罕。摩达头目说,三井,按我们山上族人的规矩,这样送来的山猪头是不能拒绝的。三井歪嘴一笑说,如果我今天就要拒绝你一下呢,你会怎么样?他这样说着,就把这两个山猪头拎起来扔到窗外去了。

摩达头目朝窗外看了看。

三井又微笑着说,我不用你们来道歉!现在一切都晚了!我可以告诉你们,小野警官听了这件事很生气,他已经决定向台中州汇报,你等着吧,你摩达头目不是有本事吗?你不同意修隘勇线是吗?不同意收缴你族人的枪支是吗?不同意合作是吗?好啊,你等着看吧!

摩达头目看着三井。

三井又笑着说,你不用这样看我!小野警官很快就要带人来了!他这回带来的可是台中州的军队!你南溪部落人多是吗?厉害是吗?你们马上会比花兰部落的下场还要惨!

摩达头目与身边的巴哕嗄对视一下,然后说,我们走吧。

父子两人就从驻在所里走出来。

刚走出几步,三井突然又在身后喊了一声,摩达头目!

摩达头目站住了,慢慢转过身,就见三井拄着拐杖走出来。

摩达头目没有说话,只是看着三井一步一步走到自己面前。

三井说,还有一件事,我忘记告诉你了。

摩达头目看着三井。

三井诡谲地一笑说，我找到龟田了。

摩达头目不动声色地点点头，嗯了一声。

三井问，你还记得龟田吗？

摩达头目说，记得。

三井眯起眼说，你没有想到吧？

摩达头目说，是，我没想到。

三井说，龟田确实死了，但不是被山上的熊吃了，而是被人出草了，然后又有人把他的尸体藏起来，而且藏得很隐蔽。三井说着凑近摩达头目，你想知道我是怎样找到他的吗？

摩达头目看一眼身边的巴吵嚄，就转身走了。

三井立刻又在后面叫了一声，摩达头目！

摩达头目继续朝前走着，并没有站住。

三井说，虽然过去几年了，龟田的尸体早已经烂掉，可是他的警牌还没有烂掉。

摩达头目突然站住了，转身朝三井走回来。三井先是愣了一下，看一看来到自己面前的摩达头目，忽然又嘻嘻地说，这一次，你的南溪部落真的要完了，回去告诉花兰部落的那个瓦旦，叫他和他的族人不要走，小野警官已经说了，他要把你们这两个讨厌的部落一起解决掉，这次是彻底解决，鸡犬不留地解决。

三井这样说着，又用半边没有肿胀的脸幸灾乐祸地笑了笑。

摩达头目点点头说，好啊，我等着他。

这样说罢就扭头走了……

摩达头目和巴吵嚄回到部落时，瓦旦还等在这里。瓦旦一看摩达头目的脸色就明白了。这时欧卜丝和花兰部落的族人也都跟过来。瓦旦对摩达头目说，摩达头目，我们知道，现在南溪部落是遇到事了，花兰部落的族人都在这里，您说吧，我们可以做点什么。

摩达头目朝瓦旦身后的族人看看说，你带花兰部落的人，去能高山北麓吧。

瓦旦不解，去能高山北麓？

摩达头目说，那里也是我南溪部落的猎场，而且山势险峻，应该安全一些。

瓦旦立刻明白了。

摩达头目又说，我的南溪部落如果能平安度过这一场祸事，你们再回来，我曾答应过你，还要帮你们花兰部落把草屋重新盖起来。可是……摩达头目稍稍沉默了一下，又说，如果你们继续留在我这里，恐怕后面……会和我们一起……

摩达头目没再说下去。

瓦旦和欧卜丝对视了一下，然后说，摩达头目，我们花兰部落的族人不会走。欧卜丝也走过来说，是啊，花兰部落最难的时候，是你摩达头目收留了我们，现在我们怎么能走呢。

摩达头目看看瓦旦，又看看欧卜丝，没再说话就朝自己的草屋走去。

瓦旦立刻拉住巴哕嘎问，去驻在所，究竟怎么样？

巴哕嘎只是摇摇头，就转身走了。

在这个晚上，部落里没有一丝声音，狗也不叫了。月亮从能高山上升起来，很快就被乌云遮住，似乎一切都陷入黑暗中。摩达头目坐在火盆旁边，默默地嚼着樟树叶。摩达头目从来到这个世界，没有恐惧过任何事情。在他的记忆中无论遇到什么事，都可以凭着自己的勇气和力量解决掉。但这时，摩达头目却突然感到，好像陷入了一种从没有过的深深的恐惧。摩达头目的这种恐惧当然不是因为自己，而是全部落的族人。上一次山下的达腊都噜血洗了花兰部落，事后，摩达头目曾带人去帮着清理。摩达头目亲眼看到，被洗劫过的部落是什么样的惨状。在一间烧塌的草屋里，有一家八口人紧紧地抱在一起，他们都已像木炭一样被烧得漆黑。摩达头目带着人费了很大劲才把他们分开。还有一个老人，被达腊都噜的东洋刀拦腰砍成了两截，但他的下半身在一间草屋门前，上半身却在很远的地方，身体里的肠子和内脏拖了一地。显然,他被砍之后,上半身还用两手扒着地向前爬了一段。摩达头目在为花兰部落的莫傢头目收尸时,看到他被达腊都噜从头顶劈下来。但他的两只眼睛都还在半颗头颅上大大地瞪着,几乎瞪出血来。摩达头目想,难道自己的南溪部落也要这样了吗?三井说的话应该是真的。自从当年那几个达腊都噜在山里被杀,山下警察分室的小野警官就一直对南溪部落虎视眈眈。这几年南溪部落又一直不肯与达腊都噜合作,所以这一次,小野警官一定会借这个机会从台中州调来大批的军队,进山对南溪部落进行彻底的清剿。

摩达头目想到这里,突然感觉心里平静下来,于是起身走出草屋。

这时巴羧走过来。巴羧看看父亲,似乎想说什么。

摩达头目说,你不用说了。

巴羧叫了一声,父亲……

摩达头目说,你今天不去驻在所,是对的。

巴羧又看一眼父亲,低下头说,这件事……是因我而起……

摩达头目说,现在不说这些了,你去把巴吵嘜叫来,我有事要说。

摩达头目说罢就朝不远的红桧树下走去,在一块石头上坐下来。过了一会儿,巴吵嘜和巴羧来了。摩达头目抬起头看看两个儿子,示意他们在自己面前坐下。巴吵嘜和巴羧对视一下,就在父亲面前坐下了。巴吵嘜说,听巴羧说,您……有事情要说?

摩达头目朝身边的骷髅架看一眼说,巴吵嘜,这是你的骷髅架啊。

巴吵嘜说,是。

摩达头目说,你不觉得,它太空了吗?

巴吵嘜看看自己的骷髅架,慢慢睁大眼看着父亲。巴羧似乎也已经意识到了什么,慢慢从石头上站起来。摩达头目说,其实,南溪部落走到今天这一步,只是迟早的事情。

巴羧说,您曾经说过,在我们的嘎雅中没有归顺,只有和解。

巴吵嘜说,可是现在,已经不可能与那些达腊都噜和解了。

摩达头目说，自从他们血洗花兰部落，就已经不可能和解了。

巴哕嚄说，父亲，我明白您的意思了。

摩达头目点点头说，事不宜迟。

巴羧的两眼立刻亮起来，您是说，我们要……举事？

摩达头目说，这一次，只有大出草了。

巴哕嚄立刻站起来说，好啊，大出草！

摩达头目抬起头，看着远处的能高山山顶说，是时候了，我们应该血祭祖灵了……

在这个晚上，摩达头目又让巴哕嚄去把瓦旦和欧卜丝找来。瓦旦和欧卜丝来到红桧树下，看一看摩达头目和坐在旁边的巴羧，立刻意识到要有大事了。摩达头目对他们两人说，我今天上午劝你们带着花兰部落的族人去能高山北麓，是因为不想连累你们，花兰部落死的人已经够多了，我不想让你们再陪着我的南溪部落灭族。可是现在，摩达头目说，我要对你们说的是另外一件事，我的南溪部落决定举事，这一次，向那些达腊都噜大出草。

瓦旦和欧卜丝一听立刻都兴奋地站起来说，好啊，太好了！

摩达头目摇摇头说，你们要明白，这次举事，是没有一点胜算的，山下的达腊都噜就像红桧树的枝叶一样多，他们的大炮像山上的岩石一样坚硬，所以参加这次举事的人，最后注定都要走上彩虹桥，不可能再有第二条路。摩达头目这样说着，又往嘴里放了一片厚厚的樟树叶，一边嚼着说，所以，你们回去跟族人商量一下吧，如果参加，就要做好必死的准备，不参加也可以，就尽快去能高山北麓，到我的猎场暂时避一避吧。

瓦旦立刻说，不用商量，花兰部落的族人都留下来！

欧卜丝也说，对，我们的族人都参加这次的大出草！

摩达头目又问，你们想好了？

瓦旦和欧卜丝说，想好了！

巴哕嚄兴奋地说，如果这样，这次举事就更有把握了！

摩达头目说，不过，只有我们两个部落，力量还不够。

巴羧立刻说，山上有十二个部落呢，我和巴吵嘎明天就去联络！

瓦旦想一想说，不过……这件事也要严守秘密。

欧卜丝也说，是啊，千万不能让北溪部落的人知道。

摩达头目点点头，对巴吵嘎和巴羧说，好，你们明天就分头去各部落联络吧。

29.嘟奴

摩达头目不会想到,在这个晚上,他坐在红桧树下对巴吵嘎和瓦旦说这件事时,我就躲在附近的黑暗中听着。这时我的心也已经激动起来。摩达头目终于决定,要向山下的那些达腊都噜大出草了。这一次,我腰间的这把泰雅刀也终于要有用武之地了!

我知道这是一件绝密的事情。但在这一晚,我犹豫再三,还是把这件事告诉了父亲。我的父亲在部落里也是一个很受族人尊敬的勇士。母亲告诉我,父亲当年也曾向达腊都噜出过草。那是在我出生后不久。一天上午,父亲带了一张鹿皮下山,想为母亲和我换一些大米。当时父亲换了大米已是将近中午,正准备回山上,却在白石街上遇到一个喝醉酒的达腊都噜。这个达腊都噜显然是一个浪人,他看到我父亲的腰间带着一把泰雅刀,就拔出自己的东洋刀拦住去路,一定要和我父亲比试一下刀法。这时我父亲的身上背着大米,不想跟这个浪人纠缠。但这个浪人却坚决不肯让路,最后索性挥舞着东洋刀朝我父亲砍过来。这时我父亲就忍无可忍了。他先把身上的大米放到一边,然后慢慢拔出自己腰间的泰雅刀。我父亲的这把泰雅刀虽比东洋刀要短一些,但是很宽,而且刀背很厚。这个浪人并不知道这种泰雅刀的厉害,他挥着东洋刀朝我父亲砍过来,我父亲用泰雅刀一挡,他的东洋刀就砍在这把泰雅刀的刀背上。只听当地一声,这把东洋刀立刻被弹起来。这个浪人一下被震得几乎拿不住刀,刚刚一愣,我父亲的泰雅刀就已经朝他的脖子砍过来。这一刀砍得很快,这个浪人再想用他的东洋刀抵挡已经来不及。于是就这样,他的头立刻随着我父亲的泰雅刀一起飞起来。

那一次我父亲回到部落,还是把这件事告诉了摩达头目。当时摩达头目看看我父亲手里提着的这颗人头,只是笑了笑。但是,我父亲只把他这次出草的经历说了一半,其实后面的事情更加惊险。在那个中午,我父亲对这个浪人出草之后就朝山上走去。就在这时,这个浪人的一个同伴发现了他的尸体,而且听说是被一个山上的番人出了草,于是立刻朝我父亲走的方向追过来。这时我父亲已经走上了山路。他无意中一回头,看到又一个浪人提着刀从后面追上来,只好站住了,等这个浪人来到跟前就对他说,我现在还有事,要马上回山上去,你如果一定要跟我出草,咱们可以再找一个时间,你上山或者我下山都可以。我父亲这样说罢就转身又朝山上走去。但这个浪人却突然呀地叫了一声,挥着东洋刀朝我父亲砍过来。我父亲躲过他的刀继续往前走。这个浪人索性紧跑几步跳到前面,举着刀拦在山路上。我父亲没办法,只好放下身上的大米,又把手里拎着的这颗人头放到一边,站在山路上看着这个浪人。这个浪人先是看看我父亲,突然又呀呀叫着挥刀朝我父亲砍过来。我父亲先躲过他的刀,然后对他说,我的女人刚刚生了孩子,所以我现在不想出草,刚才的事,是那个达腊都噜逼我的,现在你不要再逼我。但这个浪人显然不懂番语,他只是瞪着我父亲看了看,就挥着刀又砍过来。我父亲摇摇头,只好说,好吧。他把自己腰间的泰雅刀解下来,然后就朝旁边的一块崖石走过去。这块崖石的下面,是一个很陡的峭壁。这个浪人不知我父亲要干什么,就跟着走上来。我父亲空着两手站在崖石上,转过身冲这个浪人笑了笑。这浪人先是朝我父亲看看，然后就又挥着刀向我父亲砍过来。我父亲站在崖石上一动不动，看着这把刀砍到自己眼前时，只把身子稍稍侧了一下。于是，这个浪人就举着他的刀朝山崖下面飞去了。这个浪人有些干瘦，身上的和服又很宽大，所以，据我母亲说，他这样飞下山崖时，还一边哇哇叫着像一只飞鼠一样地还向前滑翔了一段，然后才坠落下去。我父亲来到崖边，朝下面看了看，就背起他的大米拎上那颗人头回山上来了。所以，母亲对我说，父亲也是一个真正的英雄。

在这个晚上，我对父亲说了这件事。父亲听了似乎并不感到意外。

他点点头说，摩达头目的这张弓，终于要射出他的箭了。

父亲这样说着，忽然用手在我的额上摸了一下，看着我说，儿子，你的脸上纹了嘎雅，你已经是一个勇士了。我摸了一下腰间的泰雅刀说，是，父亲，我已是一个真正的勇士了。父亲问我，你知道一个真正的勇士，要随时准备做什么吗？我说，为了祖灵的尊严，随时准备走上彩虹桥。父亲点点头，看看我，沉默了一下说，可是，你才只有十二岁啊，儿子。父亲这样说着，脸上忽然现出一种从未有过的复杂表情。我知道父亲的心里在想什么。

于是，我对父亲说，十二岁，应该也活得够久了。

父亲点点头说，我有你这样一个儿子，感到骄傲。

部落里很快就被一种异乎寻常的气氛笼罩起来。男人们虽然说话很少，却都开始不声不响地忙碌。瓦旦带领花兰部落的族人从山上砍来很多竹子，显然是要用来制作弓箭。巴羧上一次从山下的秀吉货栈弄来一些子弹。这时，摩达头目将这些子弹分发给大家。但巴吵嘎和巴羧去各部落联络却并不顺利。巴吵嘎回来对摩达头目说，每个部落的头目都很清楚，这样的举事是没有任何成功希望的，只会给自己的部落带来灭顶之灾。所以，尽管他们也认为，早就应该向那些达腊都噜出草，却并不想让自己部落的族人参与这件事。有几个部落的头目还表示，他们要来南溪部落，当面说服摩达头目放弃这个计划。云坡部落的岜裟头目在一个晚上果然来找摩达头目。他对摩达头目说，为巴吵嘎和该比举行婚礼那天发生的事，他已听说了，但这件事，应该还不是不可挽回。摩达头目摇摇头说，已经无法挽回了，我不能让我的族人坐以待毙，等着那些达腊都噜来把他们像动物一样地杀掉。摩达头目说，既然举事是死，不举事也是死，那就只有举事，这样还可以死的体面一些。

岜裟头目说，应该……还可以想出办法。

摩达头目摇摇头说，不用想了。

岜裟头目说，你要知道，其实那些达腊都噜，这次不只是为这一件事，你这几年一直拒绝在自己部落的领地修建隘勇线，对他们推行的各种事也总是不合作的态度，其实这才是最根本的原因，如果你现在稍稍让一步，向他们表示出一些归顺的意思……

摩达头目立刻坚决地摇摇头说，在我们的嘎雅里，从来没有归顺。

岜裟头目说，可是……你也要为你的族人想一想。

摩达头目说，我的族人，都愿意有尊严地和我一起走上彩虹桥。

岜裟头目这次来南溪部落，并没有说服摩达头目。最后，岜裟头目在临走时只好对摩达头目说，我的云坡部落这一次虽不参与你的举事，可是……我还是想为你的部落做点什么，这样吧，举事以后，如果你南溪部落的族人无处可去了，就到我的部落暂避一下，我云坡部落会为你们提供帮助的。摩达头目淡淡一笑说，我摩达头目一旦举事，部落里所有的族人是不会躲到任何地方的，他们最后一定会和我在一起，这就是南溪部落的族人。

岜裟头目听了摇摇头，叹口气，只好告辞走了。

摩达头目并没有因为这些部落头目的态度而动摇决心。他知道，大家的心里都很清楚这件事的分量，一旦决定，将会意味着什么。作为部落头日，他们当然要为自己的族人考虑。所以，无论哪一个部落，他们参加或不参加，摩达头目都可以理解。

就在这时，突然又发生了一件事。

这天晚上,巴羧回来了。他的手里竟然拎着一颗人头。巴羧见到摩达头目自豪地说,父亲,我也是一个真正的勇士了,我也可以像巴哕嘆一样,把嘎雅纹到脸上了。这时摩达头目从巴羧手里的这颗人头已经看出,这不是山上的族人,应该是一个达腊都噜。

于是,摩达头目问,这究竟是怎么回事。

巴羧说,他在这个下午去了沙劾部落。沙劾部落并不远,与南溪部落和北溪部落交界。沙劾部落的冈斯头目一听说南溪部落要举事,立刻表示同意参加。这时北溪部落的筲苜·娃里丝已经带人将达腊都噜的隘勇线修进沙劾部落的领地,而且筲苜·娃里丝还带领族人趁机抢夺了沙劾部落的一大片猎场。冈斯头目知道,筲苜·娃里丝的背后有达腊都噜撑腰,所以几次想夺回自己的猎场,但考虑到部落的族人还是没有动手。其实在此之前,冈斯头目就早已对这些达腊都噜恨之入骨。几年前,沙劾驻在所的一个山地警察曾带着两个达腊都噜来到沙劾部落。这两个达腊都噜穿着洋服,戴着礼帽,却都能说一口流利的番语。他们说,要招几个女孩子到台中州去工作,如果工作表现好,将来还可以去台北。当时部落里的女孩都想去。于是这两个达腊都噜就挑选了几个女孩带下山去了。但后来就再也没有任何消息。直到两年后,其中的一个女孩才跑回山上来。据她说,那两个达腊都噜骗了她们。他们把这几个女孩带下山,连同从别的部落挑选来的女孩一起送去了台中州。可是她们到了台中才知道,原来是逼迫她们从事一种叫娼妓的工作,也就是去陪男人睡觉。后来又被送去台北,还有几个女孩从此就再也不见了,据说是被那些达腊都噜用船送去了日本。冈斯头目听了立刻怒不可遏,因为这几个女孩中还有一个是他的侄女。他当即来驻在所找到那个当初带着达腊都噜去部落挑选女孩的山地警察。可是这个山地警察却一问三不知,而且说他并不认识那两个达腊都噜。冈斯头目听了,险些向这个山地警察出草。所以这一次,冈斯头目一听巴羧这样说,就让他回去告诉摩达头目,他要率领沙劾部落的所有族人参加这次举事。冈斯头目还特意给了巴羧一罐火药,让他带给摩达头目,说这是他送给摩达头目的一点礼物。

也正是因为这罐火药，就出了后来的事。

巴羧说，他在这个下午从沙劾部落出来，在山路上走了一阵，来到一片树林时突然遇到两个山地警察。这两个山地警察显然是沙劾驻在所的。他们看到迎面走来的巴羧，觉得行迹有些可疑，于是就让他站住。但这时巴羧的心里已经有些慌，他的身上还带着冈斯头目特意送给摩达头目的那一小罐火药，如果让这两个山地警察搜出来就会有麻烦了。巴羧想到这里，突然转身进了山路边的树林。这时两个山地警察越发觉得巴羧有事，于是其中一个警察也立刻追进树林。巴羧发现后面有人追上来，索性爬上一棵樟树。这时，后面的这个警察已经追到近前，一边走着还在朝四周张望。巴羧蹲在一根粗大的树杈上，等这个山地警察来到自己下面，突然从树上跳下来，嘴里发出咦的一声。这个警察听到头顶的动静一抬头，巴羧已经落到他面前。他猛地在这个警察的前胸蹬了一脚，这个警察的身子向后一仰，巴羧已从腰间拔出泰雅刀，就这样横着一挥，这个警察的头颅就掉下来。巴羧立刻感到眼前一片鲜红，接着一股滚烫的东西就喷到自己的脸上。他直到这时才看清楚，这个警察的身体被一根垂下的青藤挂住了，脖腔里仍在向外喷血，看上去就像能高山上的一眼热泉。巴羧想了一下，将这个警察的尸体拖进林子深处，塞近一个树洞，在外面堵了一些枯树枝叶，又将地上的血迹清理干净，然后才拎起这颗头颅回来了。但是，巴羧在这个傍晚对父亲说，尽管他已将这个警察的尸体藏起来，但是那些达腊都噜仍会很快找到他。摩达头目问为什么。巴羧说，这两个山地警察虽是沙劾驻在所的，可是他们经常来南溪驻在所和三井一起喝酒，所以在刚才，他们应该已经认出他，而且知道他是南溪部落这边的族人。

巴吵嘎在一旁说，还有一件事，龟田的尸体，也已经被三井找到了。

摩达头目点点头说，看来举事还要提前，不能再拖了。

这时瓦旦匆匆跑来，对摩达头目说，有两个沙劾驻在所的达腊都噜来了。摩达头听了朝巴羧示意一下，就和巴吵嘎一起朝这边迎过来。这时两个沙劾驻在所的山地警察已经走进部落。他们看到摩达头目就站住了。摩达头目说,这样晚了,你们来我的部落有什么事?

一个矮瘦的警察说,摩达头目,你的南溪部落这几天很热闹啊。

摩达头目没说话,只是看看他,又看一看旁边这个微胖的警察。

胖警察说,我们来找巴羧。

摩达头目问,找巴羧干什么。

胖警察说,他在这个下午,是不是去了沙劾部落?

摩达头目说,是,他是去过沙劾部落。

瘦警察立刻问,他去沙劾部落干什么?

摩达头目说,我的儿子巴哕嚄刚举行过婚礼,沙劾部落的冈斯头目让人送来两坛小米酒,今天下午,我让巴羧去沙劾部落,代我向冈斯头目表示感谢。

胖警察问,他现在回来了吗?

摩达头目说,回来了。

两个山地警察立刻朝部落里走来。这时巴羧已从一个草屋的门前迎过来。胖警察走到巴羧的面前问,下午在山上见到你时,你为什么跑?

巴羧说,我是去路边的树林里追一头山羌。

胖警察又问,高桥呢?

巴羧眨眨眼问,高桥?什么高桥?

胖警察说,高桥去树林里追你了。

巴羧说,我没看到什么高桥,我只打到一头山羌。

这时瘦警察凑近巴羧,朝他看看问,你的身上和脸上,为什么有血?

巴羧把手里的泰雅刀在他面前晃了一下,又朝身后指了指。在草屋门前的地上,正躺着一头已经剖开肚子的山羌。巴羧说,这是下午刚打到的。

两个山地警察又对视了一下,没再说话就转身走了。

在这个晚上,摩达头目回到草屋。这时瓦旦和欧卜丝走进来。

瓦旦说,摩达头目,已经准备好了。

摩达头目就起身走出来。

在部落的后面有一些废弃的破旧草屋。摩达头目来到一间草屋里。巴吵嘎和巴羧已经带着一些族人等在这里。摩达头目对巴吵嘎点点头。巴吵嘎就拿起酒杯,把酒撒在地上。

摩达头目说,祖灵是不会怪罪的,开始吧。

巴羧和几个族人就把地上挖开了。向下挖了一阵,露出几具棺木。巴羧撬开棺盖,待里面的气味散尽,就取出一个长长的油布包。借着灯光可以看到,油布已经有些腐烂。轻轻打开油布,里面就露出油汪汪的枪支。显然,当初将枪支作为随葬品放进棺木时,涂抹了厚厚的猪油,所以这时看上去,金属部件仍还完好,应该可以使用。

摩达头目接过这支枪试着拉了一下枪栓,点点头。

巴吵嘎问,把所有的棺木……都挖开吗?

摩达头目说,只要有枪的,都挖开吧。

瓦旦说,明天,我回花兰部落也试着挖一下。

这时,我站在草屋的外面,看到父亲和巴羧拎着工具朝另一间草屋走去。我立刻也跟过来。父亲回头看看我,就转身进了那间草屋……

30.该比

该比做了一件让部落里所有族人都意想不到的事。

事后都门对摩达头目说，她后悔对该比说了太多的话，该比毕竟年轻，也太单纯，她把事情想的太简单了。所以，都门伤心地说，是自己害了该比。

都门在那天夜里已经看到了，摩达头目带着部落里的男人将先人的棺木挖开，取出里面随葬的枪支。其实都门这几天已经感觉到了部落里的气氛，这天夜里的事，只是印证了她心里的猜测。第二天早晨，都门来找摩达头目。摩达头目仍然坐在红桧树下，一边嚼着樟树叶一边在喝酒。由于一夜没睡，他的眼睛里布满血丝。都门来到摩达头目跟前，在他身边坐下来。摩达头目看看她，把手里的酒杯递过来。都门摇摇头。

摩达头目说，我们部落的女人，也应该喝一点酒。

都门说，我想让自己清醒一些。

摩达头目又转过头来看看都门。

都门说，昨天夜里的事，我都已看到了。

摩达头目仍在默默地嚼着樟树叶。

都门又说，我已经感觉到了，这几天，部落里的男人都在忙碌。她说着突然盯住摩达头目，睁大眼问，我们的部落……究竟要发生什么事？你们男人究竟在干什么？

摩达头目说，到了你应该知道的时候，自然会让你知道。

都门点点头说，我已经知道了。

摩达头目慢慢转过脸，看着都门说，如果你知道，就不要说了。

都门问，已经……没有别的办法了吗？

摩达头目看着远处的能高山，没说话。

都门又想了一下，就站起身走了。

都门在这个早晨换了一件干净衣服，又带了些干粮，就独自下山来。山路上像往常一样安静，树林里只有蓝鹇儿和山鸟的鸣叫声。都门一边走着想，最好能在白石街上看到樱冈太郎，如果这样，有些事就可以先问一问他了。都门知道樱冈太郎和阿敏已经结婚，也知道，他们的婚礼是由达腊都噜操办的。但都门觉得，樱冈太郎虽在警察分室当了达腊都噜的巡查，他的心里还没有完全忘记自己曾是山上的族人。都门来到白石街已是中午。这时的白石街与都门当初住在这里的时候相比虽已更加繁华，但毕竟只是一条十字街，地方并不很大。都门在街上走了一阵，果然看到正在值勤的樱冈太郎迎面走过来。这时樱冈也已看到都门。他感到有些意外，连忙过来低声说，这种时候，你怎么还来这里？

都门问，山上的事，你都已知道了？

樱冈说，知道了，小野警官这几天一直在筹划这件事。

都门说，南溪部落这一次……怕是逃不过这一劫了。

樱冈问，你来干什么？

都门说，你知道，山本在哪吗？

樱冈立刻看看都门，没有说话。

都门说，我想……见山本。

樱冈摇摇头说，你现在见他，没用的。

都门喃喃地说，不管有用没用，也要见他一下，现在……已经没有别的办法了。都门这样说着，看一眼樱冈手里的警棍，你只要告诉我，他在哪……就行了。

樱冈说，这个山本总是很神秘，我也始终搞不清楚，他究竟是干什么的，前一阵听说他去了台中州，不过最近又回来了，不知具体在干什么。樱冈说着朝周围看了看，他经常去秀吉货栈那里喝酒，你去问一问秀吉老板，也许他会知道。

都门听了点点头，就朝秀吉货栈走去。

樱冈又在都门的身后说，你要当心啊。

都门回头朝樱冈看一眼，就转身走了。

都门和秀吉货栈的秀吉老板认识。当初都门在白石街上住时，经常来这个货栈买东西。在这个中午，都门来到秀吉货栈时，秀吉老板正在算账。秀吉老板抬头看到都门走进来，立刻笑着说，哟，是都门啊，很长时间没见到你啦。都门也笑一笑说，秀吉老板发财啊。秀吉老板摇了一下头说，发什么财啊，小本生意，赚不到大钱的。然后又说，要买点什么？都门走到秀吉老板的跟前说，我想问你一件事，你知道……山本在哪吗？

秀吉老板稍稍愣了一下。

显然，秀吉老板早已知道了都门和山本的事情。但他立刻咧嘴笑了，嗯嗯两声说，山本只是……只是偶尔来我的小店喝两杯酒，他在哪里，我怎么会知道啊。

都门问，你真的不知道吗？

秀吉老板说，真不知道啊。

好吧。都门这样说罢扭头就走。她走到门口又说，我让巴羧来问你吧。

秀吉老板一听有些慌了，连忙说，哎……你，你听我说啊。

都门站住看看他，又走回来。

秀吉老板叹口气说，好吧，我告诉你。

都门点点头。

秀吉老板说,他现在……住在西街……

都门在这个中午朝西街走来。据货栈的秀吉老板说,山本这时和一个叫花子的女人住在一起。这个花子原本是台中州的一个艺妓,后来就被山本带到白石街来。都门按着秀吉老板说的地址找到山本的住处。这是一座木质的二层小楼,外面有一个很精致的院落。都门过来敲了敲门,一个浓妆艳抹的女人出来把门打开。接着,山本就出现在这个女人的身后。

山本笑笑说,我在楼上的窗子已经看到你来了。

都门朝这个女人看一眼,没有说话。

山本对这个女人说,你先进去吧。

这女人就低着头进去了。

山本又眯起一只眼笑笑说,你来找我,一定是有事啊,让我猜猜吧。然后点点头嗯一声说,一定是为南溪部落的事吧,听说,南溪部落这一次可要有大麻烦啦。

都门说,是,南溪部落现在遇到麻烦了。

山本哼一声说, 这是迟早的事, 你们的那个摩达头目太有本事啦。

都门说,我今天……是想和你商量一下……

山本眨眨眼说,跟我商量?跟我商量什么?

都门又看一眼山本。

山本说,明白了,你是想,让我出面?

都门说,也许……你去和三井说一说……

山本的嘴里发出嗤的一声,我去和三井说?

都门说,三井……也许会给你面子。

山本点点头说,好吧,我问你,今天,是摩达·如桐让你来的吗?

都门问,这有什么不一样吗?

山本说,当然不一样,如果是他让你来的,他自己为什么不来?山本这样说着,脸上拧起一丝冷笑,他盯着都门说,摩达·如桐现在想起找我来了？他不是一个大英雄吗？他不是一个真正的勇士吗？他不是可以出草吗？我现在告诉你，你把我的话也给他带回去，他现在说什么都已经晚了，不要说三井，就是小野警官说话也不算数了，台中州知道吗，台中州要直接处理这件事了，山上的番人部落，这一次要彻底清理一下了！

都门慢慢睁大眼，看着山本。

山本哼一声说，他摩达·如桐以为，在他的领地就可以由他说了算吗？这一次我们的台中州就是要让他知道，在这能高山上究竟谁说了算！在台湾，究竟谁说了算！

都门静静地看着山本。

山本又咧嘴一笑说，你回去告诉摩达头目，他的南溪部落这一次要彻底完了！

都门说，我也告诉你，我今天来这里，摩达头目并不知道，他如果知道了一定会杀了我！你也告诉你们的台中州，摩达头目会在山上等着他们。都门这样说完就转身走了。她走了几步又站住，回过头说，山本，我今天来找你，不是为我自己，我为了什么你知道吗？

山本眨着眼看看都门。

都门说，你虽然是一个番通，可是，你不会知道。

都门说罢，就沿着窄窄的街道走了。

都门在回来的路上才真正意识到，南溪部落这一次是遇到天大的事了。她这时也才终于明白，这几天部落里的男人们在干什么。这时都门的心里反而平静下来。摩达头目曾说过，这一天迟早会到来的。现在，都门想，看来这一天是真的到来了。

都门回到山里，走下溪谷时，在溪边看到了该比。该比自从和巴吵嘎举行婚礼，反而变得更加沉默，每天只是坐在草屋里埋头织布，或一个人呆呆地出神。这时，该比显然是来溪边打水的。她把竹筒放在一边，正坐在一块石头上不知在想什么。

都门下了山坡，朝该比走过来。

该比回头看到都门，笑一下说，你去山下的白石街了？

都门有些意外地问,你怎么知道?

该比说,我还能猜到,你去干什么。

都门就在该比的身边坐下来,看看她问你是怎样猜到的?

该比说,这些天,部落里发生这样多的事,还能猜不到吗。

都门说,是啊。

该比又说,刚才在溪边,我看到一只绣眼画眉飞过去了。

都门看一眼该比。两个人就都不说话了。

沉默一阵,都门问,巴哕嚏……告诉你什么了?

该比摇摇头说,他从来……什么都不告诉我。

该比说着,就拿起竹筒在溪里打了水,背到身上。都门和该比一起往回走着,又对她说,他们男人有男人的事情,可是我们女人,也有女人的事情啊。

该比站住了,看着都门问,我们女人,能做什么事呢?

都门说,让男人一心去做他们的事,就是我们女人的事啊。

该比想一想说,是啊,让男人一心去做他们的事……

该比在这个晚上一直等着巴哕嚏。巴哕嚏和该比结婚以后,每晚都是该比已经睡下很久,他才悄悄回来。但这一晚,该比没有睡。该比只是躺在竹床上,静静地等着巴哕嚏。

从草屋的窗子向外望去,夜空上闪着微弱的星光。该比看着夜空想,母亲和父亲,还有妹妹弟弟,他们这时在彩虹桥的那一边怎么样呢?也许,他们会生活得很好,再也没有烦恼,那边也不会有达腊都噜……该比这样想着,窗外的夜空似乎一点一点亮起来,渐渐亮得如同白昼。接着,一道耀眼的彩虹像光束一样伸进窗子。该比立刻被晃得眯起眼。她看到了,母亲和父亲,还有妹妹弟弟正在彩虹的那一边向自己招手。他们的头顶和身上都闪着金光。该比慢慢从竹床上爬起身,朝着窗前的这道彩虹走过去。她觉得自己竟然真的走上了彩虹桥。身边的一切都闪着耀眼的金光,她觉得身体轻飘飘的,就这样朝着家人走过去……

巴吵嘜轻轻走进草屋。该比立刻清醒过来。她先让自己的眼睛适应了一下草屋里的黑暗，然后平静地说，我下午去溪边打水，看到一只山鸟，在眼前飞过去了。

巴吵嘜愣了一下。显然，他没有想到该比仍然醒着。

该比说，你……还是告诉我吧。

巴吵嘜问，告诉你，什么？

该比说，摩达头目，在准备什么。

巴吵嘜说，这……是我们男人的事情。

该比说，可是，也是我们女人的事情。

巴吵嘜又想了一下，就在该比的跟前坐下来说，好……好吧。

于是，巴吵嘜就把所有的事情都告诉了该比。尽管巴吵嘜说的轻描淡写，但该比还是听懂了。这一次，南溪部落已经走投无路了，如果这样等下去，只会是花兰部落那样的下场，甚至比花兰部落还要惨。可是，这样的举事没有一丝成功的希望，注定要走上彩虹桥。

巴吵嘜说，摩达头目说了，既然举事是死，不举事也是死，那就举事吧。

该比躺在竹床上，半天没有说话。

巴吵嘜说，这样，还可以死得体面一些。

该比说，是啊……

巴吵嘜又说，我已经说过，这些……都是我们男人的事情。

该比慢慢坐起来，喃喃地说，都门……说的对……

巴吵嘜看看她，都门，说什么？

该比说，都门说，我们女人……也有女人的事情。

巴吵嘜问，你们女人……什么事情？

该比说，让你们男人一心去做自己的事，就是我们女人的事情啊。

她这样说着，又朝窗外的夜空望去……

第二天早晨，该比很早就起来了。她背着竹筒来到溪边。溪谷里很静，只有一些薄雾在轻轻的飘着，如同垂下一层轻纱。该比脱掉身上的衣服，走下湍急的溪水，慢慢蹲下来。早晨的溪水有些凉意，但更加清澈，冲刷到该比光滑的身上，发出哗哗的声响。该比一边轻轻哼着歌，把全身细细地洗净，然后就坐到溪边把自己打扮起来。她把头发高高地盘起，又束起一根彩色的发绳，看上去就像是在头上升起一道彩虹。该比这样打扮好，就背起竹筒回部落来。该比走进部落时，族人们看到她光鲜的样子都很惊讶。该比已经很久没有这样打扮自己了。此时，她脸颊上的嘎雅在早晨的阳光下显得更加娇艳。

该比在这个傍晚为巴吵嘎熬了浓浓的小米粥。小米粥的香气飘散出来，整个部落都可以闻到。晚上，该比又为巴吵嘎切了盐泡笋，准备了一块山羌肉，然后就将一坛小米酒搬出来。这坛小米酒还是该比的母亲当年酿的，但该比的父亲一直没有舍得喝。

这一晚，巴吵嘎回来吃饭时，惊讶地看看该比。

该比笑一笑说，今晚，我也陪你喝一点酒吧。

该比酒量很大。她在这个晚上和巴吵嘎一起喝了很多酒。后来该比就为巴吵嘎唱起歌来。该比的声音很轻，像一阵风似的吹着。她唱的是：天上的月亮啊，你喝酒吗，酒能为你驱散乌云，浊水溪里的石头啊，你喝酒吗，酒能为你洗净溪水，风中的能高山啊，你喝酒吗，酒能为你带来秋雨，山林里的勇士啊，你喝酒吗，酒能送你走上彩虹桥……该比轻轻地唱着。这时，月亮已从能高山上升起来。该比面颊上的嘎雅被月光映得像云朵一样飘在脸上……

夜深了。该比来到竹床前，脱掉衣服，躺到巴吵嘎的身边。巴吵嘎伸出手臂，将该比轻轻搂过来。该比的身体像溪水一样光滑。她一点一点贴近巴吵嘎，然后像水一样渗到巴吵嘎的身下。巴吵嘎感觉自己漂浮起来，似乎是漂在溪水里。柔软的溪水在他的身下静静流淌着，接着，就泛起一个个的波浪。巴吵嘎就像一条船，在波浪里起伏着，颠簸着……

过了一阵，波浪渐渐平息了。

该比叫了一声，巴吵嘎。

巴吵嘎轻轻地答应。

该比说,将来,我们到了彩虹桥的那边,还要在一起啊。

巴吵嗄说,好啊……我们……还在一起。

该比说,如果谁先过去,要等一下啊。

巴吵嗄说,嗯……等一下……

巴吵嗄的声音似乎越来越含混。

该比又叫,巴吵嗄,巴吵嗄。

巴吵嗄太累了,已经歪在一边睡去了。

该比慢慢坐起来,朝熟睡的巴吵嗄看了看,就拿出已经准备好的一身新衣。这身新衣还是都门送给她的,婚礼那天只匆匆穿了一下。这时,该比把这身新衣穿起来,又把头发整理好,回头向床上的巴吵嗄看了看,就转身走出草屋。夜里的风虽有些凉,却带着一丝山林里的气息。该比朝对面的山上走去,就这样走进山坡上的树林。

她朝一棵红桧树走过来。这棵巨大的红桧横生出一根粗大的枝丫,枝丫上缠绕着青藤。该比走到红桧树下,将枝丫上的青藤解下来,拴成一个环状的套索。但是,这个套索太高了。该比朝四周看了看,搬过一块石头,然后踩上去,把头轻轻地伸进套索。

她朝山坡下面的部落又看了看,就用力蹬开石头……

31.嘟奴

父亲已经忙碌了很多天。但他每晚回来,从不对我说什么。我已看到,父亲把他的那杆枪擦了又擦,他的泰雅刀也已经磨得雪亮。父亲只对我说了一句话,他说,一个真正的勇士,无论在做什么事之前,都要先准备好自己的武器,只有这样也才可以随时应付一切。

这天晚上,父亲带回一个消息。

父亲告诉我,事情已经越来越紧急。就在这个下午,沙劾部落的冈斯头目派人送来消息, 沙劾驻在所的达腊都噜已经找到了那个高桥的尸体。其实在那个下午,巴羧已把高桥的尸体掩藏得很隐秘。但他却把尸体藏错了地方。那个树洞是一头棕熊的窝。棕熊回来,发现自己的树洞里多了一具人的尸体。棕熊当然从不吃死人,但它也不能容忍在自己的窝里存放这样一具尸体, 于是就把尸体从树洞里扒出来。就这样,尸体很快就被沙劾驻在所的山地警察发现了。山地警察立刻来到沙劾部落。他们问冈斯头目,南溪部落的巴羧在那个下午来沙劾部落究竟干什么。冈斯头目觉得奇怪,问山地警察,南溪部落的巴羧跟他们在树洞里发现的这具高桥的尸体有什么关系。山地警察说，在高桥出事的那个下午，这个巴羧刚刚来过沙芴部落，而高桥在山上遇到巴羧时，因为感到他的形迹可疑追上去，后来就出了这样的事。山地警察说，从高桥的尸体判断，他显然是被出了草，而这个对高桥出草的人应该就是巴羧。冈斯头目一听山地警察这样说，只好承认，巴羧在那个下午确实来过自己的沙芴部落。但是，冈斯头目说，巴羧是来感谢自己的。南溪部落的摩达头目刚为儿子举行了婚礼，自己曾派人专门送去两坛上好的小米酒，在那个下午，摩达头目是特意让巴羧代表他来表示感谢的。冈斯头目说，至于后来巴羧离开沙芴部落，又发生了什么事他就不清楚了。这两个山地警察走后，冈斯头目估计到，他们可能很快会来南溪部落，于是就立刻派人来给这边送消息。

在这个晚上，父亲对我说，沙芴驻在所的达腊都噜很可能明天一早就会来。

父亲没有说错。果然，第二天早晨，沙芴驻在所的达腊都噜就来到南溪部落。这一次来的还是上次那两个山地警察。他们径直找到摩达头目，说要找巴羧说话。这时摩达头目已经知道他们的来意，于是说，巴羧去了能高山北麓的猎场。摩达头目这样说，当然是想拖延一下时间。如果这个叫高桥的尸体已被找到，这件事显然就更麻烦了。南溪驻在所的三井已经找到龟田的尸体，现在，沙芴驻在所的达腊都噜又找到了高桥的尸体，而这两件事尽管没有直接证据，却都明显牵扯到南溪部落。所以，摩达头目在这时只能尽量争取时间。

胖一些的山地警察皱一皱眉问，巴羧去能高山北麓……干什么？

摩达头目说，最近那边的猎场有很多山羌，我让他去打山羌。

胖警察问，他什么时候回来？

摩达头目说，总要几天吧。

就在这时，那个瘦一些的山地警察突然看到草屋后面的骷髅架。这是巴羧刚刚为自己做的骷髅架，架子上的木头还泛着新鲜的颜色。在这个骷髅架上，孤零零的放着一颗人头。这是巴羧刚刚猎回的高桥人头。瘦警察立刻朝这颗人头走过去。但这时,这颗人头已被山上的老鼠啃咬得破烂不堪,看上去已经面目全非。瘦警察走到这颗人头的跟前仔细看了看说,这应该是一颗刚刚砍下的人头,不会有太长的时间。

然后回头问,这颗人头,是什么人?

巴哕嚷立刻走过来说,这是我刚猎回的人头。

瘦警察盯着他问,你向什么人,猎的人头?

巴哕嚷说,这是北溪部落的族人。

瘦警察看着这颗人头摇摇头说,这不像是番人的头,他的头发很短,应该是一个警察。一边说着回头看看巴哕嚷,你说实话,这颗人头到底是什么人?巴哕嚷说,你如果不相信,可以去北溪部落问一问,他们的一个族人来南溪部落的猎场偷猎,被我看到,就向他出了草。瘦警察听了将信将疑地点点头,然后说,你不知道,现在已经禁止你们番人出草吗?

摩达头目说,无论什么人,只要闯进我们祖灵的领地,都会向他出草。

两个山地警察对视了一下。

胖警察说,巴羧回来,让他到沙勀驻在所去一下。

说罢就转身走了。

就在这时,沙勀部落的冈斯头目带着几个族人匆匆赶来。冈斯头目刚才就已到了,他看见两个沙勀驻在所的山地警察在这里,就没有贸然进来,而是先在对面的山坡上等了一阵。现在看见这两个警察走了,才来到部落里。冈斯头目对摩达头目说,他又联系了两个部落,也都同意参加这次举事,他这次来是想商量一下,把具体时间尽快定下来。

摩达头目说,现在看来,举事的时间还要提前。

这时巴哕嚷说,他在白石街上得到一个消息,三天以后,白石街上的小学校要举行每年一次的秋季运动会,附近的公学校都要来参加,警察分室也要在这一天举行新建神社的落成典礼,还要为他们的一个叫什么北白川宫能久的亲王举行祭祀仪式。摩达头目听了想一想,觉得这应该是一个机会。达腊都噜在这一天要搞这么多的活动,警戒一定会比平时松懈,这样一来,也就正好可以趁机动手。冈斯头目想了一下也表示同意。

巴吵嘎也说,看来,这应该是唯一可以下手的机会了。

于是时间就这样定下来,三天以后,正式举事。

这时,冈斯头目又说,我们如果在白石街上有内应,会更有把握一些。

正是冈斯头目的这句话,提醒了摩达头目。摩达头目立刻想到了樱冈太郎。摩达头目一直认为,樱冈太郎还并不是完全死心塌地地为那些达腊都噜做事。所以,这一次如果能说服樱冈,让他在白石街上接应,事情应该就更稳妥了。但在这种时候,如果让巴吵嘎和巴羧去白石街找樱冈显然不太可能。摩达头目又想了一下,就决定派我去白石街。

我这时正在山上。

父亲说的对,一个真正的勇士,无论在做什么事之前,都要先准备好自己的武器,只有这样才可以随时应付一切。这个时候,我也要准备自己的武器了。我知道,我现在虽然已经有了一把真正的泰雅刀,但我不可能像父亲一样也有一支枪,如果这样,我就要有自己称手的弓箭。在我12岁生日那天,父亲送给了我一张很好的弓。父亲对我说,儿子,你现在要拉开这张弓虽然还有些费力,但将来,这张弓一定会成为你一个很好的帮手。

所以,在这时,我要为我的这张弓准备足够的箭支。

我发现,我们南溪部落的族人制作箭支所用的材料,与花兰部落的族人不同。花兰部落的族人制作箭杆习惯使用竹子,所以,瓦旦这几天带着他的族人已从山上砍来大量的茅竹。但我从小就跟着父亲学会使用山林里的一种藤条制作箭杆。这种藤条的柔韧性更好,而且比竹子也轻一些。我在这个上午来到山上,走进树林。我知道我所需要的这种藤条是生长在林子的深处。我正在朝前走着,突然感觉被撞了一下，定睛一看，眼前竟是两条人腿。我慢慢抬起头才发现，头顶上一根横生的枝丫上竟然吊着一个人。

我又仔细看了看，认出这个人竟是该比！

我立刻转身跑出树林，一直跑回到部落。

巴哕嘎在两天前的早晨就发现该比不见了。他来问都门。都门想一想说，该比也许是去山后的云坡部落了，她曾说过，在那里还有一个堂姊，也许是去看这个堂姊了。巴哕嘎听了心里还是有些疑惑，如果该比真去了云坡部落，为什么不跟自己说一声呢。但他这两天一忙，也就没顾得再想这件事。巴哕嘎在这个早晨已经感觉有些不对劲了。这时一听我说，竟然在山上的林子里发现了该比，立刻和我一起来到山上。

巴哕嘎看到该比，把她从树上放下来。

这时该比的身上已经冰冷了，但看上去很平静，只是眼睛还有些微微睁着，好像有什么话要说。巴哕嘎蹲在该比的尸体跟前，沉默了很久。这时巴哕嘎想起该比在那天晚上对自己说过的话，心里就都明白了。在这个上午，部落里的族人将该比的尸体从山上抬回来。都门和芭苷·娃里丝流着泪为该比洗净脸，整理好身上的衣服，装殓到一具棺木里。巴哕嘎来到自己的草屋，将他和该比的新床下面挖开，就把该比埋葬了。

这个晚上，巴哕嘎坐在自己的草屋门前，一边喝着小米酒，轻轻唱着该比曾为他唱的那首歌：天上的月亮啊，你喝酒吗，酒能为你驱散乌云，浊水溪里的石头啊，你喝酒吗，酒能为你洗净溪水，风中的能高山啊，你喝酒吗，酒能为你带来秋雨，山林里的勇士啊，你喝酒吗，酒能送你走上彩虹桥……他就这样喝着酒，一直唱到很晚……

就在这个晚上，摩达头目把我叫去。这时的摩达头目神色越发坚硬，我觉得，他已经越来越像一块山上的岩石。他坐在自己草屋里，一边嚼着樟树叶一边在默默地喝着小米酒。看到我走进来，他说，听说这几天，你一直去山上的林子。

我说，是。

他问,去砍藤条?

我点点头。

他嗯一声说,是啊,你应该准备一下了。

这时我感觉到了,摩达头目看我的眼神,已经像看巴吵嘎和巴羧一样了。摩达头目的这个眼神立刻鼓舞了我。我说,我已经有了一张很好的弓,所以,我要准备足够的箭。摩达头目冲我笑笑,向我做了一个手势。我就把自己腰间的泰雅刀拔出来,递给他。他接过我的刀在手里掂了掂,又反复看了看说,现在这把刀,还是太轻了。

他说着抬起头看看我,知道为什么吗?

我摇摇头。

他说,一把好的泰雅刀,只有越出草,才会越重。

我点点头说,明白了。

他又笑了一下,把刀还给我说,你应该去溪边磨一下。

我说,我明天一早就去溪边,把它磨亮。

摩达头目说,明天,你还有更要紧的事。

摩达头目就把明天派我去白石街的事,详细向我交代了一下。他叮嘱我,现在的时间已经很紧,离举事只还有三天,所以一定要快去快回。

摩达头目说罢,又在我的肩膀用力拍了一下。

第二天一早,天刚亮我就下山了。我下山当然不会走正常的山路。我从林子里的小路直插下去,这样过了几个溪谷,太阳刚刚升起的时候,我就已经来到白石街对面的山坡上。我这次下山,摩达头目还是有一些担忧。我的心里也很清楚,这样直接去找樱冈太郎,确实有很大风险。如果樱冈同意在举事这天与山上的族人里应外合,这还好办,而万一他拒绝了,这样机密的一件事他也就知道了,他会不会泄露出去呢?

但这时已经没有别的办法,只能冒险一试了。

山下的白石街上已经有很多人在走动。远远看去,这个白石街已像一个繁华的小镇。据说台北总督府对在这里建起的秩序很满意,已经准备把白石街作为他们建设的一个“模范社区”在全台湾推广。在白石街的中心位置,新造的神社已经建起来。这个神社是专门为他们的一个叫北白川宫能久的亲王修建的,据说这个亲王是他们天皇的弟弟,当初在攻打台湾时战死的。神社门前还竖起一个高大的木架。我知道,达腊都噜把这个木架叫“大鸟居”,这是通往他们神灵居住地的一个大门。这时,小学校那边的钟声敲响了,应该是学生上课的时间了。我朝小学校的方向看了看,突然想到一个问题。樱冈太郎毕竟是警察分室的巡查,在这个早晨,我如果这样直接去找他确实有些冒险。但樱冈次郎只是小学校的一个教师,我是不是可以先去找他呢。我如果能把樱冈次郎说服,让他也同意参加这次举事更好,即使不同意,至少可以让他去找樱冈太郎,先向他渗透一下。

我想到这里,就下山朝小学校这边走来。

但我走到小学校附近时才突然意识到,也许我来找樱冈次郎并不合适。我自从向北溪部落那个叫罗干的族人出草,就再也没有来过小学校。因为我这时已在脸上纹了嘎雅,而小学校对番人学生有着严格的规定,一律不准纹面。所以,我从此也就再也没见过樱冈次郎。但我毕竟曾与樱冈次郎发生过那样一场不愉快的事,以致让樱冈次郎为此受了伤。现在,他会不会还为此事耿耿于怀呢?但这时,我已经顾不了这样多了。

我在这个上午来到小学校时,果然已经上课了。我先在一个角落里等了一会。再下课时,就见樱冈次郎朝这边走过来。这时的樱冈脸色很苍白,身上的和服也不再像过去那样整洁,衣襟的地方已经有些皱褶。我看一看周围没人,就从角落里走出来。樱冈看到我先是愣了一下。我想,一定是我脸上的嘎雅吓着他了。樱冈也曾是山上的族人,他当然懂得,尽管我只有12岁,但也是一个男人,而一个部落里的男人,如果在脸上纹了嘎雅意味着什么。

他很认真地看看我说,是……你?

我把手扶在腰间的泰雅刀上,对他说,樱冈,我要和你说一件事。

我故意没再叫他樱冈老师，而是叫他樱冈。我这样叫是想让他知道，我现在跟他已经不再是过去的关系，我是南溪部落的族人，现在来这里找他，是要和他谈事的。樱冈显然对我这样称呼他也有些意外，又看看我说，你要跟我……说什么？

我朝周围看看说，我们，换个地方说话好吗？

樱冈点点头说，你来吧。

我跟着樱冈来到他的宿舍。我过去曾来过樱冈的宿舍。樱冈一向是一个很爱整洁的人，他的宿舍总是收拾得干净整齐。但现在，房间里却很凌乱，而且有一股说不出的呛人味道。樱冈走进来，回身把门拉上，然后对我说，你说吧，有什么事。

我说，是摩达头目让我来找你。

樱冈听了慢慢睁大眼，看着我。

我又说，你先想好，我现在要对你说的事，你也可以不听，但你如果听了，就只能烂在肚子里，不能对任何人说。大概是我说话的口气，让樱冈感觉到，我已经不是当初在这里读书的那个嘟奴了。他迟疑了一下，然后点点头说，好……你说吧。

于是，我就把这件事对他说了，然后又说了这次来找他的目的。樱冈听了低头想一想，然后说，我已经想到了，你们迟早会做这样的事，不过……

他说了一句不过，就不再说下去了。

我说，你说吧。

他又沉了一下说，我不会参与你们这件事的。

我问，为什么？

樱冈慢慢抬起头说，我现在……什么都不想参与了。

樱冈说出这样的话，我并不感到意外。

我说，摩达头目说了，你会这样说的。

樱冈朝屋门走去。他拉开门的一瞬，回头对我说，你回去告诉摩达头目，这件事你从来没有对我说过，我也没有听见，所以，我不会对任何人说的。

他这样说着就准备出去。

我立刻说,你等一下。

樱冈就把门拉上了,慢慢转过身看着我。

我问,我现在,去哪里可以找到樱冈太郎?

樱冈摇摇头说,你不用找他了,他也不会参与这件事的。

我说,你只要告诉我,去哪里可以找到他。

樱冈又低头沉默了一下,对我说,好吧,他今天……应该在神社那边值勤。我听了没再说话,就朝门外走去。樱冈忽然在我身后说,你……等一下。

我站住,看看他。

他说,你的脸上……有嘎雅,这样去神社……恐怕……

我立刻明白了。在白石街上虽然也能看到脸上有嘎雅的山上族人,但像我这样的年纪就在脸上纹了嘎雅,却并不多见,所以,我如果就这样去神社找樱冈太郎,恐怕会遇到麻烦。樱冈走过来说,这样吧,你去前面的山坡上等一下,我让他……去那里找你。

樱冈这样说罢就拉开门出去了。

我来到小学校对面的山坡上。这时我想,我来找樱冈次郎,毕竟已经达到了目的。摩达头目这次让我下山,要找的是樱冈太郎,我来找樱冈次郎只是想通过他先向樱冈太郎渗透一下,只要樱冈次郎同意做这件事就已经可以了。我看了一下头顶的太阳,在心里盘算,我必须在中午以前就往回返。这样才能在下午之前赶回部落。我知道,此时摩达头目还在等我的消息。这时就见樱冈太郎独自朝山坡上走来。我从一蓬灌木的后面绕出来。樱冈太郎走到我的面前。他显然已从樱冈次郎那里知道了一切,看着我,摇摇头。

他说,你回去告诉摩达头目,这样做……没用的。

我说,摩达头目已经决定了。

樱冈又摇摇头,叹息一下说,他这样做,只会毁了南溪部落。

我说,摩达头目决定了的事,是不会改变的。

樱冈朝身边看了一下,蹲到地上,拣起一枚松果放到石头上,然后又拿起另一块石头朝这枚松果砸下去。松果立刻被砸碎了。樱冈慢慢站起来说,知道吗,只会是这样的结果。

我说,这样的结果,摩达头目已经想到了。

樱冈说,可是有的事,摩达头目不会想到。

樱冈告诉我,就在这几天,警察分室的小野警官曾派人去山里找北溪部落的头目筲苜·娃里丝。他们这次去,为筲苜·娃里丝送去很多枪支和弹药,而且还给每个族人发了二十块银元的奖金。樱冈说,现在筲苜·娃里丝的族人已经被小野警官派去的人重新分了小组,给每个小组也都分派了任务。樱冈说到这里问我,你知道分派的任务是什么吗?

我看着樱冈。

樱冈说,就是如何对付南溪部落的族人。

我说,摩达头目不会等着让他们对付的。

樱冈说,达腊都噜不好对付,北溪部落的族人也不好对付,如果北溪部落的族人和达腊都噜搅在一起,就更不好对付了,北溪部落的族人比达腊都噜更了解山上。樱冈看我一眼说, 你回去告诉摩达头目,我不想……让南溪部落再像花兰部落一样……

他这样说罢,就低着头下山去了。

我冲他的背影说,希奈,这就是你的回答吗?

他站住,头也不回地说,你回去吧。

这样说罢就下山去了……

32.樱冈太郎

樱冈太郎在神社值勤,一整天都心神不定。神社里正在准备三天后的落成典礼和祭祀仪式,很多人都在忙碌。一些穿着和服的男人和女人已经等不及,抢先来神社参拜,于是神社门前的"手水舍"挤满了人。手水舍也叫御手洗,是专门供来参拜的人洗手或漱口的地方。这样一来,神社附近也就人来人往更加热闹。樱冈的心思却不在这里。他觉得自己就像一个游魂,茫然地在街上转来转去,似乎眼前的一切都与他没有任何关系。

下午换班后,樱冈就朝家里走来。

阿敏先回来了,已经做好晚饭。看到樱冈回来,就把饭端过来。阿敏做的紫菜包饭很好吃。她又拿出一瓶清酒,为樱冈倒上一杯说,喝点酒吧,你今天一定很累了。樱冈没有说话,只是埋头吃饭。阿敏又说,跟你……商量一件事,可以吗?

樱冈心不在焉地嗯一声。

阿敏的脸微微红了一下,瞟一眼樱冈说,我想……我们应该……

阿敏说到这里，就没再说下去。

樱冈抬头看看阿敏问，你要说什么？

阿敏这才又说，我想……我们应该要个孩子了。

阿敏这样说着，就把涨红的脸埋下去。

樱冈慢慢把手里的包饭放下了，低着头没有说话。

阿敏抬起头看看樱冈。她这时才发现樱冈的脸色很难看，于是关切地问，你……怎么了？樱冈摇摇头。阿敏又问，你今天……是不是在外面遇到什么事了？

樱冈说，我们要孩子的事，先等一等再说吧。

阿敏不安地问，你究竟，怎么了？

樱冈又沉默了一阵，才抬起头说，这白石街上，要出大事了。

阿敏哦地一声，连忙问，要出什么……大事啊？

樱冈说，南溪部落……

他说到这里突然停住口，摇摇头，就没再说下去。

阿敏的眼睛一下睁大起来，南溪部落，你说南溪部落……怎么了？

樱冈当然知道，阿敏是南溪部落的族人，现在部落里仍还有她的一些亲戚。但他看一眼阿敏说，没……没什么，南溪部落前些天出的事，你都已知道了。阿敏叹息一声，点点头说，是啊，怎么会出这样的事呢。阿敏这样说着又看看樱冈，你今天好像，有心事？

樱冈问，你几年没有回山上的部落了？

阿敏想想说，不记得了，不过……夜里做梦，有的时候还会梦到部落里的事情。阿敏说着又为樱冈倒了一杯酒，你今天怎么了，忽然想起说这些事。

樱冈问，你的族人衣服呢。

阿敏说，在柜子里啊，不过，已经很久不穿了。

樱冈说，你现在穿上吧，让我看一看。

阿敏笑笑说，好啊，只要你高兴，我穿给你看。

她说着就起身去找出当年族人的衣服。阿敏虽然已经很久不穿，却把这些衣服叠得很平整。她小心地拿出来,走到一边,把这身衣服穿起来,又来到樱冈的面前。

樱冈抬头看了看,点点头说,真好看啊。

阿敏有些不好意思了,真的……好看吗?

樱冈说,比穿和服漂亮。

阿敏说,那我以后就不穿和服了,还穿这身衣服……

阿敏说到这里忽然停住口。她转身又去柜子里找了一下,把樱冈的族人衣服也拿出来。樱冈接过看了看。衣服的布很粗,也有些僵硬,但拿在手里很舒服。樱冈站起来,也把这身衣服穿到身上。粗布摩挲在身体上,立刻有了一种放松的感觉。樱冈突然意识到,自己对这身衣服已经很陌生了。接着心头一紧,两眼微微疼了一下。

他回头对阿敏说,我去……找乌苷。

樱冈突然意识到,自己还是经常习惯地把樱冈次郎叫乌苷。尽管樱冈次郎早已不习惯这个名字,也已经提醒过樱冈很多次,但樱冈还是会忍不住这样叫他。

阿敏说,这样晚了,你去找他干什么。

樱冈说,去找他……喝杯酒。

樱冈这样说罢就从家里出来。

樱冈直到走在街上,才突然发现,自己穿了这样一身族人的衣服似乎有些怪怪的。在他的记忆中,自从去台中州的师范学校读书,就再也没有穿过这样的衣服。应该说,当年先人把衣服设计成这种样子是有道理的,穿在身上虽然不如和服那样宽松舒适,却很灵便。很难想象,如果穿着一身肥大的和服在山林里奔跑着追赶猎物会是什么样子。

在这个晚上,樱冈太郎来找樱冈次郎时,樱冈次郎正在自己的宿舍里独自喝酒。他显然已喝了很长时间,身边放着几个空酒瓶,房间里弥散着一股浓浓的酒气。这时,樱冈次郎一抬头,看到樱冈太郎穿着这样一身族人的衣服走进来,立刻愣了一下。樱冈太郎淡淡地笑一笑,就来到小桌跟前,在他对面坐下来,又拿过一个酒杯放到自己面前。

樱冈次郎为他斟了一杯酒说,你今晚……怎么想起穿这种衣服。

樱冈太郎抬起头说,怎么,这样的衣服不好吗?

樱冈次郎一笑说,好像把树叶披在身上。

樱冈太郎拿起酒杯把酒喝了,看他一眼说,不要忘了,你可是穿着这种衣服长大的啊。樱冈次郎的脸一下红起来。他拿起酒瓶,一边为樱冈太郎斟着酒问,今天上午,你看到那个叫嘟奴的孩子了?樱冈太郎长长地舒出一口气说,是啊……看到了。

樱冈次郎问,你已经决定了?

樱冈太郎说,决定什么?

樱冈次郎说,这件事……参与,还是……不参与。

樱冈太郎叹息一声说,这一次,如果南溪部落不想办法,恐怕会和花兰部落一样要被灭族了,可是,他们一旦举事,虽然说是出草,其实也就是一场从没有过的杀戮,他们先去杀别人,然后自己再被杀,再去杀别人,接着再被杀……樱冈太郎摇摇头说,无论谁杀谁,我都不想参与,我更不忍心看着山上的族人就这样去白白送死。樱冈太郎说着拿起酒杯,又一口喝下去,现在……我和阿敏生活得很平静,阿敏说,她想生一个孩子了。

樱冈次郎说,是啊,我们现在这样的生活,又有什么不好呢?

樱冈太郎突然瞪起眼问,你觉得……我们现在的生活很好吗?

樱冈次郎有些意外的抬起头看看他,怎么,你……不是也经常这样说吗?

樱冈太郎沉了一下,点点头说,是啊,我曾经是这样认为,我觉得自己从台中州的师范学校毕业,说一口流利的日语,又穿上这样一身警服,就不再是山上的族人了,可真的是这样吗?那些达腊都噜真会把我看成是和他们一样的人吗?樱冈太郎摇摇头说,自从花兰部落出了那样的事,我就不再相信了。樱冈太郎说着,眼里流出了泪,我已经看清了这些达腊都噜,他们的脸上和心里是两副面孔,而心里的面孔,是永远不会让你看到的!

樱冈太郎这样说着，又把脸伸过来凑近樱冈次郎，乌苷，不要再欺骗自己了，如果有一天，那些达腊都噜认为有必要，他们也会把我们像动物一样杀掉的！

樱冈次郎的脸色变得更加苍白了。

他喃喃地问，你的意思是……我们也去参与这件事？

樱冈太郎叹口气，摇摇头说，不知道……我……说不清楚……

不，这不可能！樱冈次郎突然瞪着樱冈太郎说，让我把刀去对准枳子老师吗，我不可能去做这样的事，山上的族人也好，那些达腊都噜也好，如果谁想杀我就来杀吧！

樱冈次郎已经有些醉意，抓起小桌上的酒杯朝墙上摔去。

酒杯啪地在墙上不见了。

在这个晚上，樱冈太郎直到从樱冈次郎的宿舍里出来，走在街上，仍然不知道自己究竟该怎样做。这一晚，他对樱冈次郎说的所有话，似乎也是在对自己说。他在劝樱冈次郎的同时其实也是在劝自己。但他很明白，他的话对樱冈次郎并没有起任何作用，当然，对自己也没有起作用。这时一阵夜风吹来，樱冈太郎被呛了一下，觉得酒劲立刻撞上来。他踉跄了两步，突然被绊了一个趔趄就摔倒在地上。这时，他听到山坡上传来一阵呜呜的声音。那是山上的族人在猎场上驱赶猎物的叫声。接着，夜风中传来一阵歌声：孩子你睡了吗，月亮已经出来了，小米你熟了吗，秋天的风已经吹来了，猎人拿好你的弓箭了吗，你猎场上的猎物已经在等你了啊……樱冈太郎躺在地上，听出这是祖母在自己的耳边轻轻地唱着。

他看着夜空的星光，感觉有温热的眼泪流淌出来……

樱冈太郎醒来时，感觉自己仍躺在地上，头上和身上湿淋淋的。他这时才意识到，自己是被一桶冷水浇醒了。眼前有两只穿着粗重皮靴的大脚。樱冈太郎顺着这两只脚慢慢仰起头看了看，竟然是小野警官正站在自己面前。一个同事拎着一只木桶，面无表情地站在旁边。

小野警官看到樱冈醒过来，点点头说，起来吧。

樱冈慢慢从地上爬起来。他这时才看清楚，自己是在警察分室。

小野警官沉着脸说,一个警察分室的乙种巡查,夜里穿着这样一身番人的衣服醉倒在大街上,你觉得自己还是一个番人,还在山上的生番部落里吗?

樱冈感到一阵头晕目眩。

小野警官又问,你昨天夜里,为什么穿着这样一身奇怪的衣服出来?

樱冈低着头,没有说话。

小野警官说,你先回去吧。

樱冈慢慢转过身,从警察分室走出来。

樱冈回到家里,一直睡到下午才醒过来。这时阿敏已经回来了。阿敏对樱冈不放心,和别的护士换了一下班,就赶回来看樱冈。樱冈已经起来了。他换下族人的衣服,对阿敏说,你给我准备一些干粮,我现在……要出去一下。

阿敏担心地看看他问,你要……去哪?

樱冈说,进山。

阿敏问,你要去……南溪部落?

樱冈立刻抬起头,你怎么知道?

阿敏说,我听说……昨天,南溪部落那个叫嘟奴的孩子,曾和你在山坡上说过话。

樱冈立刻问,谁告诉你的?

阿敏说,是……卫生医疗所的同事,他们偶然看到的。

樱冈问,这件事,还有谁知道?

阿敏想了想,摇摇头说,应该……没有几个人知道。

樱冈轻轻舒出一口气。

阿敏说,这种事,也不会有人注意的。

樱冈整理了一下自己的衣服,又在一只水壶里灌满水。

阿敏问,这个嘟奴,来找你说什么?

樱冈把干粮包起来,放进挎包里。

阿敏过来抓住樱冈的胳膊问,究竟……出了什么事啊?

樱冈说，如果分室有人来找我，你就说，我出去喝酒了。

他这样说罢就匆匆出去了……

在这个下午，樱冈去南溪部落的路上，发觉自己上山已经有些吃力。在他的记忆中，当年不要说走这样的山路，就是在山林里光着脚追逐山鸡也可以快步如飞。可是现在，他的两条腿已经走惯了白石街上平坦的街道，两只脚也已经穿惯了厚底的皮靴，再走这样的山路，没多久就已经气喘吁吁。路过花兰部落时，樱冈本想进去看一看。但离得很远，就已闻到一股味道。这是将一个部落彻底烧焦的味道，虽已过去这样久，味道仍然笼罩在山谷里没有散去。樱冈站在一块岩石上，朝下面的部落望去。花兰部落是在一个山腰上，下面是一道美丽的溪谷，上面有一片葱翠的竹林。可是现在，花兰部落却已变成一片黑漆漆的废墟，就像山腰上一块巨大的伤疤。樱冈站在岩石上看了一阵，就转身沿着山路朝前走去。

樱冈来到南溪部落时，看到瓦旦正带着花兰部落的族人在溪边削竹子。樱冈立刻看出来，他们是在制作箭杆。削好的竹棍用竹篾打成捆，放到溪水里浸泡。待泡透之后，再用火烘烤，这样就可以制成笔直的箭杆了。樱冈在很小的时候，就跟随父亲学会了这种制作箭杆的技艺。这时，欧卜丝看到樱冈，立刻放下手里的竹子朝他走过来。

欧卜丝上下看看他问，你来干什么？

樱冈说，我来……找摩达头目。

欧卜丝冷笑一声说，是那些达腊都噜派你来的吧？

樱冈说，你怎么……这样说？

欧卜丝哈地一声说，我还能怎样说呢，看看你这身达腊都噜的警服吧，好啊，你现在看见我们正在干什么了，你快回去向你的上司报告吧，快去啊？

樱冈没再说话，转身朝部落里走去。他刚走了几步，瓦旦过来挡住去路。瓦旦的手里拎着泰雅刀，身上沾满竹屑。樱冈站住了，与瓦旦对视了一下，想从他的身边走过去。瓦旦过来又把路挡住了。樱冈说，瓦旦……我是来找……摩达头目……

瓦旦眯起眼看着樱冈。

樱冈说,我……

瓦旦说,你刚才来这里的路上,应该看到花兰部落了。

樱冈说,是……

瓦旦问,你看到什么了?

樱冈慢慢低下头。

瓦旦又问,你闻到,什么味道了?

樱冈抬起头,对瓦旦说,我今天来,也想对你说……

瓦旦立刻说,你什么也不要说了,我可以告诉你,花兰部落,你将是唯一活下来的人。瓦旦这样说罢就转身朝溪边走去。樱冈又朝溪边看了看,就朝前走去。

这时巴吵嘎迎过来。

樱冈说,我要见摩达头目。

巴吵嘎点点头,朝前指了一下。樱冈就跟随巴吵嘎朝山上的树林里走过来。

往树林的深处走了一阵,有一个草棚。樱冈跟着巴吵嘎走进来。让樱冈感到意外的是,这时和摩达头目在一起的,还有几个部落的头目,他们显然正在商议很重要的事情。沙劾部落的冈斯头目一见进来这样一个身穿黑色警服的人,以为是达腊都噜,立刻跳起来拔出腰间的泰雅刀。摩达头目按住他的手,回头看一看樱冈问,你来干什么?

樱冈说,摩达头目,我要……和你说一句话。

摩达头目想了一下,就和樱冈一起走出来。

摩达头目朝前走了一段,回头看看樱冈说,你有什么话,说吧。樱冈一边低头走着,对摩达头目说,我刚才来的路上,经过花兰部落,我看到……

摩达头目立刻说,我知道你要说什么。

樱冈说, 摩达头目, 我不想……看着南溪部落像花兰部落一样……

摩达头目站住说，南溪部落，不是花兰部落！

樱冈说，可是……你们这一次出草……是没有任何成功希望的。樱冈走到摩达头目的面前说，当一只山羌发现遇到危险，它是不可能用自己的头去撞向对方的，因为它知道，那样只会死的更快，它只会跑向更高更密的山林。樱冈这样说着，几乎流下眼泪。他又说，摩达头目，还是学一学山羌吧，难道你让自己的族人用竹矛和弓箭去对付那些有着飞机大炮的达腊都噜吗？你的泰雅刀就是再锋利，能挡住那些达腊都噜的炮弹吗？

摩达头目说，但是，我的泰雅刀可以挡住达腊都噜的东洋刀！

摩达头目这样说着，从站在旁边的巴吵嘎身上拿过弓，拔出一支箭嗖地朝远处射去，然后回头对樱冈说，现在的事情，就像这支箭，已经不可能再往回飞了。摩达头目看一眼樱冈又说，我和那些达腊都噜，就像泰雅刀的刀尖和东洋刀的刀锋，我如果不拔出刀，只能被他们宰杀，而如果用我的刀尖去碰他们的刀锋，结果还不一定会怎么样。

樱冈说，可是……也许还有别的办法。

摩达头目问，什么办法？

樱冈说，我想过了，你摩达头目，可以带南溪部落的族人去能高山北麓的猎场，那边山高林密，而且有很多断崖绝壁，不熟悉路的人很难上去，如果在那里……

摩达头目说，让我的族人，像动物一样被驱赶到密林里去躲避？

樱冈说，可是……

摩达头目摇摇头说，我的祖灵在这里，我哪也不会去。他这样说着，从腰间拔出泰雅刀，轻轻吹了一下刀锋，然后对樱冈说，我的泰雅刀虽然挡不住达腊都噜的炮弹，可是，它可以血祭祖灵。摩达头目又看一眼樱冈，希奈，你应该还得自己的这个名字吧？

樱冈点点头。

摩达头目说，我替我们的祖灵，为你感到耻辱。

樱冈慢慢抬起头，但两眼仍然垂着。

摩达头目说，你走吧。

樱冈又看一眼摩达头目，就转身朝树林外面走去……

33.燃烧

巴哕嘎喝了一夜的小米酒，又在草屋里昏昏地睡了一个上午。他躺在竹床上，该比被埋在竹床下，他就这样和该比躺在一起。巴哕嘎似乎还能感觉到该比的呼吸，听到她在竹床的下面轻轻哼唱。巴哕嘎静静地感觉着，听着。他知道，这已是他和该比在一起的最后时刻了。将近下午的时候，摩达头目来了。摩达头目对躺在竹床上的巴哕嘎说，你不能再这样了。

巴哕嘎在竹床上看看摩达头目。

摩达头目问，该比为什么要走？

巴哕嘎喃喃地说，她说了……会在彩虹桥上等我……

摩达头目说，该比在彩虹桥上，她也不希望看到你现在这个样子。

巴哕嘎说，我看到了，她现在……就站在彩虹桥上……看着我……

摩达头目说，你现在还有很多的事情，你应该去做事了。

摩达头目这样说罢，又用力看一眼巴哕嘍就转身出去了。

在这个傍晚，巴哕嘍做了一件让所有人都没有想到的事情。他从自己的草屋出来，朝屋顶的茅草上泼了一些山猪油，然后就放火把草屋点燃了。屋顶上的茅草在风中熊熊地烧起来，很快就映红了整个部落。瓦旦和欧卜丝立刻带着族人跑过来。

瓦旦瞪着巴哕嘍问，你……这是干什么？

巴哕嘍的脸上被火光映得一闪一闪的，他轻声说，这个草屋……已经用不到了。

摩达头目走过来说，是啊，用不到了。然后对巴哕嘍说，走吧，大家都在等你。

巴哕嘍又朝大火中的草屋看一眼，就转身和摩达头目一起走了。

这已是举事前的最后一晚，一切都准备就绪了。最后决定参加这次举事的一共有六个部落。这时，六个部落的头目都已带领自己的族人来到南溪部落。摩达头目为了不惊动山上驻在所的达腊都噜，让所有人都把火熄灭，而且尽量不出声音。摩达头目事先已和几个部落的头目商定了计划。从山上通往山下的白石街，沿线一共有 22 个达腊都噜的驻在所。几个部落分头行动，同时把这些驻在所都打掉，夺取驻在所里的武器，然后在天亮之前到山下白石街对面的山坡上汇合。摩达头目和几个部落的头目约定好举事的信号，大家就分头走了。

在这个夜晚，部落里的男人们都在溪边霍霍地磨刀。刀已磨过很多次了，但人们似乎仍觉得不够锋利。一把把雪亮的泰雅刀在月光下闪着逼人的寒气。我抬起头朝天上望一眼，这一晚的月亮也似乎格外的亮，在漆黑的夜空几乎有些耀眼，如同一团火在燃烧。我在这个晚上已做好了所有的准备。我的泰雅刀也已经反复磨过很多次。我偷偷试过，我的这把刀只要轻轻一下就可以将红桧树上的叶子劈成两半。半夜时，父亲把我叫到草屋的后面，在一块石头上坐下来。父亲指一指旁边的这堵石墙说，儿子，你的骷髅架就要派上用场了。

我明白父亲的意思，自信地点点头。

可是，父亲说，有两件事很遗憾。

我问父亲，什么事啊。

父亲说，我应该为你做一个真正的骷髅架，可是，一直没有顾上。还有啊……父亲又说，你这一次出草，恐怕无法将猎到的人头带回来。

我没有听懂，问父亲为什么。

父亲说，你猎到的人头会很多，太重了，没有办法带回来。

父亲这样说，立刻让我感到振奋。我自从上一次出草，一直都在等着这一天。摩达头目曾经说过，一个真正的勇士，就要随时准备为祖灵的尊严出草，也要随时准备，为了自己部落的族人走上彩虹桥。现在，这一天终于到来了。这时父亲已经搬来一坛小米酒。父亲把酒坛的盖子打开，一股小米酒特有的香气立刻飘散出来。

父亲说，儿子，今天你要喝酒了。

父亲这样说着，就在一个竹杯里倒满了酒，递给我。

此时我已看到了，部落里的男人们都在喝酒。但在这个晚上，没有篝火，没有口簧琴，也没有族人们的叫声。大家只是默默地喝着，用力地喝着。我知道，部落里的族人在出草之前都要喝一些酒。酒可以让出征的勇士充满力量。我看看父亲，把竹杯里的酒一口气喝下去。父亲点点头说，好啊儿子，你喝酒的样子也像一个即将出征的勇士了。

他说着又为我倒了一杯酒。

我抬起头，又朝夜空看一眼说，父亲，您曾说过，要给我讲关于月亮的事。

父亲点点头说，是啊，在很早很早以前，天上有两个月亮……

我立刻说，这个您已经讲过了，那时天上有两个月亮，但永远是黑夜，有一天，其中的一个月亮燃烧起来，变成了太阳，从此就有了黑夜和白天。

父亲说，可是，这个燃烧的月亮变成太阳之后呢？

我想了想，摇摇头。

父亲说，这个燃烧的月亮变成太阳，它的火焰飞在天上，就成了彩虹桥。

我这时才终于明白，我们通向祖灵的彩虹桥是这样来的。我抬起头，又朝天上看了看。我想，如果现在的这个月亮也真的燃烧起来，天上是不是就会有了两个太阳？倘若真是这样，也就永远不会再有黑夜了。这时部落里传来轻轻的歌声，有人在唱：勇士的弓箭啊，准备好了吗，天上的月亮已经燃烧起来了啊，那是祖灵为你们架的彩虹桥，勇士的腰刀啊，准备好了吗，山林里的云雾已经升起来了啊，那是祖灵在为你们舞蹈……我看到，黑暗中的女人们也在默默地做着各种准备。草屋都已空了，女人们把粮食和要用的东西搬出来，装进箩筐。

父亲对我说，儿子，明天就看你的了，你的母亲在彩虹桥上，也正在看着你。

我点点头说，放心吧，父亲，我不会让你失望，也不会让天上的母亲失望。

凌晨的时候，摩达头目带领部落里的所有男人出发了。第一个攻击目标是山上的南溪驻在所。来到南溪驻在所的附近时，摩达头目回头向巴羧示意。巴羧就拿过背在身后的弓，把一支燃烧的箭朝天上射去。这支箭闪着耀眼的火光无声的飞向夜空，将山林也映得亮了一下。这是行动的信号。六个部落的族人看到这支燃烧的箭就会同时动手了。

摩达头目挥了一下手，族人们就来到南溪驻在所的门前。

摩达头目事先已做好了周密的安排。我和巴吵嘎按计划走过来。我先敲了敲驻在所的门。驻在所里一团漆黑。显然，里面的达腊都噜都在睡觉。

我又用力敲敲门。

里面传出一个迷迷糊糊的声音，谁啊。

我听出来了，在里面说话的是佐佐木。这个佐佐木是三井的下级，一个非常下流的山地警察。他有一个嗜好，总喜欢在小溪里裸泳，见到部落里的女人来溪边打水就故意向她们做出各种淫秽的动作，所以女人们都很痛恨这个有些鸡胸而且长着两条细腿的达腊都噜。

这时,这个佐佐木又在里面问一声,什么人?

我说,是我,部落里的嘟奴。

佐佐木问,这么晚了,什么事?

我说,我父亲突然犯了头痛病,想来要一点药。

佐佐木听了,一边嘟囔着打开大门。但就在大门打开的一瞬,躲在黑暗中的巴吵嘎立刻从门缝闪进去。佐佐木睡眼惺忪的没看清楚,稍稍一愣,我已经拔出泰雅刀冲上去。这时佐佐木已经看到了我手里的泰雅刀。他显然没有想到,我这样小的一个孩子竟然拎着一把如此大的泰雅刀。就在他还没有回过神来的时候,我已经来到他的面前。这个佐佐木的两条细腿很长,所以明显比我高出一大截。我来到他面前挥刀砍过去,由于用力过猛,而且刀是朝上举的,一下就有些偏了。我感觉到,我的刀尖在划过佐佐木的脖颈时,在他的颈骨上碰了一下,发出咔的一声。佐佐木挣扎了一下就慢慢瘫软下去。我这时才看清楚,我并没有把他的头砍下来,只在他的脖颈上砍开一道很深的口子,里面的血正在汹涌地冒出来。我立刻又跟上去。这时佐佐木跪在地上,已经和我差不多高了。于是我又朝他砍了一刀。这一次非常准,他的头颅立刻滚落到地上。我抓起这颗头颅就朝里面冲去。此时巴吵嘎已经找到三井。三井显然是听到外面的声音,从自己的房间出来。他刚好和进来的巴吵嘎迎面碰上。三井这时已经意识到危险,立刻又转身跑回去,接着就拎着东洋刀冲出来。巴吵嘎看着三井举着刀一步一步走到自己面前,对他说,你还记得当初来我的南溪部落,让我的族人去伐树时,我对你说过的话吗?我说,你们这些达腊都噜,迟早会为此付出代价的。吵巴嘎刚说到这里,三井已经举着刀冲到他的面前。但他还没有站稳,巴吵嘎就已从腰间拔出泰雅刀。巴吵嘎拔刀的速度极快,他的刀只在腰间一闪就出了鞘,然后又在三井的脖颈上一闪。巴吵嘎说,现在,就是你付出的代价。这时我也刚好来到跟前。只见三井一下愣在那里。他瞪着两眼,大张着嘴,把手里的东洋刀慢慢拄在地上,脖子上似乎有一条细细的红线。接着,这条红线越变越粗,就有血渗出来。巴吵嘎走过去,从他的脖颈上把头拿下来,这一下就如同掀开了一只盖子,里面的血立刻喷出来,一直喷到了屋顶。此时,摩达头目也已经带着族人冲进来。他们先切断了电话线,然后就将驻在所里的几个达腊都噜都杀死了。

此时远处的夜空也升起一支燃烧的箭。显然,沙劾部落的冈斯头目那边也已经得手了。摩达头目点燃一支火把,朝驻在所的窗子扔进去。驻在所立刻熊熊地燃烧起来。

摩达头目事先已经知道,由于北溪部落的头目筲苜·娃里丝一直与白石街的警察分室合作,所以达腊都噜对北溪部落这一带很放心,北溪驻在所也就只还有两个山地警察,其他人都已调往别处去了。摩达头目考虑,北溪驻在所离北溪部落很近,这里一旦发生什么情况北溪部落的族人立刻就会听到。而在这个时候,显然还不能惊动北溪部落, 所以也就先不能对北溪驻在所下手。不过这里距花兰驻在所很近,一旦那边出事,北溪驻在所这边的达腊都噜肯定会立刻赶过去增援。于是摩达头目就让巴羧先去北溪驻在所的门外, 悄悄割断电话线,切掉他们与外面的联系,然后就带着族人朝花兰驻在所这边赶过来。

花兰驻在所是在山顶,这里刚好是一个山口,一边通向山里,一边通向山下。摩达头目先让几个族人守住通往北溪部落的山路,然后就来到花兰驻在所的门前。

这时瓦旦带着欧卜斯和花兰部落的族人朝摩达头目走过来。

瓦旦说,摩达头目,这个驻在所交给花兰部落的族人吧。

摩达头目回头看看瓦旦。

瓦旦又说,这应该是我们自己的事情。

摩达头目点点头说,好吧。

摩达头目这样说罢朝我看一眼。我就朝这个驻在所的门前走去。我用的又是刚才在南溪驻在所的办法。我先敲了敲门,听一听里面的动静又用力敲了敲。

过了一会儿,里面有人问,什么人?

我说,我是走夜路口的,口渴了,想喝水。

里面的人似乎有些警觉,迟疑了一下问,溪里的水,不能喝吗?

我说,已经渴得走不动了。

里面的人也许听出,我是一个孩子,于是又说了一句什么就把门慢慢打开了。就在这时,瓦旦闯进去,一刀就把这个达腊都噜的头砍下来。但是瓦旦用的力气太大了,他这一刀把这个达腊都噜的头砍下来,这颗头颅立刻随着飞出去,一直撞到旁边的墙上,发出咚的一声,然后才掉落到地上。瓦旦走过去,想拎起这颗人头。但这个达腊都噜是一个光头,于是瓦旦只好抓住他的耳朵拎起来。瓦旦就这样拎着这颗人头朝里面走来。与此同时,欧卜丝和另几个族人也已经端着竹矛冲进来。花兰驻在所的规模很大,虽然花兰部落被血洗之后已经没人居住,但由于这个驻在所的地理位置很重要,就仍有山地警察驻守在这里。这时,里面的几个山地警察已经拎着刀冲出来。欧卜丝和几个族人立刻迎上去。竹矛的长度当然要远远长于东洋刀,所以,这几个达腊都噜还没有靠近,欧卜丝几个人的竹矛就已经扎进了他们的身体。花兰部落的族人制作竹矛有一个习惯,他们要将竹竿的每一个竹节打通,这样会使制作的竹矛更加柔韧。但如此一来,竹矛扎进达腊都噜的身体,也就如同是在他们的身上插进一根管子,竹矛的另一端立刻有血汩汩地流出来。这几个达腊都噜随着身体里的血流出去,如同秋天的红桧树叶很快蔫瘪下去,然后就瘫软在地上。几个族人立刻冲上去,拔出腰间的泰雅刀把这几个达腊都噜的人头砍下来。这时瓦旦仍在朝里走着,他要找的是铃木。铃木是花兰驻在所级别最高的山地警察。瓦旦曾听说,当初小野警官带着人血洗花兰部落时,这个铃木曾亲手杀死两个女人,而且还将一个孩子扔进火里。就在这时,铃木已经拎着东洋刀走出来。他看到瓦旦,又朝他手里拎的人头看了看说,你们这些生番,要出草吗?

瓦旦把手里的人头放到地上,然后说,铃木,你应该认识我。

铃木哼一声说,我看你们这些生番,都是一个样子!

瓦旦说,好吧,那我告诉你,你亲手扔进火里的那个孩子,是我的儿子。

铃木慢慢把手里的东洋刀举起来说,好吧,那你就过来吧。

瓦旦点点头说,我今天就让你看一看,花兰部落的族人是怎样出草的。

瓦旦说着,把脚下的那颗人头朝旁边踢了一下,慢慢弯着腰蹲下身。铃木突然呀地叫了一声就挥舞着东洋刀朝瓦旦砍过来。瓦旦朝旁边一跳,就在铃木扑空的一瞬,他的刀也跟过去,在铃木的一条腿上砍了一下。这一刀正砍在铃木的小腿上。铃木趔趄了一下站住了,转过身,眨着眼看着瓦旦。瓦旦的手里握着泰雅刀,仍然弯着腰,半蹲着身体盯着铃木。铃木又呀地一声挥刀朝瓦旦砍过来。瓦旦又朝旁边一跳,与此同时,手里的刀又在铃木的另一条腿砍了一下。这时铃木已有些摇晃了。在他脚下的地上,已经有一摊血迹。他突然扑过来又把手里的东洋刀猛地横着一扫。瓦旦站在那里没动,等铃木来到眼前,把泰雅刀朝上一挥在他的一根手臂上砍了一下,接着一转身跳到铃木的身后,又在他的另一根手臂上砍了一下。瓦旦的这两刀非常凶狠,铃木手里的东洋刀终于举不住了,两根手臂无力地软下来。也就在这时,瓦旦冲到铃木的面前,用泰雅刀向上一挑,把铃木手里的东洋刀挑得飞起来。

这时,铃木面如死灰地看着瓦旦。

瓦旦站在铃木的面前说,我花兰部落的莫傒头目,被你们用刀劈死了。

铃木朝身边看了看。他的那把东洋刀这时已经飞到一个角落里。

瓦旦又说,所以,他今天不向你出草。

铃木似乎没有听懂,又朝瓦旦看了看。

瓦旦突然举起手里的泰雅刀,嘴里发出“咦——!”地一声,就朝铃木的头顶砍下来。但泰雅刀虽然锋利,却毕竟短一些,这样一来也就只把铃木的头劈开了。铃木的这颗头颅立刻打开了,整整齐齐地被劈成两半,像一朵鲜花在脖颈上绽放开来。

瓦旦拎起地上的那颗人头,就转身走出来。

这时摩达头目已让巴羧准备好了火把。看到花兰部落的族人都出来了，巴羧就把手里的火把朝驻在所里扔进去。驻在所立刻燃烧起来，噼噼剥剥的火星随着熊熊的火焰一直冲向夜空。摩达头目朝大火里的驻在所看了一阵，回头对我说，嘟奴，现在要看你的了。

我朝摩达头目走过来。

摩达头目问，你的弓呢？

我把背在身后的弓拿过来。

摩达头目说，现在，该射出你的箭了。

我立刻明白了，转身朝通向北溪驻在所的山口走过去。过了一会儿，果然就见两个北溪驻在所的达腊都噜朝这边匆匆跑来。我拔出一支箭搭在弓上，嗖地朝其中的一个达腊都噜射过去。这个达腊都噜踉跄了一下就扑倒在地上。旁边的那个达腊都噜立刻站住了。他显然已经意识到发生了什么事，一时不知该继续往前走，还是退回去。就在他这样犹豫的时候，我的第二支箭已经又射过去。我看到了，这支箭是射中了他的脖颈。这个达腊都噜立刻也倒下了。巴羧叫了一声就冲过去。很快，他就拎着两颗人头回来。

这时，我看到了父亲。父亲也正拎着两颗人头朝我走过来。

他来到我的面前点点头说，儿子，你的弓，终于射出箭了。

我看到，父亲这样说时，脸上充满自豪。

此时去北溪驻在所的几个族人也已经回来，每个人的身上都背着枪支。就在刚才，摩达头目派了几个人去埋伏在北溪驻在所的附近，等里边的两个达腊都噜看到花兰驻在所这边的火光，赶过来增援，他们就趁机去驻在所里起获了枪支和弹药。

月亮已经向西偏去，但仍然很亮，似乎已燃烧成一个巨大的火球。摩达头目将在这个凌晨猎到的所有达腊都噜的人头都放在一块岩石上，整整齐齐地排列在一起。这些人头的表情都很难看，有些垂头丧气。显然，他们做梦也没有想到，在这个凌晨竟会发生这样的事情。

摩达头目站到一块巨大的岩石上，拔出泰雅刀，朝山下的白石街方向一指，对所有的族人说，现在，我们要下山了！是时候了，这些达腊都噜凭什么来我们这里胡作非为,应该让他们付出代价了!山林的勇士们啊，用你们手里的泰雅刀告诉我们的祖灵吧，通往彩虹桥的路,是要洒满达腊都噜的鲜血的!摩达头目说着又把手里的泰雅刀用力一挥。立刻有人高声唱起来:至高无上的祖灵啊,月亮已经燃烧起来,你的家园已经燃烧起来,给我力量吧,让绣眼画眉为我歌唱吧,架好你的彩虹桥,你勇敢的子孙就要去了,勇士所向无敌……

人们这样唱着,就沿着山路朝溪谷走去……

天色微明时，摩达头目带着我们这一路所有的族人来到山下白石街对面的山坡上。这时另几个部落的头目已经带着各自的族人来到约定的汇合地点。沙劾部落的冈斯头目告诉摩达头目,他们这几路也很顺利,现在山上沿线的所有驻在所已被全部打掉了。

只是……冈斯头目说,缴获的武器还不是很多。

摩达头目说,等打掉警察分室,就会有武器了。

摩达头目和几个部落的头目简单商议了一下。现在参加这次举事的族人,几个部落加在一起总共只有三百多人,其中还有一些上些年纪的中老年人。摩达头目提议,将所有的族人分为两组,一个老年组,另一个是青年组。其中老年组由摩达头目带领。在这个上午,估计所有的达腊都噜都会去参加祭祀和运动会,警察分室一定空虚。摩达头目就带领老年组去攻击警察分室和白石街上所有的邮局旅馆和制材所。青年组则由巴吵嘎带领,负责向议事厅门前广场这边的达腊都噜发起正面攻击。两个组分两路,以响箭为号,同时行动。

几个部落的头目都同意这个计划。

于是就这样,摩达头目带领老年组去了警察分室附近的山坡上。巴吵嘎则带着青年组来到白石街广场对面的山上。两边的人都埋伏下来。这时山下的白石街上已经有了行人,看上去很平静。由于摩达头目事先已经想到,在山上每打掉一个驻在所立刻切断电话线,所以这时,白石街上的达腊都噜显然还不知道山上发生了什么事。

远远看去,议事厅门前的广场上已经有人在走动……

34.血祭

在这个早晨,樱冈太郎醒来时感觉心里一直在跳,好像做了一夜的噩梦。但回忆一下,又想不出具体梦到了什么。窗外已经有了阳光。这一天警察分室放假, 所有的人都要去议事厅门前的广场参加小学校运动会的开幕式,然后去参加神社落成典礼,接着再去参加对北白川宫能久亲王的祭祀仪式。樱冈看一看躺在身边仍在熟睡的阿敏,就轻轻坐起来。

这时阿敏说,今天不是放假吗,还起这样早啊。

樱冈看看阿敏,你……已经醒了?

阿敏说,我一直没有睡好,你一夜不停地翻身,是不是又失眠了?

樱冈含混地应了一声说,是……是啊……

阿敏问,怎么会又失眠啊。

樱冈说, 大概是……昨晚多喝了几杯茶吧。说着就起身去穿衣服。

阿敏也坐起来,一边穿着衣服说,我赶快去做早饭吧,今天卫生医疗所也放假,昨天主任已经说了,大家都要去街上,参加今天的所有活动。

樱冈看一眼阿敏说,你今天……就不要去了吧。

阿敏停住手问,为什么?

樱冈支吾了一下,这种事……很乱的,不如……在家里休息。

阿敏犹豫了一下说,这样,怕不好吧?

樱冈又想想说,那……好吧,就去吧。

他说着就准备出门。

阿敏问,你今天不是放假吗,这样早,要去哪啊?

樱冈说,我出去一下……很快就回来。

他走到门口又回头叮嘱说,你一定要等我回来,然后再出去。

阿敏应一声,又用奇怪的眼神看看樱冈。樱冈就转身出去了。

樱冈在前一天晚上就一直坐立不安。但他又不想让阿敏看出来。于是找了一个借口,说是想去找樱冈次郎喝杯酒,就从家里出来。樱冈想知道,此时樱冈次郎究竟是怎样想的。樱冈次郎的心里肯定也很清楚,第二天早晨在白石街上将要发生什么事,那么他的心里是怎样打算呢。樱冈次郎已经明确表示,这件事无论是谁杀谁,他都不想参与。那么,如果他不参与,又准备怎样做呢,难道真的已经做好自己也被杀的准备了吗。樱冈没有想到,他在街上竟遇到了山本。樱冈虽然在警察分室当巡查,却始终搞不清这个山本的真实身份。当初山本和都门在一起生活时,虽然樱冈经常去找山本喝酒,但与他的交往并不深。他觉得这个山本有些深不可测。山本的公开身份似乎只是台中州派来的一个普通官员,可是他的行踪却很诡秘。樱冈知道,台中州经常会派一些这样身份不明的人来白石街。他们有的只在这里停留几天,也有的会住很长时间,还有的就像山本这样,好像准备长住下去。但是他们究竟在做什么,却没有任何人知道。山本失踪一段时间之后,突然又在白石街上出现了。但都门这时已回山上的部落,樱冈也就不想再和这个山本来往。前些天都门来白石街上找山本,事后樱冈并不知结果怎样。当然,这个结果樱冈是可以想到的。在这个晚上,山本显然是刚在哪里喝了酒,走路有些摇摇晃晃。他看到樱冈,就一边笑着打招呼迎着走过来。樱冈站住了,朝他看着。山本来到樱冈的跟前说,樱冈巡查,你最近好像很忙啊。

樱冈说,我没有忙什么。

山本哈地一声说,怎么会呢,我这几天一直在注意你啊。

他说着,又眨一眨眼诡秘地看看樱冈。

樱冈说,你注意我什么了。

山本问,两天前,你是不是到山上的南溪部落去了?

樱冈稍稍愣了一下,没有说话。

山本说,你是从不去山上的,而且据我所知,你当初是花兰部落的族人,对吧?

樱冈看着山本。

山本说,可是,你突然跑到南溪部落去干什么呢?

樱冈说,我是……去给都门送一些药。

山本摇摇头,微微一笑说,山上的各种草药有很多,用你去送药吗?况且都门这几天刚来白石街上找过我,如果你有药给她,为什么不让她自己带回去呢?山本这样说着走过来,又在樱冈的肩上不轻不重地拍了一下说,樱冈巡查,好自为之啊。

他这样说罢,就摇摇晃晃地走了。

山本的这番话,让樱冈的心里有些担心。樱冈越发摸不清这个山本的底细。他说一直在注意自己,那么又注意到什么了呢。而更让樱冈担心的是,山本对摩达头目的事,会不会也知道什么了呢?如果真是这样,恐怕南溪部落就要有危险了。在这个晚上,樱冈惴惴不安地来到樱冈次郎的宿舍。樱冈次郎又在喝酒。让樱冈没有想到的是,慧子竟然也在这里。慧子看到樱冈来了,立刻像主妇一样招呼他坐过来,然后又为他拿过酒杯。樱冈次郎这时已经喝得有些多了,他抬起头看看樱冈,笑了一下说,我知道你是为什么来的。樱冈立刻朝旁边正在忙碌的慧子看了一眼。樱冈次郎摆摆手说,她不知道,我什么都没有告诉她。

樱冈点点头说，是啊，有些事还是不说的好，我对阿敏也没说。

慧子端着一盘水果走过来笑笑问，什么事啊，这么神秘。

樱冈次郎皱一皱眉说，男人的事情，女人不要多问。

慧子立刻就不敢再说话了。

樱冈朝慧子看了看，对樱冈次郎说，如果这一次能平安的……嗯，你和慧子，是不是也应该……樱冈说着，又抬起头看看慧子，慧子，你说呢。

樱冈次郎淡淡一笑摇摇头说，你错了，不是这么回事。

樱冈一下没有听懂。

樱冈次郎说，我和慧子，现在已经是兄妹相称了，慧子很可爱啊，是一个可爱的小妹妹。樱冈又朝躲到一边去的慧子看一眼，低声对樱冈次郎说，可是，我看慧子可不像是你说的这样啊，你认她做妹妹，她认你这个哥哥吗。

樱冈次郎哈地一声说，来来，喝酒吧。

樱冈喝了一杯酒，又轻声说，你猜对了，我今晚就是为这件事来的。他这样说着，又轻轻叹息一声，我想知道，你明天……究竟是怎样打算呢。

樱冈次郎说，喝酒啊，喝酒是最好的解决办法啊。

樱冈还是没有听懂，喝酒？

樱冈次郎点点头说，对，喝酒。

樱冈次郎说着，又把一杯酒倒进嘴里。

在这个早晨，樱冈走在街上，突然明白了樱冈次郎昨晚说这句话的意思。是啊，喝酒是最好的解决办法。如果喝醉了，一直醉到今天上午，或者醉到下午，醉到晚上，也就与所有发生的事情都没有任何关系了。但此时，樱冈感觉自己的心却一直悬在半空。樱冈想，今天让阿敏去广场还是对的，否则这样重要的事情，如果阿敏突然不去参加一定会引起卫生医疗所的人怀疑。但是，樱冈一想到这里，心也就更加提起来。山上族人的出草他是知道的。所以，他能想象得出，今天的事情一旦爆发起来会是怎样一个场面。

街上已是一派节日气氛。路边插满各色彩旗,一些商店和旅馆的门前也都挂出了太阳旗。樱冈这时突然意识到,自己在这个早晨这样走在街上是不应该让任何人看到的。

他立刻折身进了一个巷子,快步朝前走去。

樱冈穿过巷子径直来到警察分室的后门。在后门旁边的一丛灌木后面,还有一个不起眼的小门。樱冈从这个小门进来,朝里面走了一段,就来到一扇红门的跟前。他朝左右看了看,掏出事先准备好的钥匙将红门上的锁打开,然后又轻轻虚掩上。这时樱冈已紧张得喘不过气。他看一看四周没人,转身又来到街上,就匆匆地朝自己家的方向走来。

此时阿敏还在家里等着樱冈。她见樱冈回来就说,快吃早饭吧。

樱冈看一看阿敏,嘴动了动,没有说话。

阿敏回头问,你究竟……怎么回事啊?

樱冈知道,这件事是无论如何不能告诉阿敏的。阿敏毕竟是一个女人,她的心里是装不住这样大的事的。于是想了一下,对她说,一会儿在广场上,万一发生了什么事,你一定不要跟着穿和服的人跑,想办法找一个没人的地方赶紧躲起来,一定要记住。阿敏听了更加紧张起来,看着樱冈问,这究竟……是为什么啊?

樱冈说,你记住我的话就是了。

他这样说罢,又看一眼阿敏就匆匆出去了……

太阳从山坡上升起来时,议事厅前面的广场已经开始热闹起来。下面各个公学校的学生都集中到这里,白石街小学校的教师和学生也都到了。一些身穿和服的男人和女人显然都是家长,他们站在旁边,面带微笑地看着自己的孩子。邮局、制材所和卫生医疗所的公职人员也都到了。小野警官和几个同事陪着从台中州专程赶来参加仪式的官员坐在前面。樱冈和警察分室的巡查们站在两边。樱冈朝人群里望去,这时已经可以看到,有一些山上的族人混在人群里。他们虽然空着两手,但身上似乎都带着东西。樱冈又朝站在不远的阿敏看了一眼。这时,阿敏正和卫生医疗所的人站在一起。她的身边是慧子,两人正低头说着什么。

樱冈的心里越发感到不安……

上午九点,运动会的开幕式正式开始。

这时我已经蹲在不远的一棵樟树上。这棵樟树的枝叶很茂密,我蹲在上面可以很清楚地看到下面的情形,下面却不会看到我。我听到了,广场上的达腊都噜已经在整齐地呐喊。这说明,运动会的开幕式就要开始了。巴吵嘎事先和我约定,在开幕式开始时,以达腊都噜升起太阳旗为号。在太阳旗升到旗杆一半的时候,我发出响箭,埋伏在周围的族人听到响箭立刻开始发动攻击。这时,我拿过背在身后的弓,又抽出一支箭。在这支箭杆的尾部捆绑着一只竹哨。我朝前面的广场上看一看,此时达腊都噜的那面太阳旗已经开始升起来。就在它升到旗杆的一半时,我把这支箭搭在弓上,稍稍瞄了一下,吱地朝议事厅的楼顶射去。

广场上的人们正在一声一声地喊着,看着一面太阳旗在高高的旗杆上缓缓升起。就在这时,一支响箭呼哨着在人们的头顶飞过。接着人们就惊愕地发现,这支响箭准准地射中一个正在议事厅楼顶上站岗的士兵。这个士兵摇晃了一下就一头栽下来。但是,也就在这一瞬,又有一把明晃晃的泰雅刀像燕子一样旋转着朝他飞去,一边飞着还发出锋利的唰唰声。这把泰雅刀飞旋着在这个栽下来的士兵脖颈上掠过。这个士兵的头颅随之脱落下来。接着,这把刀旋了一圈就又飞回去,落到一个人的手里。这个人接住自己的泰雅刀,又朝前跃了几步,伸手接住那颗掉下来的士兵人头。接着,那具失去头颅的尸体就随之咚地落到地上。

广场上的人们立刻都惊呆了。先是愣了一下,女人们就大声尖叫起来。

人群顿时混乱成一团。有人嘶声大喊,山上的生番出草啦——!

这个出草的族人是巴羧。这时,巴羧已经拎着那颗人头灵巧地爬上高高的旗杆，将头颅挂在旗杆顶上，又从腰间掏出竹筒，将小米酒灌进这颗头颅的嘴里。酒浆混着血水变成淡淡的红色，从这颗头颅的脖颈涓涓地流下来，落到站在下面的达腊都噜的脸上和身上。

巴羧又把手里的泰雅刀朝空中一挥，嘴里“咦——！”地叫了一声。

这时，巴吵嘆拔出刀大喊一声，血祭祖灵啊——！

埋伏在周围的族人就拔出刀朝广场上的达腊都噜冲过来。

小野警官立刻跳着哇哇大叫。旁边的巡查们一下都不知所措。有带了武器的警察朝议事厅的楼顶乒乒乓乓地放起枪来。但巴羧已从旗杆跳上楼顶不见了。

这时，我也已从樟树上跳下来，拎着泰雅刀朝人群这边冲过来。就在这时，我看到了佐藤。佐藤也已看到了我。他稍稍愣了一下，倒退了几步，弯腰从那具无头士兵尸体的身上拔出东洋刀，两手握着朝我一步一步迎过来。

我站住了，看着他。

就在这个早晨，我刚刚在街上遇到过佐藤。佐藤好像高了一些，看上去也比过去更强壮。他穿了一身崭新的运动服，看到我笑笑说，嘟奴，你怎么一直不来上学了？我也看看他。我自从不来小学校，就再也没有见过这个佐藤。这时佐藤当然不知道，我在这个早晨来白石街是要干什么。他又朝我的脸上看了看，似乎刚发现似的突然说，呀，你的脸上也纹这东西了？我冲他笑一笑，仍没有说话。佐藤又说，听说你们这些山上的生番，只有杀过人才能在脸上纹这东西，难道你也杀过人了吗？我看着他说，你说呢？佐藤摇摇头说，我不相信。我说好吧，你会相信的。佐藤又说，真遗憾，你今天不参加运动会，我没有对手了。

我说，不一定，也许我们还会遇到。

我当时这样对佐藤说，知道他一定不会听懂。但这时，佐藤看到我的手里拎着泰雅刀，应该已经明白了。他来到我的面前说，你不是说……你没有杀过人吗？

我眯起眼看着他说,我骗你了。

我这样说着就挥刀朝他砍过去。

我在小学校上学时曾听说,佐藤的父亲是警察分室的一个警官,所以经常带他去武馆训练刀法。这时,佐藤也举着手里的东洋刀呀呀叫着朝我迎过来。我迅速朝旁边看一眼,这时广场上已经血肉横飞,我的族人们正在挥舞着泰雅刀一边呜呜叫着四处追逐着那些达腊都噜,看上去就像是奔跑在自己的猎场上。于是我也无心再和佐藤纠缠,就在他举着东洋刀朝我砍过来时,我用手里的泰雅刀拨开他的刀,随之朝旁边一跳就朝他横着砍过去。但佐藤的身材毕竟比我高大,所以这一刀低了一些,一下砍在他脖子下面的胸骨上。我感觉咔嚓一声,我的刀锋被他的胸骨挡住了。佐藤立刻疼得低下头。也就在这时,我抽回刀又从上面朝他的脖子砍下去。这一次砍得很准,佐藤的头干脆利落地掉到了地上。我朝他的这颗头颅看了看。此时,他仍然瞪大两眼朝我看着。我感觉到了,他是在瞪着我脸上的嘎雅。他这时终于应该明白了,一个山上的族人如果在脸上纹了嘎雅意味着什么。我想了一下,并没有去拣这颗头颅。我知道,这才只是开始。于是把这颗头颅朝旁边踢了一下就拎着刀朝广场冲去……

这时广场上已经血流成河。到处横躺着达腊都噜的尸体,其中也有族人的尸体。一些身体强壮的达腊都噜虽然手里没有武器,却和山上的族人扭打在一起。族人们的刀在挥舞着,不停地砍杀着,飞溅起来的血水在上午的阳光下鲜艳而且耀眼。巴吵嘎和巴羧朝广场前面的议事厅门口冲过来,看到小野警官正在用东洋刀和一个族人打在一起。这个族人显然不是小野警官的对手,手里的泰雅刀已经有些招架不住。就在这时,小野警官躲过砍来的一刀,突然回身举起刀朝这个族人劈下来。这个族人再想躲避已经来不及,立刻从肩膀斜着被劈成两半。巴吵嘎和巴羧来到小野警官的面前,一前一后把他围住了。这时瓦旦和欧卜丝拎着刀走过来。瓦旦的脸上和身上已经溅满了血,手里的泰雅刀也已变成了殷红的颜色。

他声音不大地说,巴吵嘎,这应该是我们花兰部落族人的事情。

巴吵嗄点点头，就和巴羧拎着刀朝广场上去了。

瓦旦和欧卜丝对视一下，朝小野警官围过来。

瓦旦说，小野，是你用刀劈死了我花兰部落的莫傛头目。

小野举着刀看一看瓦旦，又看看身后的欧卜丝，轻轻哼一声。

瓦旦说，你是一刀劈死莫傛头目的，今天，我和欧卜丝还你两刀。

瓦旦说着看一眼欧卜丝。两人就同时举刀朝小野警官砍过来。小野警官先用刀拨开瓦旦的刀，又转身去拨欧卜丝的刀。但就在他转身的一瞬，瓦旦的刀又砍过来。小野警官的头立刻被砍得飞起来，在空中翻滚了几下才落到地上。与此同时，欧卜丝的泰雅刀也横着拦腰砍过来。但这一刀砍在了小野警官的武装带上。虽然武装带立刻被砍断，小野警官的身体却并没有被彻底砍开。欧卜丝的泰雅刀还是太锋利了，小野警官的身体就像一根掰开的丝瓜，已经断成了两截却还连在一起，然后就和流出的内脏一起堆到了地上。

这时巴羧走在广场上。他感觉手臂上的衣袖已经湿透了，这是在砍杀那些达腊都噜时喷溅出来的血水。这些血水顺着衣袖流淌下来，他感觉手已经很滑，几乎快要攥不住刀柄了。巴羧已经杀红了眼。他看到身穿和服的人立刻就会冲上去。达腊都噜和山上的族人是很容易区分的。达腊都噜的肤色很白皙，而山上的族人就是穿了和服，他们的脸也仍是红桧树叶的颜色。就在这时，巴羧看到前面一个六十多岁的男人。这个男人身上的和服已经破烂不堪，脚下也只剩了一只木屐。巴羧立刻认出他是一个达腊都噜。巴羧在白石街上曾见过这个达腊都噜。那一次是巴羧和巴吵嗄来秀吉货栈，看到这个达腊都噜正走在街上，突然被一个族人的孩子碰了一下。这个达腊都噜看一看自己身上的和服，大概是认为被这个孩子碰脏了，叫了一声“巴嘎！”就追上去，抓住这个孩子扔到地上，然后上去不停地用木屐在这孩子的身上踩来踩去。巴羧在一旁实在看不下去了，就上去拉住他。不料这个达腊都噜回头看一看巴羧立刻骂道，你们这些生番，就应该把你们都像动物一样地杀掉。那一次如果不是巴吵嗄硬把巴羧拉走，他当时就会拔出泰雅刀向这个达腊都噜出草。事后巴吵嗄告诉巴羧，他听秀吉货栈的老板说,这个达腊都噜的儿子是警察分室的警官,他是跟着儿子才来到白石街的。这时,这个达腊都噜已经面如土色。他在街上一边东张西望一边磕磕绊绊地走着。巴羧立刻追上去呜地叫了一声就从后面挥刀砍过去。这个达腊都噜并不知道身后发生了什么事,正在向前走着头就朝一边飞出去,然后又走了几步,似乎想了一下才倒在地上。

就在这时,巴羧看到了不远处的樱冈太郎和阿敏。

阿敏被压在几具尸体的下面,樱冈正在向外拉出她。

巴羧站住了,朝他们走过去。

樱冈和阿敏站起身, 突然看到巴羧正提着滴血的泰雅刀站在面前,一下都愣住了。樱冈看一看巴羧手里的泰雅刀,又看一看巴羧,嘴唇动了一下,没说出话来。

阿敏面色苍白地叫了一声,巴羧……

巴羧看着樱冈,仍没有说话。

樱冈说, 巴羧, 你如果想……就冲我来吧, 求你……放过阿敏……

阿敏流着泪说,不! 我们……就死在一起吧,巴羧,你来吧。

巴羧用力朝阿敏看了看,又看了看,转身走过去,从地上那具达腊都噜的尸体身上扯下一块衣襟,把泰雅刀上的血迹擦干净,然后插回刀鞘。

他慢慢抬起头,对樱冈和阿敏说,你们,走吧。

樱冈和阿敏站着没动。

巴羧又说,走吧。

樱冈和阿敏就低着头走了……

35.杀戮

摩达头目率领的老年组在攻击警察分室时并不顺利。这是摩达头目没有想到的。

摩达头目原以为，这一天所有的警察都会去街上参加各种活动，所以警察分室应该很空虚。当时摩达头目带领族人冲进警察分室，值班室也确实只有两个当班的警察。这两个警察看到突然闯进一群拎着刀的番人，立刻意识到发生了什么事，刚要转身去抓武器，摩达头目和另一个族人已经冲过来。摩达头目从后面抓住其中一个警察的衣领用力一拉，这个警察的帽子就掉下来。他立刻又抓住这个警察的头发，手里的泰雅刀就跟过去，只这样轻轻一割，这颗人头就拎在摩达头目的手里了。尸体咚地倒在一边，脖腔里的血呼地喷溅出来。但旁边的族人扑向另一个警察时却慢了一步。这个警察看到身边的同事眨眼间就没了头颅，立刻哇地大叫了一声。这个族人也跟过去手起刀落，把他的人头砍下来。但是，也正是这个警察的这一声叫喊，惊动了里面宿舍的警察。摩达头目原本并不清楚这个警察分室里面的情况，也不知道警察的宿舍就在后面。就在他带领族人冲到里面，想去寻找武器时，突然看到一个赤身裸体的警察从一个房间门口探出头，接着就挥舞着东洋刀从里面冲出来。几个族人立刻扑上去围住这个警察。但摩达头目喊了一声，让族人先不要动手。然后就朝这个警察走过来。这个警察仍然举着手里的东洋刀，两眼瞪着摩达头目。摩达头目朝这个警察的身上看了看。他的身上很瘦，但还是像褪掉毛的山鸡一样，骨头之间有一条一条的肌肉，看上去应该有一些力气。摩达头目看着他问，你们的武器，放在哪里？

这个警察显然不懂番语，看着摩达头目眨眨眼。

摩达头目又用手比划一下，你们的武器，在哪？

这个警察突然举着刀向摩达头目冲过来。摩达头目两手抱在胸前，静静地看着这个警察。就在他冲到面前把刀劈下来的一瞬，只听到呛啷一响。这是摩达头目的泰雅刀出鞘的声音，接着就看到，这把刀已经插进了这个警察的前胸。这个警察一下愣在了那里。他举着刀低头朝自己的胸前看了看，又抬起头看看摩达头目。摩达头目伸手拔出自己的刀，又把这个警察举着刀的手臂轻轻按下来，然后抓住他的头发挥刀砍了一下，就把他的头从脖颈上拿下来。这时旁边的族人已经冲进那个房间。摩达头目走过来一看，突然愣住了。房间里竟然还有十几个达腊都噜。他们显然正在睡觉，这时都已从榻榻米上跳起来，纷纷去抓过自己的东洋刀朝冲进的族人扑过来。这些达腊都噜显然都训练有素，他们的刀法很熟练，步法也很讲究，族人一时竟无法靠近。摩达头目很清楚，此时不能在这里耽搁太久。于是，他把背在身后的弓箭拿过来。这时一个达腊都噜把手里的东洋刀挥舞得呼呼挂着风响，正要朝一个族人劈过来，摩达头目一箭射在他的脖颈上。摩达头目的弓很硬，而且他用的箭，箭头都很锋利，所以这一箭就把那个达腊都噜的脖颈射穿。这个达腊都噜正站在靠木板墙壁的地方，于是一下被钉在了墙上。这个族人跟上去一刀，就把他的头砍下来。

此时巴吵嘎带领着十几个族人已在白石街上横扫过来。就在刚才，巴吵嘎发现一伙警察正护送着几个官员模样的达腊都噜逃上对面的山坡，立刻就带着族人追上去。这些达腊都噜跑上山坡显然是一个错误。族人来到山上，会比在山下的平地跑得更快，也更加灵活迅捷。他们立刻像一群豹子似的追上去，眨眼之间就把这些在山坡上四散奔逃的达腊都噜都杀了。

这时，摩达头目看一看手里拎着人头的巴哕嚏问，巴羧呢？

巴哕嚏朝周围看一看说，巴羧刚刚还在议事厅的门前。

摩达头目说，你告诉巴羧，我们出草的只是达腊都噜！

巴哕嚏点点头，举起手里的人头"咦——！"地叫了一声。

族人们也都举起各自手里的人头，咦咦地大声尖叫起来。

摩达头目又对众人说，记住，我们只向达腊都噜出草！

他这样说罢，就带着族人又朝广场上奔去……

父亲曾告诉我，在很早很早以前，这些达腊都噜还没有来时，白石街也曾是一个部落。那时的白石街部落很大，也很繁荣，经常有山外的汉人来这里做生意。所以，山上的族人也经常带一些兽皮樟脑和药材来白石街交易。白石街部落的族人都相信，在白石街后面的山上有一条神奇的小路。他们虽然从没有见过，也不清楚具体在哪里，但是知道，这条小路可以一直通向白石山。只要沿着这条小路走上去就可以见到传说中的波索康夫尼。那时白石街部落里的头目叫笪朵。笪朵是一个力大无比的勇士，也是一个所向披靡的英雄，部落里的族人都很拥戴他。但是，在一个夜晚，一群达腊都噜突然像蝗虫一样地冲进白石街部落。笪朵头目率领着他的族人与这些达腊都噜血战了一夜。到天亮时，这些达腊都噜却越来越多。达腊都噜把白石街部落团团围起来，只在南面通向山林的方向放开一个口子，显然是逼迫笪朵头目带着族人上山。但笪朵头目拒绝向山上逃跑。他率领着族人又和达腊都噜血战了一天。直到傍晚，他才将部落里的老人女人和孩子护送出部落，看着他们进了山林，然后就带着自己的族人冲向那些达腊都噜。就这样，笪朵头目和部落里所有的男人都战死了。

父亲告诉我，达腊都噜之所以如此看重白石街，是因为它的地理位置。这里是从台中州通向能高山的交通要道。在能高山上的山林里有着无尽的资源和宝藏,正这是让那些达腊都噜垂涎欲滴的。而只要打开白石街这条通道,也就等于打开了通向宝藏的大门。所以,达腊都噜在占领白石街以后,就迅速迁入自己的大批居民,很快把这里建成一个重镇,到后来甚至还打造成一个达腊都噜的"模范社区"。父亲对我说, 当年白石街部落的老人女人和孩子后来散落到山上的各个部落。所以如今,几乎山上的每个部落都有当年白石街部落的后人。

这时,白石街已经又被鲜血染红了……

将近中午时下起了大雨。雨水和血水混在一起,在街上湍急的流淌着。刚刚建成的神社在雨中着起了大火。火焰在雨水中嗞嗞作响,爆起一团一团的火星。山上的族人们一手拎着泰雅刀,另一只手拎着达腊都噜的头颅在雨中奔跑着,尖声叫喊着。大雨中,时有砍下的人头喷溅着血水飞起来。几乎每个角落里都有尸体。这些尸体都已没有了头颅。他们的头颅在街上被扔得到处都是。那些满是泥水的头颅表情各异,有的瞪着奔跑的族人,有的望着自己的尸体,还有的看着从天而降的瓢泼大雨,似乎还没有搞清楚眼前发生的一切。族人们亢奋地叫喊着,冒着大雨像在自己的猎场上一样狂奔着……

我直到这时,才终于理解了父亲在前一天晚上对我说的话。父亲说,儿子,你的骷髅架恐怕用不上了,因为你会猎到很多人头,这些人头太重了,你无法带回来。

父亲说对了,我确实已经猎到很多人头,我自己也记不清究竟有多少了。是巴羧教会了我如何识别达腊都噜和山上的族人。在我看来,穿和服的人似乎都是一个样子,而且我一直认为,如果山上的族人穿了达腊都噜的和服,也就不再是族人。因为他们穿着这样奇怪的衣服,祖灵是不可能允许他们走上彩虹桥的。他们穿上这样的衣服只会亵渎祖灵。但摩达头目反复强调,这一次,我们是用达腊都噜的人头血祭祖灵,所以只向达腊都噜出草。这样一来也就给我带来了很大的麻烦。每当我拎着泰雅刀在街上追逐一个穿和服的人时,必须在最短的时间内搞清楚他究竟是山上的族人还是一个达腊都噜, 这是一件很不容易事情。我曾在邮局门前看到一个四十多岁的男人。我在朝他追上去时，发现他身上的和服很鲜艳，而且看上去似乎不太合身，于是我据此判断他应该是一个山上的族人。这个男人一看我提着刀追过来，一边转身奔跑也确实用番语喊着自己是山上的族人。但就在我要停下来时，突然发现这个男人撒谎了。我无意中看到了他的脚。达腊都噜由于长期穿木屐，他们的大脚趾和二脚趾是分开的，而如果是山上的族人，两个脚趾则会紧紧的并在一起。我发现这个男人的两个脚趾像树杈一样地分开，他显然是一个达腊都噜。于是我紧跑几步追上去，朝他的后背猛砍一刀。这个男人果然用达腊都噜的语言喊了一句什么，然后又向前跌跌撞撞地跑了几步就一头栽倒了。我立刻跟上去，像切西瓜一样地在他的脖子上用力切了一刀。他的头就滚落到泥水里了。我走过去把这颗头颅拎起来。但这颗头颅实在太沉了，我发现，这个达腊都噜的头颅竟比一般的头颅都要沉。于是，我又犹豫了一下只好扔掉了。

显然，我的这个识别山上族人和达腊都噜的方法并不实用。因为和服一般都很肥大，也很长，这样要从脚趾来区分达腊都噜和山上的族人就很困难，往往你还没有看清楚，对方就已经跑掉了。但是，巴羧告诉了我一个很简单的方法。巴羧说，从他们跑起来的样子就可以看出来。达腊都噜由于走惯了平地，所以他们都是两条腿直着向前跑。而山上的族人长期走山路，所以跑起来都是叉开腿的，这样会更稳一些。巴羧的这个办法果然很有效。这时我才发现，尽管穿和服的人似乎都是一个样子，但如果仔细看一看，他们跑起来真的不一样。

雨已经越下越大了……

我不知不觉地一直跟在巴羧的身后。巴羧这时已经疯狂了。他的浑身上下已被鲜血染红，头发上都在向下滴着血水。我必须承认，巴羧的泰雅刀远远比我的这把刀要好用。这时，我仔细看一看才发现，我的泰雅刀经过这一上午的出草，已经有些卷刃，还有的地方已像锯齿一样地出现了豁口。可是巴羧的那把泰雅刀却没有任何问题。巴羧提着他的刀东张西望地在雨中走着，每看到一个穿和服的人立刻就会追上去,如果是达腊都噜,他呜地一声就会把头砍下来。而如果是山上的族人,则会让他站住,用他身上的和服把自己的刀擦一下。所以,巴羧手里的这把泰雅刀不仅仍然锋利无比,而且在雨中越发闪着雪亮的寒光。

这时已经来到小学校附近。巴羧看到一些教师模样的达腊都噜纷纷逃进学校，于是立刻朝那边走过去。小学校的大门已被紧紧关闭,而且显然,在里面用什么东西牢牢顶住了。巴羧回头看一看,这时许多族人也都已跟过来。于是,他朝大门前的那根旗杆走过去。他用泰雅刀砍断旗杆,搭到学校的墙上,就这样踩着这根旗杆稳稳地走上去,然后跳进学校打开了大门。族人们立刻一边叫着蜂拥进去。我仍然跟在巴羧的身后。

就在这时,我看到了一个叫大岛的达腊都噜。

这个大岛并不是教师,平时只是在学校里养了两条大狼狗,没事的时候就牵着狗神气活现地到处转。有的时候高兴了，也练一练刀法。他的刀法非常纯熟,练的时候总是会发出呀呀地怪叫。但是,据西村校长说,他说日语是最纯正的东京口音,所以就让我们都学他说话的口音。这个大岛非常凶狠,我们的发音稍有不同,他就会用尺子狠狠地打我们的嘴。我就曾经被他打得满嘴是血。而每当他打我们时,他的那两条狼狗也就跟着汪汪地狂叫。也正是这个大岛,那一次巴羧为我的事来学校找樱冈次郎时,他先是在旁边观看,后来见樱冈次郎渐渐不是巴羧的对手,竟跑到一边将自己的东洋刀扔给樱冈次郎。

这时,巴羧也已经认出了这个大岛。

他立刻拎着泰雅刀朝大岛走过去。

我对巴羧说,他是我的。

巴羧点点头,就站在一旁,朝这边看着。

我走到大岛的面前说,你的那两条狗呢?

大岛这时已经面如死灰,点点头讨好地说,它们……它们都在狗舍呢,如果你想要,我可以……可以送给你啊……

我看着他说,你以为,我会要你的狗吗?

大岛连忙说，它们可是……最纯种的……

他这样说着突然去拔手里的东洋刀。但这时才发现，他的手里只是一个空刀鞘，刀已经没有了。他立刻呆呆地看着我，一下有些不知所措了。

我说，现在，我就送你去我们的祖灵之家吧。

我这样说罢就挥着刀朝他猛扑上去。

大岛立刻转身就跑。但他慌乱中却跑错了方向，一下撞到巴羧的面前。他猛一抬头，看到蓬着头发满脸是血的巴羧正瞪着两眼站在面前，一下愣住了。巴羧抬手一刀就把他的头砍下来。这时我也刚好拎着刀追过来。我遗憾地看了看大岛那具仍然呆呆站立的无头尸体，用力踢了一脚。这具尸体就像一个沙袋似的倒下了。

巴羧又朝我看一眼说，走吧。

他这样说罢就朝学校里走去。

我和巴羧都看到了，一群教师模样的达腊都噜正在跑进一间巨大的办公室，很多族人随后跟着追上去。但就在这时，西村校长突然举着东洋刀一边呀呀叫着从办公室里跳出来。一个族人还没有反应过来，就被西村校长一刀砍倒了。几个族人立刻将他围在中间。但西村校长把刀挥舞得几乎密不透风，族人围在四周一时竟无法靠近。我第一次知道，西村校长竟然是一个如此凶猛的达腊都噜，而且他的刀法竟如此精湛。我在这里上学时曾听说，这个学校的达腊都噜虽然表面是教各种课程的教师，但他们都是有武器的，就如同预备役的士兵一样，一旦白石街上发生什么意外的不测，他们立刻会像警察分室的那些警察，拿起武器投入战斗。就在这时，已经又有一个族人被西村校长砍倒了。

巴羧朝那边看了看，就朝西村校长走过去。

巴羧走到这间办公室的门前，从一个族人的手里拿过一支竹矛。我这时已经明白了巴羧要干什么，立刻也从另一个族人的手里抓过一支竹矛，然后和巴羧一前一后把西村校长夹在中间。巴羧当初为我的事来学校找樱冈次郎时，已见过这个西村校长，所以这时已经认出来。他盯住西村校长看了看,突然把手里的竹矛朝他扎过来。西村校长灵活地朝旁边一跳,与此同时用手里的东洋刀朝这根竹矛砍过来。竹矛立刻被砍去了一截。但是,也就在这时,我从他的后面用力把竹矛扎过去,噗地一下就插进了他的后背。西村校长立刻疼得呀地大叫了一声,低头看一看,这根竹矛已从他的胸前穿出来。而巴羧的竹矛被西村校长的东洋刀砍去一截,反而更加锋利,他也同时把这根断了一截的竹矛猛地一下插进西村校长的前胸。西村校长瞪着两眼立在那里,一个族人立刻跳过来把他的头砍下来。

就在族人们一拥而上,要冲进那间办公室时,办公室的门突然打开了,里面的达腊都达像一群动物似地举着东洋刀呀呀叫着冲出来。此时族人们已经不用再分辨,从这些人叫喊的声音就可以知道都是达腊都噜。于是扑上去,很快就把这些人都砍杀了。这时,巴羧拎着一颗人头走过来。我发现,这颗人头在他的手里还在一下一下地眨着眼。

我朝这颗人头看了看,对巴羧说,这个人,我认识。

巴羧问,什么人?

我说,他是西村校长的弟弟,平时专门负责查卫生的。

巴羧看看我说,查卫生?

我说,这个人最坏,查卫生的时候总喜欢摸族人的女孩子。

巴羧像是怕脏了自己的手,立刻扔掉这颗人头,又吐了一下口水。

他对我说,走吧。

说罢将这颗人头踢到一边,就转身走了。

我跟在巴羧的身后,朝里面的一排木房子走过来。这里是教师中午休息的地方。巴羧走过来,把这些房子的门一扇一扇地拉开,朝里面看着。就在这时,巴羧突然发现在一个房间里的榻榻米上躺着一个人。这个人穿着灰色的和服,一只脚上还穿着木屐,像一支巨大的蜥蜴趴在那里。巴羧立刻跳过去,挥起手里的泰雅刀就朝这个人的脖颈砍下去。但是,也就在这时,这个人大概听到了开门的声音,慢慢把身翻过来。

巴羧已经举到半空的泰雅刀突然停住了。

他这时才看清楚,这个躺着的人竟是樱冈次郎。樱冈次郎的身上仍然散发着浓重的酒气。他睁开眼,突然看到巴羧正站在自己面前,手里举着还在滴血的泰雅刀,一下呆住了。

巴羧慢慢把刀放下来,又看了看他说,你……走吧。

樱冈次郎又看一看浑身血迹的巴羧,似乎不敢相信。

巴羧又说,你走吧。

樱冈次郎这才爬起来,穿着一只木屐,一高一低地朝门外走去。

这时摩达头目已经带着老年组的族人冲进小学校。他看到樱冈次郎迎面走来,立刻站住了。待樱冈次郎走到跟前,看一看他身上的和服说,你现在……应该换上族人的衣服。

樱冈次郎茫然地看了看摩达头目。

摩达头目又说,你这样,会很危险。

樱冈次郎就像个盲人一样跌跌撞撞地走了……

36.樱冈与樱冈

樱冈次郎像个游魂一样地走在学校里。他不知道自己昨晚怎么会离开宿舍，竟然在前面教师临时休息的地方睡了一夜。前一天晚上,樱冈太郎走后,他还一直在喝酒。后来慧子也陪他一起喝。慧子确实是一个很乖巧的女孩,只是默默地陪着他一杯一杯地喝酒,并不说话。后来还是樱冈次郎问她,你怎么不说话。慧子才慢慢抬起头。慧子的脸上永远像能高山里的一汪清水,很平静,似乎什么事也不会引起波澜。

慧子看一看樱冈说,说,什么啊。

樱冈说,你……不想问我什么吗。

慧子笑一笑说,我如果问,樱冈老师会说吗。

樱冈就不再说话了。

樱冈的心里很清楚,即使慧子问,自己也不会把明天将要发生的事情告诉她。樱冈这时已经感觉到了,自己与这件事没有任何关系。当然,他也打定了主意,如果自己不想被卷进这件事中,唯一的办法就是把自己灌醉。一个喝醉酒的人自然也就可以置身事外。倘若山上的族人想把自己也一起杀掉,那就杀掉好了,在醉梦中被杀死也不会有什么痛苦。而如果自己没有被杀掉，等再醒来时也就一切都过去了。樱冈知道,在这样的时候,这已是自己唯一的选择。但在这个晚上,樱冈一边喝着酒渐渐地就有了一种预感。

他觉得,在这个晚上似乎要发生什么。

慧子没有说任何话,只是一直在默默地喝酒。可是房间里似乎有一种气氛,这种气氛让樱冈的感觉越来越清晰。樱冈在这个时候已经不想再发生什么事。他觉得慧子是一个好女孩，但也只是一个好女孩。这个世界上的好女孩有很多,可是就像能高山上的蝴蝶兰,蝴蝶兰好看,让她们好看地在那里开放就是了,并不一定要摘下来。这时樱冈感觉到,自己的醉意已经一点一点涌上来。于是,他对慧子说,自己要去外面走一走,慧子一会儿走的时候,把房门关好就是了。他这样说罢,就跌跌撞撞地从自己的宿舍里走出来。

樱冈努力回忆地想,也许就是这样,自己就不知不觉地走到学校的前面来。

大雨仍在下着……

族人们拎着人头在学校里奔跑着，仍在四处搜寻藏匿的达腊都噜。一个躲在仓库里的达腊都噜女人被发现。这个女人立刻一路狂奔着朝学校里面跑去,后面紧跟着几个挥舞着泰雅刀的族人。这几个族人的嘴里尖叫着,就这样朝那个女人追去了。樱冈知道,山上的族人有一个古老的习俗,从不向老人、女人和孩子出草。但这一次,族人们显然已经愤怒了极点,他们彻底疯狂了。樱冈已经看到很多达腊都噜女人的尸体。

樱冈回到自己的宿舍。他感觉从里到外一阵阵的冰冷,身上的和服已经湿透了,像一块巨大的烂布裹在身上。他想了想,还是找出一身族人的衣服。就在这时,房门突然被拉开了,枳子老师惊慌失措地跑进来。她一看到樱冈就像见到了救星,立刻扑过来。

她连连哀求着说,救救我……救救我啊……

此时枳子老师的身上已经溅满了鲜血。她亲眼看到几个同事在自己面前被那些山上的番人砍下头颅拎走了。这些同事脖颈里喷出的血浆像礼花一样耀眼的四处飞溅。枳子老师是在尸体堆里装死才得以逃脱的。她这时已经披头散发,浑身不停地颤抖。她抱住正在换衣服的樱冈央求着说,你……救救我吧……只有你可以救我啊……

樱冈一下愣住了,呆呆地看着枳子老师。

枳子老师又说,你也是番人,他们那些番人是不杀番人的,你告诉他们,我是你的妻子……是你的妻子……枳子老师一边这样说着,似乎为了证明这一点立刻将自己身上的衣服也三下两下地脱掉了,然后用光洁的身体紧紧贴住樱冈的光身子,两手还不停讨好地在他的身上抚弄。她这时竟突然有了很大的力气,一下将樱冈扳倒在榻榻米上,然后爬到他的身上,试图真的做一下他的女人,仿佛只有这样才可以证明这件事是一个事实。

此时樱冈感觉着枳子老师这具光洁如玉的身体,心里充满悲哀。这具身体仍然没有丝毫的温度,如浊水溪里的爬岩泥鳅一样光滑,而又冰冷。樱冈的身上没有任何反应,一片颓然的死寂。枳子老师慌乱地抚弄着樱冈的身体,甚至不顾廉耻地用手,用嘴,用尽一切办法想唤醒樱冈的身体,让他坚挺起来。但樱冈仍然软软地躺在那里,他这时感觉自己似乎已经坠入一个黑暗的悬崖。他在心里绝望地想,此时正在自己身上忙碌的这个女人,曾经在自己的心里是多么的圣洁。而这时的她却像一个荡妇,一个下贱的娼妓。

樱冈感觉自己从里到外已经彻底破碎了。

他猛一下将枳子老师推下去,拉过族人的衣服披在身上,朝门外走去。就在这时,几个族人拎着还在滴血的泰雅刀闯进来。他们看一看樱冈,又看看正赤裸着躺在榻榻米上的枳子老师,一下都愣住了。然后,相视了一下,就转身出去了……

雨渐渐小了。白石街上却突然垂下浓重的大雾。

樱冈太郎还是和阿敏跑散了。樱冈已经意识到,这时不能再回家,只能带着阿敏找一个隐蔽的地方先躲起来。但是,就在他护着阿敏走在街上时,突然迎面跑来几个仓皇逃跑的巡查,后面有一群族人在提着刀追赶。樱冈和阿敏一下就被这些人冲散了。

樱冈在大雾中喊着阿敏,到处寻找着。

但这时浓雾弥漫,已经对面看不到人。

此时杀戮已渐渐平息了。街上到处躺着肮脏的尸体和身受重伤的达腊都噜。这些达腊都噜摸不清大雾里的情况,他们强忍着伤痛不敢呻吟,更不敢求救,唯恐再被山上的番人发现。将近中午时,雾气稍稍淡了一些。樱冈踉踉跄跄地看着眼前的一切。白石街上已经面目全非。邮局和旅馆一些设施都已被烧毁了,这时仍在雾中冒着青烟。青烟很快混在雾气中,散发出一股刺鼻的味道。樱冈没有想到,摩达头目的这一次出草竟然会是这样。他已经发现了,来攻击白石街的不仅是南溪部落的族人。樱冈在这些族人中看到了瓦旦和欧卜丝,还有沙勐部落的族人。显然,摩达头目这次发动的是一场前所未有的大出草。

此时已经可以听到,头顶有飞机轰鸣着飞过来。樱冈知道,警察分室的电话应该已经打到台中州,甚至打了台北总督府。大批的警察和全副武装的军队正在赶往这里,估计很快就会到了。他们为了尽快控制局面,所以才先派飞机过来,这样可以在空中起到威慑作用。这种威慑果然很有效。飞机在白石街的上空掠过时还用机枪不停地向下扫射。山上的族人们听到飞机和枪炮声,立刻都扔下手里的人头惊恐地朝山上跑去……

樱冈在街上走着,一架飞机突然嗡嗡地掠过,几乎碰到头顶,接着一串子弹就嗒嗒嗒地打下来。子弹打在樱冈的身边,崩起的土块溅到他的脸上。他依旧木然地走着。

这时,他已经不知不觉地朝家里走来。

樱冈回到家里,阿敏并没有回来。家里的一切还是这样平静,似乎一切都没有发生。樱冈慢慢走到墙边看一看,这里有一只藤条编的小筐,里面放着一些已经剪开的碎布。这是阿敏为孩子准备的小衣服。阿敏一心想要一个孩子。樱冈知道,她已经做了很多这样的小衣服。但是,此时他想,这些小衣服……也许已经用不到了。

樱冈想不出,此时阿敏会去了哪里。

樱冈又来到街上。这时一队达腊都噜的军警已经开进白石街。炮车的轮子碾轧在街道上,发出沉重的隆隆声。警察分室的巡查们也已经开始对躺在街上的达腊都噜实施救助。然后将尸体一具一具清理出来。尸体大都已没有了头颅,无法辨认。于是就将这些尸体连同收集到的零散头颅,集中到小学校的操场上,泼上汽油焚烧了。肮脏的黑烟立刻笼罩了白石街的上空,与雾气弥漫在一起,变成一股令人作呕的气味。这时,樱冈看到了山本。山本正为一队军人引路朝这边走过来。樱冈并不知道,在这个上午,广场上的事情刚刚发生,山本就立刻回到自己家里, 用电话向台中州做了汇报。台中州意识到情况紧急,一方面指示山本,想尽一切办法切断白石街与外界的联系,防止事态向山外漫延。另一方面立刻调集军队。也正因如此,大批军警部队才这样迅速地赶来白石街。樱冈看到,山本的脸上也已受了伤,被刀划开一道很长的口子。他这时并没有注意到樱冈,就这样在他面前匆匆走过去了。

樱冈朝警察分室走来。

这时的警察分室已经戒备森严。樱冈在门前看到了警察分室的松本主任。松本主任正沉着脸和几个警官一起从警察分室里走出来。他面无表情地朝樱冈看了看。樱冈低头看一看自己身上的族人衣服。他从松本主任的眼神中意识到,自己已经不可能再走进这里了。

于是,他转身朝对面的山坡上走去。

山坡上的雾气仍然很重。樱冈跌跌撞撞地走在山路。他似乎听到,自己的身体里传出一阵稀里哗啦的声音,好像有无数的碎片。突然,他看到面前站着一个人。这个人挡住他的去路,定定地站在那里。樱冈影影绰绰地看到他腰间的泰雅刀。他知道,这应该是一个山上的族人。这个人朝他看了一阵,然后问,你要去哪?

樱冈听出来了,这个人是瓦旦。

樱冈说,我要……回山林了。

瓦旦哼地冷笑一声,慢慢走过来。樱冈这时才看清楚,瓦旦身上的族人衣服已经被血染红了。他的一根手臂上受了伤,看样子是被砍了一刀,此时仍在向外渗着血。

瓦旦说,你要回山林,回哪个山林?

樱冈虚弱地说,我要去……寻找白石山。

瓦旦说,不要说白石山,你还能找到花兰部落吗?

樱冈朝瓦旦看着。

瓦旦就转身朝雾气的深处走去……

樱冈次郎的灵魂似乎已经出壳。将近傍晚时,他的酒意一点一点地消退,渐渐清醒过来。但他立刻意识到,这种清醒的感觉更可怕。这一天,他经历的,看到的所有事情一下都像乌云一样地朝他压过来。他感觉已经喘不过气了。于是,他又抓过一瓶清酒喝了一气,心里才稍稍平静了一些。这时他突然想起一首歌。这首歌还是很小的时候在部落里学会的。樱冈坐在榻榻米上,一边喝着酒,闭起眼轻轻哼唱起来:天上的山鸡啊,你听到了吗,山林在召唤你呢,溪里的胡瓜鱼啊,你听到了吗,岩石在召唤你呢,远行的孩子啊,你听到了吗,山林在招唤你呢……樱冈这样唱着,忽然有泪流下来。

这时,慧子拉开房门走进来。

慧子一天都在街上。慧子虽然也穿着和服,但她脸上的颜色真的像红桧树叶一样,而且是像夏天的红桧树叶,深棕里带着太阳的痕迹。所以,山上的族人一看到这熟悉的颜色,就知道慧子也是族人。慧子就这样一整天都站在街上,像置身事外一样地看着眼前发生的一切。慧子当年是沙劾部落的族人。这一天,她在街上看到了自己的族人。她看到冈斯头目带着族人挥舞着泰雅刀在街上疯狂地奔跑着,想不明白他们究竟为什么这样愤怒。慧子还是第一次亲眼看到出草。她看到一个身穿黑色警服的男人在前面跑着,一个族人从后面追上来,紧跑几步到前面,跳起来回身把刀向后面砍去。那个穿着黑色警服的男人哇地叫了一声,头就被砍得飞起来。那颗头颅一直飞到半空仍在哇哇地叫着。慧子看到这个情景并没有感到害怕。她只是觉得奇怪,为什么这颗头颅已经那样飞起来还能叫出这样大的声音。

慧子走进房间时,樱冈仍在轻轻哼唱着。

他看到慧子,示意了一下,让她坐下来。

慧子就在樱冈的面前坐下了。

樱冈笑了一下说,喝酒吧。

慧子没说话,看着樱冈。

樱冈又说,你会唱这个歌吗?

慧子点点头说,会啊。

樱冈说,我们一起唱吧。

慧子说,我……不想唱。

樱冈问,为什么?

慧子说,我一唱……就想哭……

樱冈朝慧子看了一阵,忽然伸手在她的脸上摸了一下说,你是个好女孩。

慧子看着樱冈。

樱冈慢慢站起来,又轻轻唱着:天上的山鸡啊,你听到了吗,山林在召唤你呢,溪里的胡瓜鱼啊,你听到了吗,岩石在召唤你呢,远行的孩子啊,你听到了吗,祖灵在召唤你呢……

他一边这样唱着,就朝门外走去。

慧子突然在他身后叫了一声,樱冈老师……

樱冈站住了,慢慢转过身,看着慧子。

慧子说,谢谢你……昨天晚上……

樱冈很认真地看看慧子,昨天……晚上?

慧子凄然笑了一下,我知道,你不会记得了。

樱冈又看一看慧子。这时,他恍惚记起了一些昨天夜里的事情。起初,他一直和慧子一起喝酒,喝到后来就把慧子独自留在自己的宿舍,一个人朝学校的前面走去。就这样不知走了多久,进了一间教师中午休息的临时宿舍,倒在榻榻米上就睡了。后来不知什么时候,好像慧子也来到这里。慧子先是来到榻榻米上,坐在旁边为樱冈梳理头发,轻轻揉捏他的额头,后来就在他身边躺下来。樱冈恍惚记得,再后来,自己似乎就和慧子发生了什么事。

慧子点点头说,是啊……樱冈老师……想起来了?

樱冈喃喃地说,对不起……

慧子说,不,我要……谢谢你。

樱冈摇摇头,就转身朝门外走去。

学校的操场上仍在冒着黑烟,还有尸体在不断地拉进来。这时,樱冈看到了山口。山口一改平时只穿西装的习惯,已经换上了一身全副武装的警服,腰上也挎了一把战刀。他看到迎面走来的樱冈,脸上那种白皙的斯文已经不见了,只是面色阴沉地朝樱冈身上穿的族人衣服看了看,没说任何话就转身走了。走出几步又站住,回过头似乎想说什么。

但他想了想,还是朝前走了。

樱冈似乎视而不见,嘴里仍然轻轻哼唱着。

樱冈来到花坛旁边,看到了枳子老师。枳子老师这时已经又穿起了整洁的和服。她看到樱冈仍是那样彬彬有礼地微微弯一下腰,脸上也仍然带着那样没有温度微笑。樱冈木然地朝枳子老师看一眼,就朝学校外面走去。

雨已经停了。雾气也消散了。太阳已经沉到西边的山顶,吐出像火炭一样的红色。樱冈一路朝山坡上走来。前面不远就是一片樱花树林。这里曾是樱冈和枳子老师一起来赏花的地方。樱冈和樱冈太郎也经常来这里散步。樱冈太郎曾经说过,紫花地丁只是草本植物,所以永远不会长得像绯寒樱树一样高。看来樱冈太郎说对了。这时,樱冈发现,紫花地丁的确仍然是那样的矮小。但它们却很鲜艳,而且在绯寒樱树下非常茂盛,远远看去,就像铺了一层五颜六色的花毯。樱冈穿过这片樱花树林,走下前面的溪谷。他远远看到,阿敏正站在一棵巨大的红桧树下。樱冈朝那棵红桧走过去。他来到近前才发现,在这棵树上，正吊着樱冈太郎的尸体。樱冈把脖颈套在一根藤索上，身体垂得很直。在他的脚下，有几块蹬翻的石头。阿敏站在这棵树下，冲着樱冈太郎的尸体在轻轻唱着。樱冈发现，阿敏唱的竟然是自己也喜欢唱的歌：天上的山鸡啊，你听到了吗，山林在召唤你呢，溪里的胡瓜鱼啊，你听到了吗，岩石在召唤你呢，远行的孩子啊，你听到了吗，山林在召唤你呢……

樱冈朝阿敏看了看，就转身沿着小溪朝下游走去。

湍急的溪水撞击到岩石上，哗哗地响着。樱冈来到溪边，稍稍迟疑了一下。但他想了想，还是慢慢跪下来。他轻轻解开自己的衣服，然后从衣袖里抽出刀。这是一把泰雅刀。就在刚才，樱冈在自己的房间里发现这把刀时，简直不敢相信，他没有想到自己竟然还会保留着这样一把泰雅刀。这时，他朝刀锋看了看，又用手指轻轻试了一下，就把它翻转过来。他闭起两眼，一边轻轻哼唱着，一用力就准备把刀插进自己的肚腹。但就在这时，他忽然停住了，想了想，就把刀横过来，将刀锋在自己的脖颈上抹了一下。樱冈睁开眼。他看到了，一股鲜血正像溪水一样湍急地从自己的身体上流下来，一直流进小溪，朝远处流去……

樱冈感觉到一种从没有过的轻松，似乎已经轻飘飘地飞起来，一直飞出树林，飞向了天空。他看到了，一座美丽而又壮观的彩虹桥就在眼前。但是，这座彩虹桥正在熊熊燃烧着，让他无法靠近。一股耀眼的火焰升腾起来，将整个天空都映红了。樱冈感到炙烤，只好慢慢向后退缩着。就在这时，他低头看到，溪谷里，阿敏正朝自己的尸体走来……

37.搏杀

摩达头目带领族人撤到山坡上时，大批的达腊都噜军警部队已经开进白石街。从山坡上隐约可以看到，一些胳膊上扎着白布条的达腊都噜在白石街上忙着搬运尸体，救助伤员。接着，达腊都噜的部队就开始朝山上开炮了。那些炮弹像雨点一样，朝山上飞过来时还带着让人不寒而栗的呼哨声。山炮和野炮射程很远，几乎打到山顶，炸开的巨石裹挟着碎石和枯木像山洪一样地滚落下来，发出一阵阵的轰鸣声。臼炮的射程虽然近一些，但威力更加巨大，一炮打过来几乎山摇地动，山坡上的樱花树林立刻着起大火。这时巴咿嗄匆匆来告诉摩达头目，北溪部落的头目筲苜·娃里丝已经带领着族人朝山坡上冲过来。

显然，达腊都噜的军警部队刚到白石街，对山上的情况还不了解，所以不敢贸然上山。他们先是让飞机在上空盘旋侦查，一边用机枪朝下扫射，然后就让北溪部落的头目筲苜·娃里丝带着族人先上山探路。筲苜·娃里丝和他的族人这时已被达腊都噜武装起来，每个人的手里都有枪支，而且配备了充足的弹药。他们对山上的地形当然很熟悉，这时一边朝上冲着喊着摩达·如桐的名字，还有人喊着要向南溪部落的族人出草。

巴呦嘍对摩达头目说，筲苜·娃里丝已经放出话来。

摩达头目问，放出什么话了。

巴呦嘍说，他要亲自向您出草。

摩达头目点点头说，好吧，现在已经血祭了祖灵，我也正要找他。

巴呦嘍说，筲苜·娃里丝还说，他和您之间的事，是该了结的时候了。

摩达头目回过头去，朝远处的能高山顶看了看。这时月亮已经升起来，高高地挂在山顶上。这一晚的月亮仍然氤氲着一圈光晕，看上去如同一团熊熊的火焰。

摩达头目说，是啊，我和筲苜·娃里丝之间的这笔账，是该了结了。

摩达头目说着登上一块岩石，朝山坡下面望去。此时已经可以看到，山下有一串串的火把正朝山上来，而且隐约可以听到呜呜的叫喊声。沙劾部落的冈斯头目带着族人匆匆过来。冈斯头目的腰间挂满了达腊都达的人头，看上去威风凛凛。

冈斯头目问摩达头目，我们下一步，怎么干？

摩达头目看一看不断在山坡上爆炸的炮弹和熊熊燃烧的大火，对冈斯头目说，我们该做的事，已经做完了。冈斯头目立刻明白了，点点头说，是啊……已经做完了。

摩达头目说，我们……已经血祭过祖灵。

冈斯头目笑笑说，嗯，接下来，就要走上彩虹桥了。他说着，又朝山下看一眼，可是现在……还没到走上彩虹桥的时候，山下的筲苜·娃里丝……

摩达头目摇摇头说，这是我南溪部落和他北溪部落之间的事，这一次，我会单独和他了断的。摩达头目说着又抬起头看一看，此时几个部落的头目也都已走过来。

摩达头目说，这次举事，我们从一开始就知道会是什么结果。

冈斯头目说，大家的心里都明白，也都有准备。

摩达头目说，现在，我们的女人和孩子还在部落里，各自回去吧。

冈斯头目说，好啊，既然这样，我们就在彩虹桥上见吧。

他这样说罢，就和几个部落的头目带着各自的族人走了。

这时瓦旦和欧卜丝朝摩达头目走过来。瓦旦那根受伤的手臂仍在流血。他由于失血过多，脸色已经有些苍白。摩达头目看一看他手臂上的伤口，让巴咿嘎为他包扎一下。瓦旦摇摇头说，不用了。瓦旦看一眼身边的欧卜丝，对摩达头目说，我花兰部落的族人，已经都在这里了。欧卜丝也说，是啊，摩达头目，花兰部落的女人和孩子，现在也都在南溪部落了。

瓦旦说，所以，我们已经没有地方可去，现在……我们就是南溪部落的族人了。

摩达头目点点头，笑一下说，好吧，那就让我们一起走上彩虹桥吧。

就在这时，巴羧突然喊了一声，北溪部落的人上来了！

巴羧一直蹲在一块很高的岩石上观察山下的动静。他一边这样喊着，就拿过背在身后的弓箭朝山下射去。也就在这时，砰的一声枪响，巴羧立刻从岩石上滚下来。他显然被打中了，用手捂着脸在地上痛苦地翻滚着，一边哇哇叫着。摩达头目和族人立刻围过来，借着月光看到，这一枪竟打在了巴羧的脸颊上。巴羧这时已经满脸是血，鼻孔和嘴里也有血涌出来。

此时北溪部落的族人一边砰砰地放着枪已经冲上来。

摩达头目立刻让巴咿嘎背起巴羧，就带领族人沿着山路朝溪谷撤下去……

父亲曾对我说过，他最大的愿望，就是亲手向北溪部落的头目篙苜·娃里丝出草。父亲说，他简直想不明白，在山上的族人中怎么会有篙苜·娃里丝这样的人。一个人邪恶还并不可怕，而如果这个邪恶的人成为一个部落的头目，那就非常可怕了。当年北溪部落的头目，也只是箐苜·娃里丝的父亲是一个邪恶的人。但他虽然邪恶，而且对周围的部落做过很多坏事，却一直坚持自己的部落不与达腊都噜合作。所以，直到摩达头目向他出草，那时的北溪部落还从没有与达腊都噜有过任何来往。而今天的箐苜·娃里丝却已经带领着他部落的族人彻底归顺了达腊都噜。现在，他竟然还替达腊都噜进山来围剿南溪部落的族人。所以，父亲对我说，他这一次绝不会放过箐苜·娃里丝，他一定要亲手向他出草。

当然，父亲说，他也知道，向箐苜·娃里丝出草恐怕轮不到自己。

摩达头目带着部落里的族人一直撤到了南溪部落与北溪部落交界的溪谷。这时我已明白，摩达头目是想在这里了断他与箐苜·娃里丝之间的宿仇。摩达头目把地点选在这里显然是有所考虑的。这里地势险峻，达腊都噜的军队应该很难进来，即使来到山里行进起来也会很困难。而这一带刚好是我们南溪部落的猎场，族人对这里的地形都很熟悉。

来到山坡上时，摩达头目并没有让大家贸然下到谷底。他想一想把我叫过来，朝山坡下面的溪边指了指。我立刻明白了，于是背好身上的弓箭，摸了一下腰间的泰雅刀就朝山坡下面摸过去。月亮已经升到当空，山坡上的一切清晰可见。我来到山坡下面，没有立刻去溪边，而是在一块巨大的岩石后面伏下来，仔细观察小溪对面的动静。这时我已注意到了，对面的丛林里有树枝在微微晃动。我想了一下，从地上抓起一块石头朝对面扔过去，与此同时嘴里“呜儿——！”地叫了一声。果然，对岸的丛林里立刻有无数支箭朝这边射过来。有一支箭就射在我面前的岩石上。这支箭非常凶狠，我感觉到它嵌起的碎石打在我的脸上。过了一阵，对面的箭渐渐停下来。摩达头目不知什么时候已经站在我的身后。我的父亲也跟在他的身边。摩达头目从岩石后面走出来，朝对岸说，箐苜·娃里丝，我要和你说话！

等了片刻，箐苜·娃里丝出现在小溪的对岸。

箐苜·娃里丝说，你有什么话，说吧。

摩达头目说，你不是说，要向我出草吗。

篃苜·娃里丝说，是，我们之间的事应该了断一下了。

摩达头目说，好吧，不过我要问你，你是替自己了断，还是替达腊都噜？

篃苜·娃里丝说，这有什么不一样吗？

摩达头目微微一笑说，当然不一样，如果你替自己了断，我们是要出草的，而如果是替达腊都噜，只要用枪就可以解决了。不过，摩达头目又说，我要告诉你，我现在已经不想向你出草，你在我的眼里和那些达腊都噜没什么两样，现在，我要用你血祭祖灵。

篃苜·娃里丝来到小溪的这边，点点头说，好吧，我已经过来了。

他这样说着，就把手里的枪扔到一边。

我父亲走过来，对摩达头目说，我来吧，我一直在等着这一天。

摩达头目摇摇头说，这是我和他之间的事，只能我来亲自解决。

这时篃苜·娃里丝已经慢慢拔出腰间的泰雅刀。他看一眼我父亲，对摩达头目说，摩达·如桐，你说对了，这是我们两个人之间的事，只能我们自己解决。

他这样说罢，突然飞身跳上一块岩石，然后又一纵身就挥着刀朝摩达头目砍下来。摩达头目朝他看着，用力蹬起一块拳头大小的石头接到手里。就在篃苜·娃里丝的泰雅刀挂着呼呼的风响砍过来时，他把这块石头也迎着扔过去。篃苜·娃里丝的刀当地砍在石头上，竟然将这块石头一下劈成了两半，与此同时他也落到地上。摩达头目眯起眼朝他手里的泰雅刀看了看。篃苜·娃里丝从摩达头目的眼神里似乎感觉到了什么，也看了看自己的刀。他的脸色立刻变了。篃苜·娃里丝的这把泰雅刀毕竟太锋利了，而且钢口极好，他这样把这块石头劈成两半，刀刃就已彻底崩开，看上去已经像一把破烂的柴刀。

篃苜·娃里丝稍稍愣了一下。

他突然转身朝扔在地上的那支枪扑过去。但我父亲已经先跳过去把枪踢开了。也就在这时，对岸砰的一枪打过来。这一枪打在我父亲的肩膀上。我父亲趔趄了一下栽倒在地上。我立刻朝父亲冲过去。

可是这时已经又有几个北溪部落的族人朝这边扑过来。我用刀拦住其中的一个人。与此同时，我看到另一个人已经跳到我父亲的跟前，挥刀朝他的脖颈砍下去。这时我再想过去已经来不及。于是，我猛地把手里的泰雅刀投向那个人。我的泰雅刀在黑暗中飞旋过去。只听嚓的一声，隐约可以看到，这把刀已经插在了那个人的胸前。可是这时，这个人手里的泰雅刀也已经朝我父亲砍下来。但他由于疼痛，这一刀还是砍得有些偏了。我看到，我父亲的头并没有被砍下来。我立刻扑上去，从这个人的胸前拔出刀又在他的脖颈上补了一下。可是此时，我的刀也已经不太锋利，所以这个人虽已断气，但他的头颅也没有被我砍下来。我赶紧过来看父亲。我直到这时才发现，父亲的脖颈已经被砍开一个深不见底的口子，正有一些鲜红的气泡从伤口里冒出来。父亲瞪大两眼看着我，眼里流出从没有过的慈祥。他叫了一声儿子，然后告诉我，如果这一次能活下来，一定不要忘记我们的部落。他这时的声音很奇怪，似乎是从那个伤口里发出来的。

父亲这样说罢，就断气了。

这时摩达头目拎着泰雅刀，正朝筲苜·娃里丝走过去。筲苜·娃里丝一步一步已经退到溪边。摩达头目看着他说，筲苜·娃里丝，知道我为什么要来这里吗？

筲苜·娃里丝瞪着摩达头目，脸上的嘎雅已经扭歪了。

摩达头目说，我对你说过，当年，我就是在这里向你父亲出草。

筲苜·娃里丝仍然瞪着摩达头目。

摩达头目接着说，现在，我也要在这里，用你血祭祖灵。

筲苜·娃里丝突然哇地大叫一声就朝摩达头目扑过来。摩达头目拎着泰雅刀静静地看着筲苜·娃里丝。待他来到面前，手里的泰雅刀一闪，只发出轻微的一声。筲苜·娃里丝似乎愣了一下，然后就转过身跌跌撞撞地往回走去。他来到溪边，身子稍稍向前一倾，头就从脖颈上掉下来。那颗头颅落到溪里，立刻就被湍急的溪水冲走了。

接着，他的身体也扑进溪里，像追着他的头一样地漂走了。

北溪部落的族人这时都已从对岸冲过来，但是看到他们的头目筲苜·娃里丝已经被出草,一下都乱了。此时我已把父亲的尸体放到一块岩石的下面。我从父亲的腰间解下他的泰雅刀。父亲的这把泰雅刀远比我的要沉,而且掂着也更加应手。我看准一个北溪部落的族人就冲上去。我由于身材矮小,直到来到他的近前,他才发现。但这时已经晚了,我轮起父亲的泰雅刀就朝他砍过去。父亲的这把刀确实很锋利,我砍到这个人的脖子上,几乎没有感觉,只这样轻飘飘的一下他的头就掉下来。接着,北溪部落的族人就都朝对岸的丛林里逃去……

深秋的黎明有些清冷。月亮不知什么时候已经不见了,远处的能高山顶飘着一团像云一样的雾气,天已有些泛白。摩达头目带着族人朝山坡上走来。这时,巴羧仍躺在一块岩石上。他的脸已经肿得变了形,眼睛和嘴都已被挤得无法再张开。他听到是摩达头目走过来,立刻不停地用手在自己的脖颈上一下一下地比划着,喉咙里发出痛苦的呜呜声。

摩达头目走过来,慢慢蹲下身,朝他仔细地看了看。

巴吵嘎在一旁摇摇头,轻声说,已经……没办法了。

巴羧仍在痛苦地用手一下一下地比划着。

摩达头目站起来,点点头,就转身走了。

巴吵嘎走过来,拔出泰雅刀对巴羧说,兄弟,我们……彩虹桥上见吧。

这样说罢,就把手里的刀朝巴羧的脖颈砍下去……

38.女人们

天大亮时，山下达腊都噜的大部队已经进山。各种山炮和野炮开始向山里轰击。猎场的竹林着起了大火。火焰借着风势向四处漫延，很快将树林也引燃起来。多年的红桧和樟树熊熊地燃烧着。野兽们在大火中哀号着，四处奔逃着。

山上弥漫起呛人的浓烟……

我的父亲已经死了。巴羧也死了。还有一些族人也在炮火中相继死去。我知道，这才只是开始，接下来还会不断死人，直到最后，所有的族人都走上彩虹桥去见我们的祖灵。这是每个人的心里都明白的。摩达头目从开始就已说了，这次举事是一条不归路。血祭祖灵之后，所有的人只会去见我们的先人，不会也不可能再有第二路。但此时没有人后悔。因为每个人都知道，即使不走这条路，也已经无路可走。自从那些达腊都噜出现在我们这里，山上的族人就已注定无路可走了。这时，飞机已经飞进山，在天上不停地盘旋。所有的族人都已感觉到了，飞机投下的炸弹爆炸后，似乎有一股甜丝丝的奇怪味道，被风吹到身上黏黏的，而且越抓越痒。有的族人，皮肤已经开始莫明其妙的溃烂。

将近上午时，摩达头目带领族人回到部落。

部落里的女人们已将粮食装进一只一只的布袋。这些布袋细长，很方便系在身上，显然是为男人们准备的。这时，女人们静静地坐在自己的草屋门前，把孩子搂在怀里，似乎在等待着男人们回来。瓦旦带着族人在部落里找了一下，却不见一个花兰部落的女人。他看到朝这边走来的都门，立刻迎过去问，花兰部落的女人……都去哪了？

都门没有说话，朝摩达头目看了一眼。

这时，摩达头目似乎已经明白了。

瓦旦又急着问，她们……究竟去哪了？

都门仍没有说话，转身朝部落后面的山坡走去。

瓦旦看一眼欧卜丝，立刻和族人一起跟过去。走上后面的山坡，来到树林，又朝前走了一段，都门就站住了。她慢慢转过身，看着瓦旦和花兰部落的族人。瓦旦走过来，朝下面的一个山岙看了看，立刻呆住了。花兰部落的族人也都走过来。只见山岙里的红桧树上，吊着许多女人的尸体。这些尸体看上去很安详。有的几个人吊在一起，在最后的时刻还相互紧紧地拉着手。她们的脖颈上都套着青藤。青藤已经深深勒进她们脖颈的皮肉。

瓦旦呆呆地看了一阵，对身边的欧卜丝说，她们……先走了……

欧卜丝点点头。

瓦旦说，我们……走吧。

他这样说罢，就转身带着族人回来了。

显然，花兰部落的女人没有多余的粮食为她们的男人准备。所以，她们只有这样做，把自己的口粮为男人们节省下来。瓦旦和花兰部落的族人坐在部落里的红桧树下。都门带着几个女人，把花兰部落的女人们留下的粮食给他们送过来。

都门对瓦旦说，她们临走时……留下话了。

瓦旦抬起头，看着都门，她们……说什么？

都门说，她们说，她们走了，你们也就没有牵挂了。

瓦旦说，是啊……没有牵挂了……

这时，天上有达腊都噜的飞机嗡嗡地飞过。但南溪部落隐在密林中，很难被发现。于是飞机很快就漫无目的地飞过去了。对面的山上已经传来隆隆的炮声。达腊都噜的军队越来越近了。显然，如果有北溪部落的族人带路，估计他们很快就会过来。

摩达头目把枪扛在肩上，朝自己的草屋走过去。

这时，摩达头目的妻子芭苷·娃里丝正坐在门前。芭苷·娃里丝已经把草屋里收拾得井井有条。几条布袋也已装满粮食，就放在身边。

她看到丈夫走过来，没有说话。

摩达头目在妻子的身边坐下来。

芭苷·娃里丝用竹杯在酒坛里舀了一下，然后把杯子递过来。

摩达头目接过酒杯，看一眼妻子说，巴羧……

芭苷·娃里丝说，我已经……知道了……

摩达头目说，他只是……先一步……

芭苷·娃里丝点点头说，明白。

摩达头目又看一眼妻子，沉默了一下说，还记得当年……我把你从北溪部落带回来……

芭苷·娃里丝笑一下说，记得，那天你的手上都是血，很滑……我有些抓不住。

摩达头目说，就在刚才，我已向筲苜·娃里丝出草了。

芭苷·娃里丝说，是啊，说起来……他还是我的堂侄。

摩达头目把手轻轻放到芭苷·娃里丝的肩膀上。他看着妻子说，我知道，这些年，你的心里一直有一个愿望……你想……可是，我没有为你实现。

芭苷·娃里丝说，这不怪你。

摩达头目说，是啊，我发过毒誓，永远不与北溪部落和解。

芭苷·娃里丝点点头说，我当然知道。

摩达头目说，你唱个歌吧。

芭荇·娃里丝笑一笑，就轻轻地唱起来：通向部落的路啊，要走过溪谷，通向猎场的路啊，要走过山林，通向波索康夫尼的路啊，要走上白石山……芭荇·娃里丝一遍一遍地唱着，轻轻地唱着，一边这样唱，又冲摩达头目微微笑了一下，就慢慢闭起双眼。

摩达头目站起身，把枪对准妻子……

枪声在山谷里回荡了一下。部落里的人们默默地朝这边看着。摩达头目蹲下身，为妻子细细地整理了一下头发，就把她的尸体抱进草屋去了。过了一会儿，摩达头目把几个瓦罐从草屋里搬出来。这几个瓦罐里装满了火药。这些火药还是上辈人留下来的，由于年代久远，都已经有些发潮。但摩达头目知道，它们一旦遇到明火还是会爆炸的。巴咿嘎和瓦旦带着族人走过来，把这几个瓦罐搬到红桧树下的骷髅架旁边。摩达头目将这几个瓦罐打开盖子，遮掩起来，又在上面堆了一些干柴。这时，部落里的族人已将所有的草屋都点燃起来。

屋顶上厚厚的茅草立刻燃烧起来。

部落里的大火很快连成一片。草屋熊熊燃烧着，热浪随着山风吹到人们的脸上，炙烤得滚烫。大火中的草屋似乎被红色的烟雾笼罩起来，又似乎在热浪中微微飘动着。就在这时，一个部落的长老朝大火中走去。接着，长老们一个个地朝火中走去。最后是部落里的老人们。他们慢慢地，一步一步走进火里，走进那些燃烧着的草屋……

远处的枪炮声越来越近，已经有炮弹落到附近的山坡上。爆炸崩起的石块飞溅下来，落到溪水里。摩达头目带着所有的族人走上对面的山坡。这时整个部落都已燃烧起来。大火升腾着冲出山林，一直烧向天空，将阴沉沉的乌云也映得红起来。

摩达头目又朝山坡下面的部落看一眼，就转身朝山上走去……

山里又下起了大雨。冷风和雨水裹在一起，打到人的身上冰冷刺骨。南溪部落的族人们走在泥泞的山路上。由于有女人和孩子，行进的速度更加缓慢。孩子们在饥饿和寒冷中不停地哭叫。飞机仍在头顶上飞着，不时地扔下炸弹。炸弹在山林里爆炸后，那种奇怪的甜丝丝的味道似乎越来越重。这时族人们已经意识到,北溪部落的族人曾在对面山坡上叫喊,如果再不投降,达腊都噜就要扔毒气弹了,现在看来,这应该就是达腊都噜的毒气弹。

将近傍晚时,摩达头目带领族人来到一个山坡上。

雨停了,西边的天际泛起一片血红的余晖,将山林也染红了。就在这时,山下突然传来一阵隆隆的爆炸声。从山上向下望去,可以看到南溪部落的上空腾起一股浓浓的黑烟。显然,达腊都噜的军队已经开进部落。他们一定是看到了红桧树下的那个骷髅架。那是摩达头目的骷髅架,上面摆放着数不清的人头。摩达头目故意将几箩筐炸药放到了那里。达腊都噜一定是想烧毁这个骷髅架,于是点燃了旁边的干柴。就这样,将遮盖在下面的炸药也引燃了。

这时巴哕嘎匆匆过来,对摩达头目说,有一股达腊都噜已从后面追上来。

摩达头目想了一下。现在可以去的地方只有一个了,就是能高山北麓的猎场。那边山高林密,达腊都噜的军队不习惯走山路,而且还有炮车辎重, 他们即使有北溪部落的族人引路应该也很难上去。于是,摩达头目让巴哕嘎和我带着部落里的女人和孩子先走,他和男人们留下来断后,阻击达腊都噜的军队。巴哕嘎立刻对摩达头目说,还是他留下来,让摩达头目和受伤的族人带着女人孩子先走。摩达头目说,你和嘟奴带她们先走吧。

他这样说着又回过头,用力地看一看我。

我已经知道摩达头目要说什么,于是说,摩达头目,你放心吧。

摩达头目点点头。

我说,我现在……已经是一个真正的男人了。

这时都门和女人们走过来。

都门对摩达头目说,把粮食……给你们留来吧。

摩达头目看看都门。

都门又说,女人们走山路,还要……背孩子……

摩达头目没说话。

于是，女人们就把事先装好的粮食口袋拿过来，给男人们系到身上。然后，就都背上孩子头也不回地走了。都门临走时看一看摩达头目，似乎还要说什么。

但她想了一下，就转身和女人们一起走了。

天色已渐渐暗下来，山顶弥漫起一团一团的雾气。这雾气缥缈着，缭绕着，远处的能高山顶也若隐若现。我和巴吵嘎带着女人们朝能高山北麓的方向走着。雨虽然停下来，但山路仍然很滑，女人们背着孩子走得跌跌撞撞。此时，她们的头发都已湿漉漉的，雨水和汗水从发梢上滴落下来，脸颊上的嘎雅看上去闪着金属一样的光泽，似乎更加坚硬。

身后突然响起了激烈的枪炮声。显然，摩达头目带领着族人已和达腊都噜的军队接上火了。我和巴吵嘎都知道，摩达头目选择阻击的地点是一个非常险要的关隘，那里易守难攻。但是，与达腊都噜的军队比起来，我们的族人毕竟太少了，而且仅凭他们手里的武器，在这个关隘应该不会坚持太久，巴吵嘎对都门说，让大家走的再快一些。

都门说，她们……已经一天没吃东西了。

巴吵嘎说，达腊都噜很快就要上来了。

都门平静地说，那就让他们来吧。

这时来到一个山口。

这是一个很宽敞的山口，但一边是陡峭的岩壁，另一边是深不见底的悬崖。前面的女人们走到这里忽然停下来。我和巴吵嘎立刻走过来，刚要问一问发生了什么事，就见一个女人抱着孩子慢慢走到悬崖边。她朝下面看了看，突然一松手，就把怀里的孩子扔下了漆黑的悬崖。接着，别的女人也都一个个地走过来，把手里的孩子朝悬崖的下面扔去。她们的孩子有的还在熟睡，也有的已经惊醒。惊醒的孩子立刻意识到了将要发生什么事，他们拼命抓住母亲的手臂，恐惧地大声哭号着，哀求着，就这样一个一个地被扔下去了。

孩子们的哭号声在悬崖下面的黑暗中久久回荡着……

我和巴吵嘎站在旁边，默默地看着。

女人们做完这一切，就又向前走去。

过了山口，前面是一个浅浅的山坡。山坡上有一棵巨大的红桧树。这棵红桧一定有几百年了，它的树冠像一片云彩，被纵横交错的粗壮树枝支撑起来。女人们走到这棵红桧树下，仰起头看了一阵，似乎在寻找着自己位置。接着，她们在一个个的枝丫下面，拉下搭在上面的青藤，细心地拴成套索。她们拴的套索很精致，如果春天戴在头上的花环。只是这花环上没有鲜花，只有一些嫩绿的叶子。女人们拴好这样的套索，相互微笑着看了看，就把头伸进去。巨大的红桧树发出沉重的嘎嘎声。这声音很古老，似乎是从几百年前传来的。女人们的两脚都不停地抖动着，看上去好像是在跳着最后的舞蹈。渐渐，红桧树上又恢复了平静。这棵巨大的红桧上挂满了这些女人，远远看去似乎是吊着一个个的风铃。一阵山风吹来，她们笔直的身体轻轻摇晃着，碰撞到一起，好像发出一阵悦耳的叮叮咚咚的声音……

这时，摩达头目带着部落里的族人赶上来。摩达头目来到我的身边，朝山坡上看了看。他沉默了一阵，喃喃地说，让她们……先走吧……祖灵会接受她们……

我爬上山坡的一块岩石，朝后面的山路上看了看。

这时隐约可以看到，有星星点点的火把正在朝这边移动。显然，达腊都噜的军队已从后面追上来，看样子很快就要到了。我立刻朝摩达头目打了一个手势。但在刚才的这一场交火中，族人的弹药已经几乎打光了。欧卜丝把枪扔到一边说，没有子弹，这空枪筒也就没用了。瓦旦把背在身后的竹矛拿到手里说，是啊，现在是用到这家伙的时候了。摩达头目拔出腰间的泰雅刀，朝前面不远的峭壁看一看说，我们去那里。

他这样说罢，就带着族人爬上山坡。

这面峭壁很陡，几乎有一丈多高，下面的山路却很窄，底下就是一个山坡。摩达头目走过来看了看地形说，好吧，就在这里吧。说罢，就带着大家登上这面峭壁。

雾气已经散去。被雨水冲刷过的夜空很干净。月亮在头顶上燃烧着,将山路映得通亮。我爬上峭壁,手里握着泰雅刀,蹲在巴咿嚄的身边。这时,我的心里空空的,好像什么都不想了。我只有一个念头,一直在仔细观察着,一会儿从哪里跳下去。巴咿嚄回头看看我,忽然笑了。我借着月光看到,他的脸颊由于被毒气弹侵蚀,已经开始溃烂。

他轻声对我说,我刚刚睡了一下。

我听了他的话,突然也感到一阵困倦。我这时才意识,已经两天两夜没有睡觉了。

巴咿嚄又说,我还做了一个梦,想知道我梦到什么了吗?

我看着巴咿嚄。我发现,他脸颊上的溃烂正有黄色的液体渗出来。

巴咿嚄说,我刚才梦到,在猎场打到一头山羌,它的血很腥很甜。

我朝他用力笑了一下,点点头说,是啊……我也想喝山羌的血了。

巴咿嚄说,摩达头目说过,在彩虹桥的那一边有一座很大很大的猎场,我们的先人都守在那里,等我们一起走过彩虹桥,我一定带你去打山羌。

我点点头说,好啊……

我这样说着,也冲他笑了一下。

这时一串火把已经来到峭壁的下面。山路上传来杂乱的脚步声。借着光亮可以看到,山本和几个穿警服的人举着火把走在前面引路,跟在后面的是达腊都噜的军队。摩达头目盯住山本看着,等他们走到峭壁下面,突然大喊一声,把手里的泰雅刀一挥就纵身跳下峭壁。族人们也都呜呜叫着跟着跳下去。达腊都噜的军队一下被这突如其来的袭击冲得大乱,立刻和族人们厮杀在一起。我从峭壁上跳下来时,刚好骑到一个达腊都噜的脖子上。这个达腊都噜一下被我砸得坐到地上。这时我已无法砍他的头,只好用两腿紧紧夹住他的脖子,把手里的泰雅刀倒过来一用力,就狠狠插进他的前胸。我感觉到刀尖在他的胸骨碰了一下,接着又一用力,就把刀深深插进他的身体。与此同时,我看到瓦旦也从峭壁上跳下来。瓦旦的手里握着一根竹矛,他这样跳下来,竹矛刚好竖着插在一个达腊都噜的肩上。这一下是从他脖颈的边上插进去的,所以插得很深。瓦旦用了很大的力气才把竹矛拔出来。但就在这时,一个达腊都达挥刀朝瓦旦砍过来。瓦旦似乎听到了身后的动静,刚一回头,这把刀就已经到了眼前。他这时再躲已经来不及,于是就这样看着这把刀朝自己的头顶劈下来。但就在这最后的一瞬,他还是本能地歪了一下头,然后就被斜着劈开了。欧卜丝在一旁看到立刻大叫一声朝这个达腊都噜扑过去。但他只跑了两步,一枪打过来。他的头就像一只瓦罐一样被打破了。

我从面前这个达腊都噜的身上拔出自己的泰雅刀，看到一个达腊都噜正倒着朝我退过来。我看准他的脖颈就跳起来抡刀朝他砍过去。可是就在这时,他被另一个达腊都噜撞了一下。我这一刀砍空了。我立刻趔趄了一下,刚刚站稳,就见巴哕嚏从头顶的峭壁上跳下来。巴哕嚏这一下刚好跳到两个达腊都噜的中间。他一刀砍下其中一个达腊都噜的头颅。这时我发现，另一个达腊都噜已经朝巴哕嚏举起枪。我猛地扑过去,一刀捅在他的肚子上。这个达腊都噜的肚子竟然很柔软,我用的气力又太大,就在我这把宽大的泰雅刀扎进他身体的一瞬,脚下已经收不住,于是朝前一扑,就连握着刀柄的手也一起捅进他的肚子。我感觉到这只手一阵发烫,接着就有一股热乎乎的东西从里面流出来。我看到了,是这个达腊都噜的肠子。他的肠子是粉红色的,还有一些发白的东西,接着就闻到一股臭烘烘的味道。我想,我一定是把他的肠子扎破了。这个达腊都噜低头朝自己的肚子看了看,突然哇地大叫一声就朝我扑过来。我没有想到他竟然会这样做,一下被他扑倒在地上,接着就和他一起朝山坡的下面滚去。我立刻感到一阵天旋地转,似乎整个山林都翻腾起来。此时,我的心里只有一个念头,我一定要紧紧攥住我的泰雅刀。因为这是父亲留给我的,我绝不能把它丢掉。这个达腊都噜先是压在我的身上,但是朝山坡的下面只滚了几下立刻就像一个口袋似的弹开了。我听到他的头颅撞到一块山石上,发出很清脆的啪的一声。然后,我就继续朝下滚去。

我就这样一直滚到谷底……

这时,我看到黑暗中还有一些人滚下来。有达腊都噜,也有族人,还有的是族人和达腊都噜抱在一起。那些达腊都噜一边朝下滚着嘴里还在哇哇叫着，带得石头也哗哗地朝下滚落下来。我朝山坡上看去。这时达腊都噜的军队已经乱成一团。他们显然摸不清这个山坡上的情况,所以不敢久留,于是朝着来的方向退回去……

39.阿敏

阿敏把家里的一切都收拾好了。樱冈太郎一向是一个很细心的人。他用的书本永远在书桌上摆放的整整齐齐,衣服也总是叠得很平整。阿敏像往常一样,把樱冈的衣服放进他的衣箱,又把他常用的书和笔都装进他平时带在身边的包里。

阿敏做完这一切,站在房间的当中朝四周看着。

这里曾经是阿敏和樱冈的家。阿敏不止一次在心里想象,将来这个家里有了孩子,一个,两个,很多个,就会慢慢热闹起来。大一点的孩子在门外的院子里玩耍,小一点的趴在樱冈的书桌上写字,更小的则笑着叫着在榻榻米上翻滚……可是现在,都过去了,什么都不会有了。樱冈已经去了对面的山坡上,这时正静静地吊在树上。他永远也不会再回来了。

阿敏又朝这个家里环顾了一下。

她觉得, 似乎每一个角落里都还留着樱冈的气息。窗前的角落里,那盆大花曼陀罗仍然盛开着,枝叶也还是那样的茂盛。这盆花还是阿敏和樱冈结婚时，山口特意送给他们两人的。在他们举行婚礼的当天下午，山口带着人把这盆花送来。阿敏还清楚记得，那天山口穿了一身深色的和服，显得皮肤更加白皙，看上去也更斯文。当时山口笑着对阿敏和樱冈说，这盆花叫大花曼陀罗，它原本是生长在南美洲，可以适应各种环境，现在引进台湾才成了盆栽植物。山口半开玩笑又意味深长地说，你们两人的这个小家庭，也算是引进的植物啊，所以，希望你们将来也像这盆大花曼陀罗一样盛开啊。但是，山口带人走后，樱冈立刻将这盆大花曼陀罗搬到窗前的角落里去了。樱冈告诉阿敏，千万不要碰这盆花。他在台中州的师范学校读书时，曾在园艺课上见过这种叫大花曼陀罗的花卉。樱冈说，这种花虽然好看，它的花蕊和果实却有剧毒，是不能碰的。阿敏听了立刻有些紧张，对樱冈说，我们……还是把它搬到院子里去吧。樱冈却摇摇头说，不行，既然山口已经送来，就不能再把它搬出去，我们只要躲它远一点就是了。于是，樱冈每天都小心翼翼地为这盆花浇水，既不敢靠近，又唯恐它出什么问题。曾有一次，山口来家里和樱冈谈事，看到这盆大花曼陀罗仍然开放得很茂盛，非常高兴。他对樱冈说，你不愧是台中州师范学校的高材生，园艺课学得很好啊。

这一次，就在出事的第二天，山口又来了。

山口这一次还带来了十几个全副武装的警察，他自己也穿了黑色的警服。当时阿敏正呆呆地坐在家里。山口面沉似水地走进来，看一看阿敏问，樱冈太郎呢，他在哪。阿敏慢慢抬起头，感觉这时的山口已经很陌生。山口又朝房间里看一下，朝身后的警察做了一个手势。几个警察就走过来，在房间里搜了一阵。然后，山口没再说话就带上人走了。事后阿敏才知道，警察分室怀疑这一次内部有人策应山上的生番，于是就开始着手调查。但山口这时显然还不知道，樱冈已经去了对面的山坡上。阿敏直到这时，也才终于理解了樱冈。樱冈曾对她说，我们的家里放着这样一盆大花曼陀罗，所以要随时小心啊……

这时，阿敏这样想着，就在榻榻米上慢慢坐下来。

房门被拉开了，慧子走进来。慧子已经连续两天两夜在卫生医疗所里值班。卫生医疗所已人满为患,到处躺着等待救治的伤员。这时,慧子脸色苍白,显得很疲惫,一缕头发也从前额散落下来。她先是朝阿敏看了看,然后慢慢走过来,在她对面坐下了。

阿敏抬起头,也看一看她,没有说话。

慧子说,你怎么……没去上班。

阿敏喃喃地说,是啊,我……没去上班……

慧子说,医疗所的后面,到处都是尸体。

阿敏摇摇头,轻声说,死的人,太多了。

慧子忽然流下泪来, 低头哽咽了一下, 刚才……我去看他们了……

阿敏问,谁?

慧子说,太郎和……次郎……

阿敏哦了一声。

慧子说,他们……已经被拉回来了。

阿敏点点头说,是啊,回来了就好。

慧子说,两个人……都像睡熟了一样,很安详,只是脸上……没有血色……

阿敏讷讷地说了一句什么,扭过头朝窗外看着。上午的太阳已经升起来。秋天了,阳光射进屋里,有了一些泛黄的颜色。阿敏又含混地咕哝了一句什么。慧子朝阿敏很认真地看了看,起身去倒了一杯水,给她端过来问,你,没事吧?

阿敏说,没事,我……没事……

慧子抹了一下挂在眼角的泪水,忽然笑一下说,我还要……感谢次郎呢……

阿敏听了慢慢转过头,看一看慧子。

慧子轻轻叹息一下说,就在出事的前一晚,我们刚刚……

阿敏问,你们,在一起了?

慧子点点头。

阿敏沉默了一下,看她一眼说,好……好啊……这样也不枉相识一场。

慧子说，是啊，而且就是这一次，我觉得好像……有了。

阿敏淡淡笑一笑说，怎么可能呢，刚刚几天。

慧子说，只是一种感觉，我这肚子里，好像……不太一样了。

阿敏说，好啊，如果真是这样……就太好了，次郎总算为你……

阿敏这样说着，慢慢垂下脸，轻轻摇了摇头。

她站起身，去院子里，把晾衣竿上的最后几件衣服拿进来，仔细叠平整，小心地放进衣箱。然后又把每一扇窗子都关好。慧子站在一边，看着她做完这一切，就和她一起走出来。

慧子陪着阿敏在街上走了一段，发现她朝对面的山坡走去。

慧子问，你要……去哪？

阿敏站住了，回过头看看慧子。

慧子说，太郎和次郎他们……是在医疗所啊。

阿敏冲慧子笑笑说，你……回去吧。

她这样说罢，就转身朝山坡上去了……

山坡上很静，只有蓝鹇儿的鸣叫声。巨蟋隐在草丛里，已经叫得有气无力。樱花树下的紫花地丁也已枯萎了。阿敏沿山路走着。穿过这片樱花树林，前面就是一道溪谷了。阿敏走下溪谷，来到一棵巨大的红桧树下。她在这棵树下站住了。一根横生的枝丫上，缠绕着许多青藤。其中的一根青藤垂下来，形成一个环状的套索。阿敏朝这个套索看着。几天前，樱冈太郎就是将自己的头伸进了这个套索。这时，套索下面的地上还有樱冈蹬翻的石头。阿敏呆呆地朝这个套索看了一阵，就把这几块石头重新码放好。然后抓住套索，蹬上石头。

她朝远处的山顶看了看，就把头伸进套索……

阿敏再醒来时，发现自己已经躺在卫生医疗所的病床上。周围很杂乱，很多医生和护士在身边匆匆地走来走去。旁边的病床上有人在呻吟，还有人在喃喃地咒骂。阿敏渐渐清醒过来。她意识到了，躺在周围病床上的，都是这一次的伤员。但她又想了想，却想不起自己怎么会在这里。这时有人用毛巾擦了一下她的眼睛。毛巾有些凉，擦在眼睛上很舒服。

阿敏朝旁边看了一下，才发现是慧子。

慧子轻声说，你醒了？

阿敏点点头，嗯了一声，立刻感到脖颈一阵疼痛。

慧子说，这就好了，你啊……可吓死我了。

阿敏问，我怎么会……在这里？

慧子问，你不记得了吗？

阿敏又想了一下，渐渐想起来，自己是去了对面山坡的溪谷。她想起了那棵巨大的红桧树。樱冈就是把自己吊在这棵树上的，所以她想，如果自己也吊在这棵树上，就可以见到樱冈了。阿敏的眼角淌下泪来。她对慧子说，你不该……救我啊……

慧子说，不是我。

慧子告诉阿敏，在这个上午，她和阿敏从她的家里出来，阿敏就径直朝对面的山坡走去。当时慧子看阿敏的神色有些不对，所以直到回卫生医疗所，仍然有些心神不定。就在这时，山口来到卫生医疗所。山口是来找阿敏的，但在卫生医疗所里却没有见到阿敏。他知道慧子平时和阿敏的关系很好，于是就来问她，阿敏为什么没来上班。慧子迟疑了一下，就把刚才的事情对山口说了。山口听了想一想，立刻带人朝对面的山坡追过去。就在他来到山坡上时，刚好看到溪谷里的阿敏把头伸进那根藤索。

所以，慧子对阿敏说，她就这样被救下来。

慧子又告诉阿敏，山口把她送来卫生医疗所之后，一直看着她脱离了危险才回警察分室。他临走时还一再叮嘱慧子，等阿敏醒过来，要立刻告诉他。

阿敏听了，两眼静静地看着屋顶，没有说话。

慧子伏到阿敏的耳边问，你现在，能起来吗？

阿敏看一眼慧子。

慧子又轻声说，太郎和次郎他们，就要……拉走了，你想去看看吗？

阿敏立刻说，去啊……我要再去……看看他……

她一边说着就挣扎着起来。但脖颈的疼痛又让她呻吟了一下。慧子连忙伸过手臂，把她扶起来。阿敏从病床上下来，让慧子搀扶着慢慢朝卫生医疗所的门外走去。

已是傍晚。卫生医疗所门前的街上已经清理干净。但仍有收尸队的人将从角落里发现的尸体或尸体残骸拉运过来。收集到的尸体都停放在卫生医疗所后面的一个巨大的军用帐篷里。同时又有人不断地将整理登记过的尸体拉走，送到小学校的操场上去集中焚化。慧子搀扶着阿敏来到后面的军用帐篷。帐篷里弥散着一股令人作呕的尸臭。两个人来到两具尸体的跟前。这两具尸体的身上都盖着肮脏的草绿色军毯。慧子轻轻撩开其中的一条军毯，露出樱冈太郎的脸。樱冈太郎面色苍白，但很安详，真的像睡熟一样。阿敏很认真地看着樱冈太郎。她觉得樱冈太郎脸上的神情从没有这样平静过，而且看上去已经很坦然。

阿敏在心里想，是啊，他现在终于不再纠结，他可以解脱了。

慧子轻声说，我已经……为他们擦过脸了。

慧子这样说着，又撩起另一条军毯。

樱冈次郎的脸上也已经很平和，似乎嘴角还挂着一丝笑意。

慧子说，就在出事的前一天晚上，他一边喝着酒对我说，他终于想明白了，绯寒樱虽然好看，花期却只有七天，而紫花地丁可以从春天一直开放到秋天，这就是它们的区别。

慧子说话的声音很轻，似乎生怕惊扰了太郎和次郎。

阿敏又用力朝太郎看了看，就转身朝帐篷外面走去。

在这个晚上，阿敏已不想再回卫生医疗所。她这时才意识到，自己已经不可能再去那种地方，像过去一样穿着奇怪的白色衣服去摆弄那些药瓶。但是，她也不想再回自己的家。那里曾是她和樱冈太郎的家。现在，樱冈太郎已经躺在这个可怕的帐篷里，而且就要被拉去小学校的操场，变成一缕青烟重新飘回到山里去，这个家也就不再是家了。阿敏站在卫生医疗所的门前,突然感到茫然。她一时想不出自己还可以去哪里。

就在这时,山口匆匆来了。

山口是听到消息,立刻带人赶来卫生医疗所的。他看到阿敏正站在卫生医疗所的门外,感到有些意外,看一看旁边的慧子问,阿敏现在……没事了?

慧子点点头说,是……

山口立刻咳一声,对慧子说,嗯,你先去吧。

慧子又看一下阿敏,就朝卫生医疗所里去了。

山口走到阿敏的面前说,樱冈,已经死了。

阿敏喃喃地嗯了一声。

山口又说,他的事,我不想再说了。

阿敏没有说话。

山口说,现在闹事的生番,都已逃回山里去了,我今天已经得到消息,进山清剿的军队也有很大伤亡。所以……山口说到这里,盯住阿敏的脸看了看,我现在要跟你说的是,后面还会有大批的军队和飞机从台北调集过来,我可以把这座能高山彻底轰平。

阿敏朝远处的能高山顶看了看。此时,能高山已经隐在漆黑的夜幕里。

山口说,你当年是南溪部落的族人,对吗。

阿敏点点头。

山口盯着阿敏问,你也不希望,南溪部落被灭族吧?

阿敏慢慢转过头,看一看山口。

山口说,我知道,这次闹事虽然是几个部落的番人,但主要领头的是南溪部落的摩达·如桐,我想让你上山,劝一劝这个摩达·如桐,如果他肯放下武器,不再抵抗,我从人类学的角度可以考虑不把这个部族灭掉。否则……山口点点头说,能高山上的一只鸟我都不会放过。

山口这样说罢,又看一眼阿敏就转身走了。

40.仪式

我躺在山坡的下面。四周没有一点声音。

我感觉到浑身疼痛,似乎每一个骨节都已被摔散了。这时,我看到了刚才和我抱在一起滚下山坡的那个达腊都噜。他就躺在离我不远的地方。我和他抱在一起时,闻到了他身上有一股很难闻的味道,像山羌的粪便。我记得很清楚,在和他一起朝下滚时,由于我的身体轻,所以很快就慢下来,而他的块头很大,于是就像一截木头似的一直滚下去了。这时,他的头已经被石头撞烂了。看样子是撞在头顶,脑盖已经被揭掉,只剩了下巴。

山坡上面的达腊都噜军队已经朝来时的方向退回去了,一切都恢复了平静。我摸不清周围的情况,又躺了一阵,才慢慢爬起来。这时才发现,谷底竟然躺着很多人,有族人,也有达腊都噜。他们有的仍然紧紧抱在一起,也有的散落在坡下。我看一眼手里的泰雅刀,刀还在。我的心里稍稍踏实了一些。这时我才终于理解了父亲当初说过的话。父亲曾对我说,泰雅刀就是族人身上的胆,只要有刀在,就什么都不怕。

这时,我看到附近有几个人也慢慢爬起来。

我立刻握紧手里的刀,轻轻靠近一块巨大的岩石,蹲下身朝这几个人看着。接着就听到摩达头目的声音。摩达头目在黑暗中说,谁在那里。

那边传来巴吵嘎低沉的声音。

巴吵嘎说,是我,巴吵嘎。

巴吵嘎说着,就朝摩达头目这边走过来。

摩达头目说,看一看吧,还有什么人。

黑暗中又有几个族人摸过来。我稍稍松了一口气,也朝这边走过来。大家在尸体中摸索着,搜寻着。黑暗中偶尔听到有达腊都噜的呻吟声,接着就是泰雅刀砍下去的声音。就在这时,我借着微弱的星光看到一个人。他斜倚着身体躲在一块岩石的后面。我走近一些,立刻认出来,这个人是山本。山本看上去也受了伤,但并不是很重,他显然是想躲在暗中伺机逃走。这时,他看我走到他的面前,立刻挤着脸笑一下说,我知道……你叫嘟奴。

我看着他,慢慢从腰间拔出泰雅刀。

山本立刻说,都门……来找过我。

摩达头目朝这边走过来。他看到山本,对我说,这里没你的事了。

我已经明白了摩达头目的意思,就朝后退了一步。

摩达头目走到山本的面前问,都门,跟你说什么了?

山本说,她说……还想和我在一起。

摩达头目问,她是这样说的吗?

山本连忙说,是……她就是这样说的。

摩达头目心平气和地说,好吧,我现在告诉你,其实我早就想向你出草,只是因为都门,我才没有这样做。现在都门已经走了,你也可以去找她了。

摩达头目这样说着,就从腰间拔出泰雅刀。

山本这时已经意识到要发生什么,突然从岩石的旁边跳起来。他这样跳起来显然是想逃走,所以用的气力很大。但他的一条腿好像受伤了,所以这一下虽然跳得很高,却慢了一些。就在他往起一跳的同时,摩达头目的泰雅刀也横着扫过去。山本轻轻地哦了一声,似乎又改变了主意,他这样跳起来并没有跑,又重重地坐到地上。然后又看一看摩达头目, 头就从脖颈上滚落下来。这颗头颅一直滚到我的脚下。我低头看了看黑暗中的这颗头颅, 山本的两个眼皮痉挛地眨动着,嘴也一张一张地似乎还想说什么。我抬脚把它踢到一边去了。

这时巴吵嘎走过来,对摩达头目说,我们只有这几个人了。

摩达头目问,花兰部落的人呢。

巴吵嘎说,看来他们……都已经……

摩达头目点点头说,上去吧。

于是,剩下的族人就跟着摩达头目来到山坡上。借着月光可以看到,山路上也到处都是尸体。达腊都噜的尸体大都被砍去了头颅,还有的身上插着竹矛。一个达腊都噜的头颅卡在了很高的石缝里,显然是被一刀砍飞起来。其中也有族人的尸体。有的族人已被枪弹打烂了头仍和达腊都噜紧紧地抱在一起。瓦旦的半个身子已经被砍开了,两只手还握着他的竹矛。我看到,他躺在黑暗中,两只眼睛仍然瞪得很大。摩达头目带着族人在尸体堆里搜寻了一下, 却一支枪也没有找到。显然,达腊都噜的军队在撤退时,把枪支都带走了。

月亮已经沉到西边,天快亮了。

这里是通往山上的唯一道路, 所以达腊都噜的军队虽然退下去了,但应该很快还会从这里上来。于是,摩达头目就带着族人把所有的尸体都摆在山路当中,然后又重新来到上面的峭壁。这一次,摩达头目带着大家搬来许多巨大的石块,码放到峭壁上。

然后就伏下来,听着下面的动静。

天色微明时,下面的山路上果然又有了杂沓的声音。隐约可以看到,达腊都噜的军队又沿着下面的山路开过来。这一次,他们显然想尽快通过这个险要的关隘,所以行进的速度明显加快了。但来到这个峭壁的下面,山路突然变窄了,而且道路中间摆满了尸体,速度立刻就慢下来,队伍一下拥堵在一起。就在这时,摩达头目突然大喊了一声,就将跟前的一块巨石朝峭壁的下面推去。接着,无数的巨石立刻像冰雹一样朝下面砸去。黑暗中的达腊都噜一下被这些巨石砸懵了,在混乱中叫喊着,又有很多人滚落到山坡下面去了……

天色大亮时,摩达头目带着最后的几个族人来到能高山的北麓。

这里曾是南溪部落最大的猎场,也是一座最丰美的猎场。由于山高林密,地势险峻,也就很少有人来到这里。枪炮声已经很远了。山林里静下来,只有鸟叫和秋虫的唧唧声。这时,罗比终于走不动了。罗比是巴哕嘎的堂弟。他虽然只有十八岁,身体却非常粗壮。可是这时,他慢慢蹲在地上,艰难地喘息着。罗比的口腔和喉咙都被达腊都噜的毒气弹侵蚀了,这时已溃烂得不能说话,喘气也很困难了。摩达头目走过来,朝他看了看。他的嘴角已经淌出黄色的脓水。摩达头目伸出手,为罗比轻轻擦掉嘴角的脓水,然后拍一拍他的肩膀。罗比拿过自己的枪,从身上掏出最后一颗子弹,推进枪膛。

他又朝自己的这支枪看了一眼,就递给摩达头目。

摩达头目说,罗比,我们的祖灵,会为你骄傲的。

罗比笑一笑,点点头。

摩达头目又说,在彩虹桥上,等我们吧。

罗比又点点头。

摩达头目慢慢端起枪,对他说,把眼闭上吧。

罗比摇摇头,两眼静静地直视着面前的枪口。

枪声响了。一只蓝鹇儿从头顶的树枝上飞走了。摩达头目把手里的枪扔下山谷,就转身沿着山路朝前走去。巴哕嘎朝罗比看了看。罗比倒在路边的草丛里,子弹从嘴里穿进去。显然,摩达头目是为了减轻他的痛苦。巴哕嘎扯过一些干枯的枝叶盖在罗比的脸上,就和族人一起朝前走了。这时,我听到摩达头目在前面哼唱起来。我还是第一次听到摩达头目唱这样的歌。他的嗓音很浑厚,浑厚中又有一丝像溪水一样的清亮。但他唱的什么,却听不清楚。

我跟着巴咿嘎沿山路走上一个悬崖。这个悬崖只是一块巨大的岩石,几乎有一间草屋那样大。它的一半探到半空,下面是深不见底的山涧。从悬崖朝远处望去,已经有一抹金色的晨曦飘在天际。摩达头目站在悬崖上,回身朝这边看着。

他对巴咿嘎说,有一件事,我很遗憾。

巴咿嘎站住了,看着摩达头目。

摩达头目问,你知道是什么事吗。

巴咿嘎说,您……没有满足母亲的愿望。

摩达头目摇摇头。

巴咿嘎又想一想,看着父亲。

摩达头目说,这一次,我没有为部落里的年轻人,在额头纹上嘎雅。他这样说着,朝旁边几个年轻的族人看了看。这几个年轻人的额头在晨曦中显得很光洁。

一个年轻的族人说,摩达头目,祖灵会认出我们的。

摩达头目点点头说,是啊,祖灵一定会接受你们的。

年轻的族人说,等我们过了彩虹桥,让先人为我们的额上纹嘎雅吧。

摩达头目笑一笑说,是啊,你们过了彩虹桥,也一样会纹上嘎雅。

他这样说着,刷地从腰间拔出泰雅刀,然后一手握枪,另一只手握着泰雅刀,迈着沉重的步子走到悬崖边。他又回头朝我们看了一眼,笑一笑,就轻轻一纵跳下去了。

过了一阵,下面的山涧里传来一声枪响……

几个族人立刻也跟着跳下山崖去了……

巴咿嘎孤零零地站在那里,沉默了一阵,就带着我朝前面的溪谷走去。

能高山北麓的早晨已经有些寒冷。虽然太阳已升上山顶,却只有一点微弱的阳光撒落下来。谷底有一条清澈的山溪。我跟在巴咿嘎的身后,来到这条溪边。溪水很深,也很湍急,翻起的浪花撞击在溪边的石头上,发出哗哗的声响。沿着这条溪水朝下游走了一阵,巴咿嘎突然站住了。这时我也已经看到,阿敏正坐在前面的一块石头上,静静地朝这边看着。巴哕嘍又朝那边看了看,就走过去。

巴哕嘍说,你,还记得来这里的山路。

阿敏笑了笑,没有说话。

巴哕嘍又看一眼阿敏,是那些达腊都噜让你来的?

阿敏仍然看着巴哕嘍。

巴哕嘍说,你应该知道,南溪部落,不是北溪部落。

阿敏淡淡地笑了一下。

巴哕嘍又说,摩达头目曾经说过,在我们的嘎雅中,没有归顺。

阿敏说,我只是想看看你们,也看一看……巴羧……

巴哕嘍说,巴羧已经……

阿敏又笑一笑说,我刚才……已经看到他了,他还……告诉了我一句话。

巴哕嘍问,他告诉你……什么?

阿敏慢慢站起来,就朝溪边走去。我和巴哕嘍看着她。她走到溪边,又回头朝这边看了一眼,就转身扑进湍急的溪流,像一朵花似的漂走了……

太阳已经升到了头顶。溪谷里有了阳光,也就有了暖意。山林里开始亮起来。我慢慢拔出腰间的泰雅刀。此时,这把刀上已涂了厚厚的一层血渍。血已经干硬,在阳光下泛着黑紫的颜色。父亲曾说过,一把泰雅刀,只有出草多了才会有分量。现在,这把刀掂在我的手里沉甸甸的。我拎着刀摇摇晃晃地来到溪边,用溪水把刀锋上的血渍洗净。阳光落到刀锋上,像镜子一样映出蓝天和白云。忽然,我在这刀锋上似乎看到了父亲的脸。他的脸在蓝天上,正在冲我笑着……巴哕嘍不知什么时候已经朝树林里去了。

我也朝那边走过去。

巴哕嘍开始低头忙碌起来。我看到,他将几块石头搬到树下。我立刻明白了。我也找了几块石头,在旁边的一棵红桧树下小心地码放起来。然后,我用力蹬上了石头。这时,巴哕嘍已经准备好了。他又朝我看一眼,就把头伸进藤索,用力蹬开脚下的石头。我也勇敢地把头伸进一根藤索。我感觉这根藤索很粗糙,勒得脖颈有些疼。旁边的树杈传来嘎巴嘎巴的声响。我看到,巴啰嗄已将树枝压弯了。他的两条腿用力蹬着。我知道,我的时刻也已经到了。我和巴啰嗄这样的勇士一起,像一个真正的男人一样去见祖灵,我感到荣耀,也感到骄傲和自豪。这时我已听到了,我的先人们正在天上为我们唱歌。我突然感到一阵巨大的窒息,接着就被一种难以名状的痛苦笼罩住。我用力地蹬着两腿,似乎只有这样才会减轻一些痛苦。我想用力大叫,可是此时已无法叫出来。我没有丝毫的恐惧。我知道,我马上就要走上那座向往已久的彩虹桥,去见我的祖灵了。

就在这时,我的眼前突然一闪。

我看到了,是巴啰嗄。巴啰嗄用尽最后的气力拔出自己腰间的泰雅刀朝我扔过来。这把刀旋转着,挂着呼呼的风响。它就这样朝我飞过来。我听到嚓的一声,脖颈上的这根藤索就被砍断了。我立刻从树上掉落下来。这时,我听到了,巴啰嗄用尽最后一点气力艰难地对我说,你要活下去啊,嘟奴……我们的部族……还要……活下去……

我躺在地上哭喊着,巴啰嗄,带我上彩虹桥啊……你说过要带我去那边的猎场——!

我这样大声哭喊着,就昏过去了……

41.嘟奴

父亲还是对我食言了。他直到走上彩虹桥，也没有带我去白石山。所以,我最终也没有见到那棵传说中的波索康夫尼。这对我来说,确实是一个遗憾。

但我坚信,波索康夫尼至今仍生长在白石山上。

后来有人说,几年以后,山口也死在了白石街上。这时的山口已经升任白石街警察分室的主任。一天,他偶然在街上遇到一个番人的女孩。这个女孩非常漂亮,看上去就像一朵三月的绯寒樱花。山口一下被这女孩迷住了,却搞不清她究竟是哪个部落的族人。后来,山口又在街上看到了这个女孩，于是对她说，他一定要娶她做自己的妻子。这个女孩起初只是笑笑,后来就答应了。山口特意为这个番人女孩布置了一座很漂亮的新房。但几天以后,人们发现,山口的人头竟然被挂在了他这座新房门前的樱花树上。这颗人头的嘴里被塞满了山羌的粪便。而那个美丽的番人女孩,从此也就失踪了。白石街上的人们再也没有见过她。

也就从这以后，达腊都噜再也不敢轻易娶番人的女孩。

有一件事，我一直想不明白。摩达头目在那个早晨跳下悬崖之后，为什么过了那样久才传来一声枪响？我曾经问过很多人，也有过很多种猜测，但没有人能做出合理的解释。这恐怕要成为一个永远的谜了。还有一件更令人奇怪的事。几年以后，摩达头目的尸体竟被人在那个悬崖的绝壁上发现了。尸体是在绝壁的一个山洞里。可是，摩达头目在跳下那个山崖时，又是怎样进到绝壁上的这个山洞的呢？接下来还有更让人感到奇怪的事情。摩达头目被发现时，他的尸体有一半已经腐化，而另一半竟仍然完好。他的那只眼睛还在大大地睁着。

我想，这应该是我们祖灵的意思。祖灵让摩达头目睁大这只眼睛，看着那些达腊都噜是怎样在这个美丽的海岛上消失的……

2014年秋日 写毕于天津木华榭

2015年元月 改毕于天津水溪苑

后记

我直到写完这部小说，一直在思考一个问题。对于一个人，或者是一个群落的人，信仰的力量究竟有多大？而一个人，或者一个群落的人，一旦被某一种信仰武装起来，鼓舞起来，他或者他们又会做出什么样的事情？我想，这部小说中的故事和故事中的人物，应该已经给出了答案。这个答案是惊人，甚至是惊天地、泣鬼神的。

我在写完这部小说的最后一个字时，流泪了。

这部小说取材于一个真实的历史事件，历史上称为“雾社事件”。事件发生于上世纪三十年代初，在台湾中部的南投县能高山一带。小说中的几个主要人物，在历史上确有其人。但我在写作过程中一直提醒自己，我写的是一部小说，只是一部小说。既然是小说，它就不同于报告文学，纪实文学，更不同于“非虚构”。我告诫自己，小说这种文体是有着严格的文学界定的。我之所以这样提醒和告诫自己，是因为这个历史上的真实事件，它的真实性力量太强大了，似乎有着极高的温度，可以熔化一切文学想象。也正因如此，我才要让自己清醒地意识到，我写的仅仅是一部小说。在刚刚接触这个历史事件时,我就已经感觉到,这个事件的本身已经足够震撼，既然把它写成小说，要做的工作就不是还原历史。还原历史是历史研究者的事情。我作为一个小说写作者,只能把这个历史事件当成素材,如同沏茶,让这个事件更加丰润,更加生动,也更具文学意义的感染力,以此来像散发芬芳的气味一样,让这个历史事件所具有的精神升腾起来。这才是写这部小说的真正意义。

但既然要沏茶,水就很重要。不同的水质,沏出的茶效果和味道自然是不一样的。所以,我要寻找一种最合适的水质。这就是在写作这部小说之前,我首先面对的问题。

所谓寻找合适的水质,其实是包含两层意思。一是这个历史事件之外的故事。不言而喻,历史上的任何一个事件都不是孤立的,都会有前因后果。而这些前因和后果的主要因素就是人,以及人物之间的关系。小说中的摩达头目和他的两个儿子以及“樱冈太郎”和“樱冈次郎”,历史上都确有其人。不过樱冈二人原型的名字叫花冈一郎和花冈二郎。他们的后人,至今仍居住在南投县的清流一带,也就是今天的仁爱乡互助村。故事中的其他人物则都是虚构的。但是,我虚构这些人物也有一个原则,必须要有利于将这样一杯“茶”“沏”得更充分。再有就是“南溪部落”与“北溪部落”的宿怨,历史上也确有其事。可以想象,几个世代生活在高山密林中的部族,猎场和山林是生存之本。所以,为了争夺领地和猎场而相互争斗甚至“出草”,应该是不可避免的。这部小说中的故事就这样编织起来。我寻找合适水质的第二层含义,则是如何将这个故事生动地讲述出来。这部小说中的人物众多,人物关系错综复杂,但故事的发生,发展以及演进,却是节奏鲜明而且层次清楚的。可是尽管如此,要在一个这样的故事中表现如此众多的人物,尤其是在这样一个令人震撼的故事大背景下,表现这些人物的内心,这确实是一个需要慎重思考的问题。

幸运的是,我终于寻找到了一种方法。

在现代科学中有一种“虫洞理论”。这个理论给了我灵感。可以想象一下,一只苹果,有无数的虫子在外面咬开小洞,然后钻进去。这些小虫就是一个个人物所引领的叙事角度，而这只苹果就是这部小说中发生故事的时空。尽管这些小虫是从不同位置不同角度钻进去的，但它们钻进的却是同一只苹果，也就是同一个叙事空间。这是其一；其二，也正因为这些小虫是直接钻进去的，如虫洞理论所言，它们切入的角度也就是一种超越时空的捷径。而这种捷径，也恰恰给小说时空交错的叙述带来了非同寻常的便捷，也使故事本身有了弹性。

2014 年初夏的一天，我来到台湾中部的南投县，走进一个长满奇花异草的山岙。这里就是当年日本人将在“雾社事件”中劫后余生的原住民强行集中的地方。当时叫川中岛，现在已改名叫仁爱乡互助村。我这一次来这里，是要探访莫那·鲁道的重外孙，莫那·巴万先生。历史上的莫那·鲁道，就是我这部小说中“摩达头目”的原型。关于莫那·鲁道有很多传奇性的故事，据说台币中 20 元硬币的背面，印的就是莫那·鲁道的头像。我至今仍珍藏着一帧莫那·鲁道尸体的照片，真的是一半已成白骨，另一半依旧完好，而且完好的这一半还仍然大睁着眼睛。这帧照片，是他的尸体保存在台湾大学医学院时拍摄的。我还在一份历史资料中看到过莫那·鲁道的另一帧照片。他生前应该是一个彪形大汉，身高一米八几，看上去非常威猛。所以，我在去仁爱乡的路上想，这个莫那·巴万先生应该也是一个仍保持着当年山林气概的魁梧汉子。但让我大感意外的是，在山路边迎接我的，竟是一位身穿白色短袖衬衫，非常儒雅斯文的清瘦男人。他面带微笑地向我伸出手说，你好，我是莫那·巴万。

此时，我和一起同行的人都发现，他的微笑里竟还有几分羞涩。

巴万先生的母亲和父亲，也就是莫那·鲁道的外孙女和外孙女婿还都健在。巴万先生的外祖母是莫那·鲁道的小女儿，也就是我小说中“都门”的原型。她是当年这场历史事件中，马赫坡部落唯一幸存下来的人，但遗憾的是早已过世，我只在巴万先生家的墙壁上看到了她的照片。巴万先生的母亲仍很硬朗，父亲已行动不便。两位老人不懂普通话，只会说赛德克语，所以和他们交谈，要由巴万先生在一旁做翻译。巴万先生的母亲和父亲为我回忆了当年的很多事情。两个老人一边回想，时而相互提醒或补充。我从他们的眼神中看到了当年的痛苦和哀伤。我知道，我这样的探访又勾起他们那段刻骨铭心的回忆。这让我感到有些歉意。当然，我在来这里之前，已经翻阅过大量的关于德克达雅群赛德克族人和历史上“雾社事件”的相关资料。这一次难得的探访，也印证了许多在资料中看到的模棱两可的细节。

巴万先生已经五十多岁。他的学历很高，竟然有硕士学位。他告诉我，他现在正致力于研究自己家族的这段历史。但是……他在带我去“余生纪念馆”的路上又说，他现在的心情也很复杂。他说，他一直感到很纠结，而且研究这段历史越深入，这种纠结的感觉也就越加重。可是，他摇摇头说，他同时又很清楚，作为莫那·鲁道的后人，他是有责任将这段历史让更多后人知道的。也正是巴万先生的这句话，让我确定了小说中“嘟奴”这个人物。

我写完这部小说时，就像结束了一次穿越时空的旅行。在我恋恋不舍地画上最后一个句号时，我感觉到，我已经深深地爱上了“摩达头目”和他的族人。当我关上电脑，闭上眼时，我在想，这是一群多少可亲可敬的人啊！他们敢爱敢恨，视死如归，把尊严看得比生命还重要，他们为了保卫自己信仰的家园可以不顾一切，他们的心……就像溪水一样纯净……

祝福他们，祝福他们在彩虹桥的那一端生活的快乐……

在这部小说出版之际，我要感谢台湾抗日志士亲属协进会的邱秀芷女士、林光辉先生以及诸位同仁。特别要感谢林铭镡先生，亲自拨冗驾车陪我去台中的川中岛考察和采访。我还要感谢中国作家协会港澳台办公室，感谢梁飞先生使我这次宝贵的探访莫那·巴万先生的行程得以实现，并做了一系列周密的安排。同时还要感谢万镜明女士，为促成这部小说的出版做了大量细致的工作。也要感谢百花文艺出版社的杨进刚先生。当然，我最要感谢的还是莫那·巴万先生的父母——两位可敬的老人，还有莫那·巴万先生。

在此，一并表示敬意。

2015 年元月 6 日 写于天津水溪苑